文景

———

Horizon

悲伤的
物理学

Физика на тъгата

Georgi Gospodinov

［保加利亚］格奥尔基·戈斯波丁诺夫 著

陈瑛 译

上海人民出版社

铭 文

神话即虚无亦万物。[1]

—— F. 佩索阿,《使命》

只有童年和死亡。中间别无其他……

—— 高斯廷,《自传选录》

世界不再神奇玄妙。你已被遗弃。

—— 博尔赫斯，1964

……就这样，我走进旷野和一望无垠的记忆殿堂，那里有无数的珍贵影像。

—— 圣奥古斯丁,《忏悔录》，第十卷

[1] 原文为葡萄牙语。——中译注，下同

只有昙花一现和稍纵即逝之物才值得被记录。

—— 高斯廷,《被遗弃的一切》

我想翱翔,我想游泳,我想吠叫,我想呼喊,我想吼号。我愿意长出翅膀,长出甲壳,长出树皮,长出象鼻,喷出烟氛,旋扭我的身体,分裂开,散入一切,和香气一样发散,和草木一样成长,和水一样流动,和声音一样响颤,和光一样发亮,隐藏在一切形体。钻入一粒一粒原子,一直坠到物质的尽头,——成为物质!

—— 居斯塔夫·福楼拜,《圣安东的诱惑》[1]

把记忆与欲望……

……混合在一起

—— T.S. 艾略特,《荒原》

---

[1] 此处引用李健吾译本,上海译文出版社,2017 年。

我对纯体裁并无太多兴趣。小说不是雅利安人。

—— 高斯廷,《小说与虚无》

读者可以自由地将这部书视为小说……

—— 欧内斯特·海明威,《流动的盛宴》

目　录

前　言

我出生于 1913 年 8 月底，性别男。我不知道确切日期。他们观望了好几天，看看我能不能活下来，确定之后才去给我做了人口登记。他们对所有人都是这么做的。夏天的劳作已近尾声，他们得收割地里各种各样的作物，奶牛下崽了，他们围着奶牛转。大战已然开始。我熬过去了，之后又斗过了水痘、麻疹等幼儿常见疾病。

我作为一只果蝇，出生于日出前两小时。我将在傍晚日落之后死去。

我出生于 1968 年 1 月 1 日，性别男。我能记得 1968 年自新年伊始到结束一整年里所有事情的细节。可是，我却想不起来我们当下生活的这一年里发生的任何事情。我甚至都不知道现在是几几年。

我一直在出生。我仍然记得冰河时代的开始和冷战的结束。恐龙灭绝的情景（在这两个时代里）是我所见过的最难以承受的事情之一。

我还没有出生。即将来到这世上。我负七个月大。我不知道子宫里的这种负时间如何计算。我在长大，长到（他们还不知道我的性别）橄榄那么大了，一克半重。我的尾巴在逐渐回收。我身体里的动物正在离我而去，朝我挥动着它那逐渐消失的尾巴。看来我被选中做人了。这里黑暗而舒适，我被系在一个移动的东西上。

我出生于1944年9月6日，性别男。战争时期。一周后，我的父亲就动身去了前线。而我母亲没奶水了。一个无儿无女的阿姨想带走我并照顾我，收养我，但是他们没把我给出去。我饿得成宿成宿地啼哭不止。他们给我喂在葡萄酒里浸泡过的面包，权且当作奶嘴用。

我记得我出生了，作为一株蔷薇，一只灰山鹑，一棵银杏树，一只蜗牛，6月里的一片云彩（这段记忆很短暂），哈伦塞[1]附近一朵浅紫色的秋番红花，一棵早早开花了被4月里一场晚雪冻僵了的樱桃树，作为冻僵上当了的樱桃树的雪……

我即我们。

---

[1] 德国城镇，位于柏林附近。

I

悲伤的面包

魔法师

然后，一个魔法师把我的小小鸭舌帽从头上一把抓了下来，他的手指从帽子上戳了进去，在帽子上弄出这么大一个破洞。我大哭起来，戴着个破帽子我怎么回家呀。他笑了笑，在帽子上吹了口气，奇迹发生了，帽子又变好了。大魔法师。

爷爷，这就是魔术师呗，我听见自己在说话。

那时候他们是魔法师，后来他们变成魔术师了，我爷爷说。

但是我已经出现在那里了，12 岁，应该是 1925 年。这是一枚五帕拉 [1] 的硬币，我一直攥在手心里，硬币完全被汗浸湿了，我都能感觉到它的棱边。这是我第一次独自一人去集市，还带着钱。

往这儿来呀，老乡……你过来看看这条大蟒蛇，蛇头到蛇尾是三米长，蛇尾到蛇头又是三米长……

哎哟喂，这得是条什么样的蛇呀，六米长……喂，你等一下，没给钱别走啊，你给五帕拉……可是我只有五帕拉，我不会为了一条蛇……

---

[1] 保加利亚货币单位。

对面是卖头油、药用黏土和染发膏的。

染发膏染发膏，谁用谁知道……

而这个被一群抽泣不止的老奶奶团团围住的人又是谁呢。

尼古乔，一个战俘，回到家乡后听人说他的新娘已经成了别人的了，尼古乔在井边遇见了她，砍下了自己新娘的脑袋，脑袋飞着，说着话，唉，尼古乔，你都干了些什么……现在奶奶你们哭吧……老奶奶们号啕大哭起来，哭得很厉害……你们买本歌集就会明白她有什么错，新娘是无辜的……卖歌集的商贩说道。哎呀，这算什么过错呢……

很多人，很多人，都向我挤了过来，我攥紧了自己手中的钱，别让人偷走你的钱，我父亲对我说，和他给我钱时说的话一样。

停下来。阿贡牌。果汁。字是用大大的果汁一样的玫瑰色字母书写的。我咽了咽口水。我要不要喝一瓶……

快来看呀好吃的公鸡糖……伪装成亚美尼亚老奶奶的魔鬼在引诱我。识货的都会停下来的啦……那么现在呢，果汁还是公鸡糖？我站在中间，咽着口水，根本无法做出决定。我身体里的我爷爷无法做出决定。这就是优柔寡断的源头，之后还会折磨我。我看见自己就坐在那里，瘦瘦高高，膝盖磕破了皮，戴着将要被魔法师戳破的小鸭舌帽，看得出神，我周遭的世界都在诱惑我。我离得再远一点，在鸟儿的目光里看见了我自己，我周围的所有人都在走来走去，我站着，我爷爷也站着，我们两个人在同一个身体里。

突然猛地一下，有只手从我头上把我的鸭舌帽一把抓了下来。我已经来到了魔法师的小桌子边。放轻松，我不会哭的，我非常清楚接下来将会发生什么。这就是魔法师的手指，在帽子背面，啊呀，多大一个洞。我周围的人群里爆发出一阵笑声。有人拍打我裸露的脖子，我的眼泪都快要流出来了。我等待着，可是魔法师似乎已经忘了接下来的故事，他把我那破了个洞的小鸭舌帽放到一边，又把手伸向我的嘴巴，拧我的嘴巴，太可怕了，我的嘴巴被锁上了。我的嘴无法张开。我成了哑巴，我周围的这些人禁不住大笑起来。我努力地想喊叫什么，但只能听到从喉咙里发出的哼哼声。哼呜呜呜。哼呜呜呜。

　　哈里·斯托埃夫来到了集市上，哈里·斯托埃夫是从美国回来的……

　　一个身着城里人西服的高个子男人从人群中挤了出来，人群里有人窃窃私语起来，有人祝贺他。哈利·斯托埃夫——第二个丹·科洛夫 [1]，他是保加利亚人的梦。他那两条腿值 100 万的美国钱，我后面有个人说道。一旦他用双腿锁住对手让他们窒息，对手根本无法动弹。是啊，这就是为什么大家叫它夺命招，另一个人低声说道。

　　我的脑子里出现了清晰场景，窒息了的大力士们一个接一个地摔倒在垫子上，我也开始感觉到氧气不足，仿佛我自己也中了哈利·斯托埃夫的夺命招一样。我急忙逃走，人群则跟着

---

[1] 保加利亚的摔跤冠军。

他走了。就在那时候我听到身后的什么地方有人叫着：

往这儿瞧呀，老乡们……长着牛头的孩子。前所未见的奇观。来自古希腊迷宫的小弥诺陶洛斯，只有12岁……就五帕拉，吃也就吃掉了，五帕拉，喝也就喝掉了，就花五帕拉，你看到的就够你讲一辈子的啦。

在我爷爷的记忆里，他没来过这个地方。但是现在我在这个记忆里的集市上，我成了他，而且我被吸引着走了进去，无法控制。我交了五帕拉，我与那大蟒蛇，与那骗人的六米长道别，与冰凉的阿贡牌果汁道别，与战俘尼古乔的故事道别，与亚美尼亚老奶奶的公鸡糖、哈利·斯托埃夫的夺命招一一道别，我钻进了帐篷里，来到弥诺陶洛斯身边。

从这里往后，在我爷爷的记忆中，故事里的那根线就变得越来越细，但是并没有断掉。他坚称不记得自己进去了，但是我记得。他避而不谈。因为我在这里，在他的记忆里，如果他没在我之前就来过这里，我能不能够继续往下进行呢？我不知道，但是有什么地方不正常。我已经身在迷宫里了，原来是一个昏暗的大帐篷。我看到的东西和我在最爱的一本书里看到的大相径庭，这是一本关于古希腊神话的故事书，书里还有黑白插画，正是在这本书里我第一次看到了怪物弥诺陶洛斯。没有丝毫相似之处。这个弥诺陶洛斯并不可怕，反而是忧伤的。一个忧郁的弥诺陶洛斯。

帐篷中间放着个铁笼子，约莫五步长，比人的个子高那么一点点，细细的金属条因为锈蚀已经开始发暗。里面有条褥子，一侧有把三条腿的椅子，而在另一侧——一桶水和散落着的稻草。一个角落站人，一个角落站着野兽。

弥诺陶洛斯站在一把小椅子上，背朝观众。令人惊愕的不是他很像野兽，而是他某种意义上就是一个人。完全就是一个僵直的人。他的身体就是一个男孩子的身体，就和我的一样。

两条腿上能看到青春期开始长出的汗毛，脚掌上长着长长的脚指头，也不知道为什么，我期待看到的是马蹄掌。穿着已褪色发白显短的裤子，也就到膝盖位置，短袖衬衣，还有……小公牛的头。头与身体的比例不太相称，头偏大，毛多，还重。仿佛大自然犹豫不决了。它可能是害怕了，又或者是粗心大意了，就中和了一下牛和人的特点。这颗头既不是牛的，也不是人的。当语言也变得犹豫不决和支离破碎的时候，你就无法描绘这一切。脸（或者牛脸）——拉长了，额头——稍微往后斜，但依然是如此地厚重，眉骨在眼睛上方凸出。（其实，这个额头与我们家族所有男人的额头相似度极高。我当场就不由自主摸了一下自己的颅骨。）他的下颌骨特别凸出，鼓鼓的嘴唇是那么地厚。颌骨里总是隐藏着最具动物性的特质，动物最后就是在这个位置远离人类的。由于脸（或者牛脸）拉长了且偏扁平，他的眼距很宽。满脸褐色汗毛，不是胡子，而是汗毛。只有靠近耳部和颈部位置是发硬的动物毛，汗毛是自然生长的，杂乱无序。但无论怎样，仍然更像人类。他看上去有种忧伤，那是任何动物都不会有的一种忧伤。

每当帐篷里人满时，那个人就会让男孩弥诺陶洛斯起身。他从椅子上站了起来，第一次抬眼看了看帐篷里的人群。他转头的时候，因为眼睛偏向一侧，目光就会扫过我们。我感觉他的目光停留在我身上的时间要更长。我们不会是一样大吧？

那个招呼我们进帐篷的人（他的主人或者监护人）开始讲故事。一种奇特的传说与传记的混合体，经过集市上的不断复述已经顺理成章了。一个时间混乱交织的故事。有些事就发生在当下，还有一些发生在遥远的从前，再有一些发生在已经无法记起的过去。空间也是混乱的，宫殿和地下室，克里特岛的国王和我们本地的牧羊人，构成了男孩弥诺陶洛斯故事里的迷宫，而你就迷失在这个故事里。故事就如同迷宫一般曲折蜿蜒，很遗憾，循着故事的脚步，你再也无法回到原地。一个里面有死胡同、断了的线、各种盲点和明显前后不一致的故事。故事听起来越是不可信，你反而会越相信。我现在唯一能够转述的，只剩下故事里平淡而苍白的一缕线索，已然没有了那个故事原本的魔力，大概是下面这样一个故事。

赫利俄斯，如果从男孩母亲那边论，是他的外公，负责管理太阳和星星，晚上他把太阳锁起来，然后去赶天上的星星，就如同在牧场上赶羊群一样。早晨他把星群赶回去，再给太阳解开锁去放太阳。这位老人的女儿帕西法厄是这个男孩的母亲，她非常温柔漂亮，嫁给了下面岛屿上的一位强大国王。这是很久以前的事了，还是在岛上发生战争之前。这是一个非常富有的王国。神（他们那里的，当地的）经常与岛上的国王一起喝酒，他们彼此敬重对方，神甚至还把自己的一头大牛送给了国王，这是一头长着白毛且令人惊奇的大牛。又过去了很多年，神需要一头同样的牛做祭品用。弥纽王（弥诺斯，弥诺斯……有人私下里这么叫他）舍不得，决定杀死另一头牛来骗过神，这头牛也很大很肥。但是神不是那么好骗过去的。神知道了，非常生气，咆哮之后自言自语道，你会白费劲的，现在你会知道你惹到谁了。他让弥纽王温柔忠诚的女人帕西法厄与那头一模一样帅气的牛铸成大错。（讲到此处，人群里传出了反对的声音。）后来就生出了一个孩子——身体是人形的，而脸却是牛的，是牛头。他母亲给他喂奶照顾他，但是被戏弄了的弥纽王无法忍受这种羞辱。他不忍心杀死婴儿小弥诺陶洛斯，就下令把他锁在王宫的地下室里。这个地下室是一个真正的迷宫。一个泥瓦匠建造的，你一旦进去了，就再也无法出来。这位师傅应该是我们这地方的人，是我们的人，因为我们这里出最好的匠人，而希腊人懒惰。（帐篷里传出一片赞同之声。）这个小男孩和这位匠人后来都没落什么好，但这是另外一个故事了。他们把孩子扔进了迷宫里，三岁的孩子呀，离开了自己的母亲和父亲。你们可以想象得到，在这么个暗无天日的黑牢里，他的小小心灵是个什么样子。（讲到此处大人们哽咽起来，尽管他们对自己家的小鼻涕虫恰恰就是这么做的，把他们关在地下室厚重的石墙后面，当然不是永远关着，也就一两个小时罢了。）他们把这个孩子关进这么个黑乎乎的地方，讲故事的人还在继续，孩子日夜啼哭，他的母亲循声而至。最终，帕西法厄的恳求成功地让建造迷宫的泥瓦匠师傅偷偷把孩子弄了出来，用一头真正的小牛犊代替孩子关在里面。可是这些内容书里没写啊，人群里有个无所不知的人发话了。讲故事的人就强调，这些内容只限于我们这些人知道，不要让克里特岛上的弥纽王知道这个骗局，他对此还毫不知情呢。他们就这样偷偷放走了牛头小男孩，并且悄悄把他送上了一艘开往雅典的船（就是这艘要去雅典为弥诺陶洛斯抓回七对童男童女的船）。弥诺陶洛斯下船来到了雅典，一位老渔夫发现了他，把他藏在自己的茅屋里，照看了他一两年，又把他送给了我们的人，一位牧羊人，冬天去南方放牛，一直放到了爱琴海。请你带他走吧，讲故事的人说道，因为若是和人在一起，他就只能生活在暗处，但愿水牛能把他视作自己的小牛。几年前这个牧羊人又私下里把他送给了我。水牛也不认他，并没有视如己出，接纳他，都被他的样子吓着了，而我已经不再放羊了，也无法再把他带在身边。自那时起，我们就带着这个可怜的被遗弃的孩子游走于各个集市，和人在一起，他不是人，和牛在一起，他又不是牛。

故事讲到这里时，弥诺陶洛斯把头扭了过去，似乎讲的并不是他的故事，只是喉咙处时不时地发出声响。我紧闭的嘴巴里也发出同样的声响。

现在你让大家看看你是怎么喝水的，主人吩咐道，可以看得出来，弥诺陶洛斯不情愿地跪了下去，把脸伸进木桶里，招来一阵骚动。这时善良的人们予以一片赞赏之声。弥诺陶洛斯一直沉默不语，低头看着地上。讲故事的人重复了一遍，大家再次回以一片喝彩。这时，我看见他一只手里抓着一根下端带有尖刺的棍子。弥诺陶洛斯张开嘴巴，接近咆哮般地发出低沉嘶哑的不友好的哞呜呜……

表演到此就结束了。

我转身（最后一个）离开前，就在那飞快的一瞬间，我们俩的目光再次交错。任何时候都无法回避这样一种感觉，那就是这张脸我在什么地方见过。

到了外面，我觉得自己的嘴巴还是紧闭着的，而且我的小鸭舌帽破了。我拔腿朝摊位跑去，可是魔法师已经没了踪影。我就这样从记忆里走了出来，或者这样说更准确，我就这样把12岁的爷爷留在了那里，嘴巴紧闭，戴着一顶破帽子。可是他为什么要在讲述里隐瞒自己进去看弥诺陶洛斯的经历呢？

哞呜呜

当时我什么也没问他，因为我会弄明白的，我能进入别人的记忆里，而这是我最大的秘密。我很讨厌黄房子，他们差点把我带进去，他们把眼睛看不见的小玛丽亚带了进去，因为她能看到将要发生的事。

我还是非常隐秘地从爷爷的姐妹们那里弄明白了一些事情，爷爷共有七个姐妹，她们还在世时，每年夏天都会来看望爷爷，她们都很瘦弱，全都一袭黑衣，蚂蚱一样干瘪。一天下午，我缠住了她们中最年长的，也是最能说会道的一个，追问爷爷小时候的事情。我提前给她买了华夫饼和柠檬汽水，她们都特别爱吃甜食，于是我就知道了完整的故事。

那时候，我知道了我爷爷小时候哑过一次。从乡村集市上回来后，就只会哼哼叫，一句话也说不出来了，他母亲就把他带到乌拉奇卡奶奶那里，给他铸个弹丸。乌拉奇卡奶奶只看了他一眼就说：你们要知道，这个孩子受了很大的惊吓。然后，她取了一点铅，放进一个小铁缸里，再放到火上烧，铅熔化之后就唧唧叫。在铸弹丸的时候，铅会变成吓唬你的那个东西的形状。恐惧会进到铅块里面。之后，你就和铅块一起住上几夜，之后再将铅块扔进河里，扔进流动的水里，让河水把铅块带到很远的地方去。乌拉奇卡奶奶铸了三次弹丸，三次都出现了牛头，有牛角，有牛鼻，什么都有。集市上的什么牛惊着他了，爷爷的姐姐说，邻村很多人到集市上卖牲畜，水牛，各种各样的牛，还有绵羊，都是成群的。他六个月没有开口说过话，只是哼哼叫。乌拉奇卡奶奶每天都来念叨你说话呀你开口呀，还用各种草药熏他，晚上家人把他头朝下倒挂在还没收拾的饭桌上方，只为了让恐惧掉出来。甚至还牵来一头小牛犊让他看，可是他两眼一翻，一头栽倒在地，晕了过去。就这样过去了六个月，突然有一天他跑进屋里说：妈妈，快点，牛瞎子内拉生崽了。他们家是有这么一头母牛。他就这样又开始说话了。当然了，更多的故事细节是我偷偷进到姑奶奶的记忆里获得的。她叫丹娜。她还隐瞒了一个故事，我已经偷偷进去过了。

悲伤的面包

我清晰地看见他了。一个三岁的小男孩。睡在磨坊院子里一个空面粉袋上。一只嗡嗡作响的笨重的甲虫贴着他的身体飞过，偷走了他的梦。

小男孩只是微微地睁了一下眼睛，他依然满是困意，不知道自己身在何处……

我只是微微地睁了一下眼睛，我满是困意，不知道自己身在何处。在梦境与现实之间的某个无人地带。这是一个下午，正是下午晚些时候那种永恒的感觉。磨坊里是持续的突突声。空气里满是粉尘，皮肤稍稍发痒，打哈欠，伸懒腰。听到有人在说话，声调平和语调乏味，催人发困。几辆卸了牲口的马车停在磨坊里，一半的马车上已经装满了口袋，地上落满了白色面粉。一头驴在旁边吃草，一条腿上缠着铁链。

逐渐地，梦完全退了出去。今天天亮前，他和母亲还有三个姐妹一起来到磨坊。他想帮忙搬面口袋，可她们没让他搬。后来他就睡着了。她们一定是早已准备好了，在他不知情的情况下就完成了这一切。他站起身，四下里看了看。周围什么都没有。这就是恐惧降临的开始，还难以察觉，悄无声息，仅仅是一闪而过即被打消的猜测而已。她们都没在，但也可能已经进里面去了，或者在磨坊的另一侧，或者是在树荫下的马车底下睡觉呢。

马车也不见了。那辆车身涂着浅蓝色油漆的马车，车后面画着一只大公鸡。

就在那一刻，恐惧汹涌而至，充满了他的身体，就如同在水龙头下给小陶罐注水，水位不断抬升，把里面的空气往外挤压，水溢了出来。恐惧的暗流，对于一个只有三岁的孩子而言，实在是太强大了，飞快地充满了他的身体，他马上就喘不上气来。他甚至都无法哭出声来。哭是需要空气的，哭是给恐惧的一声长长的配音。但是尚存一线希望。我跑进了磨坊里面，这里面特别嘈杂，各种人急匆匆地来回走动。两个白乎乎的大个子把谷子倒进磨眼里，一切都笼罩在白雾之中，屋角一张大大的蜘蛛网因为落满粉尘都垂了下来，一束阳光透过已经破损的高窗照了进来，在这束太阳光里可以看到尘埃的大战。母亲不在这里。也不见任何一个姐妹。一个高大的男人蜷缩在面口袋下面，差点也被人给搬走。他们赶他走，说他碍事。

妈妈？

第一声叫喊，甚至也不是叫喊，而是最后带个问号的疑问。

妈妈啊？

最后的"啊"音在拉长，因为绝望在加剧。

妈妈啊——妈妈啊——

疑问消失不见了。绝望与愤怒，一丝的愤怒。还会有什么呢？疑惑。怎么会这样呢？母亲们从不会遗弃自己的孩子不管的。这不会是真的。这件事情并没有发生。"遗弃"还是个未知的词。我不知道。语言的缺席并没有改变这种恐惧，相反，加剧了恐惧，让恐惧感变得愈发难以承受，碾压过来。泪水涌了出来，现在该是它们出场的时候了，唯一的安慰者。至少还可以哭，恐惧也就随之疏通出去了，恐惧的陶罐满了就再装不下了。泪水沿着他的脸颊，沿着我的脸颊，在涌流，泪水与脸上的面粉混合在一起，水、盐和面粉，揉成了第一个悲伤的面包。一个永远都无法成形的面包。一个将在之后所有年代里养育我们的悲伤的面包。嘴唇上依然是它咸咸的味道。我爷爷吞咽了一下，我也吞咽了一下。我们都是三岁大的年纪。

与此同时，一辆后面画着大公鸡的浅蓝色马车扬起灰尘，驶离磨坊，奔向远方。

时间是1917年。赶着浅蓝色马车的女子28岁。她有八个孩子。所有人都说她高大、白皙，很漂亮。她名如其人。卡拉。尽管在那个时候，不太可能有人知道这个名字的希腊语意思——美丽。卡拉，仅此而已。就是个名字。那时是战争年代。是大战，人们是如此称呼的，大战已接近尾声。和过去一样，我们又属于战败方。我三岁爷爷的父亲在前线的某个地方。自1912年起，他就一直在前线参战。好几个月了，他音信全无。

每次回来都只是住上几天，造一个孩子之后就又出发了。他的这几次休假会不会是未执行命令偷偷跑回来的？战争还在继续，需要新士兵。他没能造出很多未来的士兵，生出来的总是女儿——都整整七个了。肯定会的，在回到自己的部队后，他会被抓起来的。

几枚藏起来以备不时之需的银币已经花完了，谷仓也空了，女人已经卖掉了所有能卖的东西：一张带弹簧和金属板的床，在那个年代是很少见的；她自己的两条大辫子；结婚时穿在项链上的大金币。孩子们饿得直哭。家里只剩下一头水牛和一头驴了，就是现在正拉着马车的这头驴。她赶着水牛吃力地犁着地。秋天去了，冬天即将来临。她讨要到了几袋麦子，现在正带着三袋面粉从磨坊往家赶。马车上的面粉袋之间睡着她的女儿们。半路上她们停了下来，让驴歇息一下。

"妈妈，我们把格奥尔基给忘了。"

一个可怕的声音从她背后传来——丹娜，大女儿。

沉默。

沉默。

沉默。

厚实而凝重的沉默。一片寂静和一个秘密，一个后来将延续一年又一年的秘密。母亲做了什么，她为什么不吭声，为什么不立即赶着马车掉头，她没有向着磨坊疾驶而去。

这是战争年代，他们也是人，不会不管一个三岁孩子的。这是个男孩，会有人把他抱回家的，会养育他，会有不能生育但渴望孩子的女人，他会有更多好运的。这是我努力尝试想在她的思想里找到的语汇。但是在她那里有的只是一种沉默。

我们把他给忘了，我们把他给忘了，她身后的女儿哭成了泪人，一直在重复念叨着。这也没什么，用另一个词——我们把他给抛弃了。

又过了长长的一分钟。我能想象得出她们是如何度过这鸦雀无声的一分钟的，她们屏住呼吸，都憋成了未出世的婴儿的脸。这就是他们，越过时间的围墙，出现了我的父亲、我的姑姑、另一个姑姑、我哥哥，还有我，这是我女儿，她踮着脚尖往里看呢。这么多年以来，他们的出现，我们的出现，都是因为这一分钟和这个年轻女人的沉默。这个女人是否想过，现在多少事都得到解决了。终于，她抬起了头，似乎醒悟过来了，又回到了原地，四下里张望。色雷斯一望无际的田野，麦茬燃尽的田地，日落时变幻的光线，对这一切无动于衷只顾咀嚼着干草的驴，冬季过去一半时会吃完的三袋面粉，等着听她会说些什么的三个女儿。

罪恶已经种下了，她曾犹豫过。

她已经想好了——尽管只有一分钟——不管他了。她的声音干巴巴的。如果你想回去，可以回去。她是对丹娜说的，最大的女儿，13岁了。决定权被抛给了另一个人。她没有说"我们回去"，没有说"你回去"，纹丝未动。不管怎样，我三岁的爷爷还有一线生机。丹娜从马车上跳了下来，沿着漆黑的路往回猛跑。

越过这一分钟的围墙一直窥视着的我们还未出生，我们把头又缩了回去，总算松了口气。

天黑下来了，距离磨坊还有几公里。一个 13 岁的女孩子在漆黑一片的路上奔跑，光着脚丫，夜晚的风吹乱了她的裙子。四周一片空旷，她奔跑着，为的是耗尽毁灭自己的恐惧，不让恐惧有喘气的机会。她目不斜视，每一个灌木丛都像一个隐藏着的男人，她曾在晚上听到过的关于强盗、吸血鬼、蛇怪、鬼怪和狼群的所有恐怖故事，都在她的身后追赶她。如果她回头，它们就会扑向她的后背。我在奔跑，我在奔跑，奔跑在依然温暖的 9 月的夜晚，独自一人，置身于一片旷野之中，踩着路面上干硬的泥土，每跑一步我的感觉都越发强烈，我的心脏在胸腔里被挤来挤去，那里有个人蹲在路边，噢，是灌木丛……看到了远处磨坊里的光亮……那里应该有我三岁的弟弟……爷爷……我。

这位母亲，也是我的曾祖母，她活了 93 岁，从一个世纪末跨到了另一个世纪，她也是我童年时代的一部分。她的孩子们长大了，各奔东西，一个个都离开了她，也都已老去。只有一个孩子从未离开过，一直照顾她到去世。就是那个被忘记在磨坊的小男孩。关于磨坊的故事已经收录进这个家族的秘史里。所有人都是窃窃私语地说起这个故事，有人同情卡拉奶奶，同情的依据是那是一个怎样的年代，有人当个笑话，也有人公开责备，比如我奶奶。但是从未有人在爷爷面前谈论这件事。而他自己也从未谈及这件事，一次也没有过。他也从未离开过自己的母亲。

悲剧性的讽刺，一般我们都是在神话故事里看到的。当我在那个下午知道这个故事的时候，故事里的主角已经不在了。我依然记得自己最初的愤怒和猜疑，好像她们遗弃的是我自己。我随之对世界的公平性产生了怀疑。正是在那个曾经被遗弃的三岁男孩的照顾下，这个女人活到了那么老，这也许恰恰是对她的一种惩罚。让你活得如此长久，而每天在你身边的却是那个孩子。那个被遗弃的孩子。

我恨你，阿里阿德涅

任何时候我都不会原谅阿里阿德涅，因为她出卖了自己的弟弟。你把线团交到了那个人的手里，那个人将杀死你那不幸的、被遗弃的、在黑暗之中变残暴了的弟弟。从雅典来了个美男子，把她迷住了，在他眼里，这就是个外省大城市的女孩子，正是这样的，是外省的又是大城市的，她从未离开过自己父亲宫殿里的那些房子，这些房子只不过是一个更豪华的迷宫罢了。

丹娜回到了磨坊，独自一人，在黑暗中救出了自己的弟弟，而阿里阿德涅关心的是杀死自己弟弟的凶手会不会迷了路。我恨你，阿里阿德涅。

在那本少儿版古希腊神话书里的阿里阿德涅的头上，我用笔画上了两只牛角。

安　慰

奶奶，我会死吗？

我三岁了，从床上爬起来，站在狭小房间的中央，一只手抓着自己的耳朵，我耳朵疼，另一只手拉着奶奶的手哭着，就是一个三岁孩子吓得要死时所能有的那种哭。无法安慰的小男孩。我的曾祖母，就是那位卡拉奶奶，已经年过90了，经历过很多死亡，埋葬了不止一两个人了，一个心肠硬的女人，她头发蓬乱，坐在床上，被我吓得不轻。夜半时分，恶鬼出没的时辰，这是她说的。奶奶哎，我要死了，奶奶哎。我哭诉着，并抓着自己的一只耳朵。

你不会死的，孩子，不会。上帝呀，我的宝贝，他也知道死亡……

我母亲跑了过来，看到的是这样一幕：我们抱作一团，在黑暗之中哭泣。我想象到一幅清晰的画面——一个三岁男孩，光着脚，穿着睡衣，还有一个干瘪的女人，穿着睡衣，几天之后她就会离开人世。哭着说死亡的话题。是不是死亡就在周围游荡，是不是小孩子们对死亡有嗅觉。你不会死的，孩子，那时候我曾祖母不断重复着，安慰着我。这事是有顺序的，好孩子，首先是我死，然后是你的奶奶和你的爷爷，然后……听到这些话，我就哭得更厉害了，无法收住。建立在一连串死亡之上的安慰。

恰好一周后，我的曾祖母去世了。什么病也没有，卧床了一两天，就在一个新年之夜走了。这是我记忆中的第一个死亡，尽管大人们没允许我看。她躺在房间里的床上，瘦小、蜡黄，木偶一般的老奶奶，这是那时候的我自己想出来的词，至少木偶从来不会老去。房间的中央，立着一棵圣诞树，几乎要顶到天花板了，上面点缀了棉花，还有银白色锡纸包着的花枝条和70年代的那些易碎的小圆球，这些小球一年来都被小心翼翼地放置在衣柜里的一个盒子里。在那个难以忘怀的夜晚，每一个发亮的彩色小球上都映着我死去的曾祖母。

让我更害怕的是我的爷爷，他坐在她的脚边轻声哭泣。这次他是永远被遗弃了。

很久以后，我爷爷也会躺在同一张床上，在1月里的一个夜晚，与我们一一辞别，说他该上路了。妈妈喊我帮她弄麻袋……

缴获的单词

Сервус, кеньир, бор, виз, кьосьоном, сеп, истен велед…Сервус, кеньир, бор, виз...[1]

我永远都忘不了这个奇怪的单词游戏。我爷爷在冬季漫漫长夜里连着读的一种单词游戏，我童年假期里会与爷爷一起度过那些夜晚。你好，面包，葡萄酒，水，谢谢，漂亮，再见……总是在我奶奶快速的半秘密的小声祈祷过后，就是爷爷的 Сервус, кеньор, бор...

有人说，他之前能连着说匈牙利语，但是现在老了，能说的也就剩下这几个单词了。是他从前线带回的战利品。我爷爷的七个匈牙利语单词，他保护这几个单词就如同保护他的小银勺一样。我奶奶一定嫉妒过这些单词。为什么他一个士兵会知道"漂亮"这个词。她怎么也接受不了，怎么能用如此奇怪且变形的名字来称呼面包呢。上帝啊，圣母玛利亚，多么难听的词。这些人的罪过太大了。你怎么能把面包叫作"кеньир"，她不是开玩笑，是真的很生气。

面包就是面包。

水就是水。

她没读过柏拉图，她表达的想法就是这些名称的正确是与

---

[1] 此处为保加利亚语字母拼写的匈牙利语发音的单词。

生俱来的。名称天生就是正确的，至于这种正确性恰好总是保加利亚语就不重要了。

我奶奶也没忘记唠叨，村里其他士兵从前线带回了什么，谁带回了手表，谁带回了锅，谁带回了整套银勺子银叉子。都是偷来的，我爷爷补充道，吃饭从来没拿出来用过，我都知道的。但是我奶奶和匈牙利从未有过好朋友这层关系，他们之间也从未产生过那种理解和合作的精神，就和那时候报纸上说的一样。很久之后，我会明白这种情绪背后的原因。

我觉得很奇怪，我爷爷并不爱提这场战争。或者是他没给我讲那些我期待听到的，以及我在电影里看到的，那种接连不断的战斗，射击，哒哒哒——哒哒——哒哒哒（我们所有的玩具都是冲锋枪和手枪）。我清楚记得我是怎么问的，问他在前线杀了多少个法西斯。我期待是一个吓人的数字。尽管我应该知道，他自己的统计其实是一个法西斯也没杀过。一个也没有。说实话，因为这我都有点替他难为情。另一个村子的迪马塔的爷爷杀死了38个，好多都是用枪近距离射杀的，还有20个是用刺刀刺中肚子的，迪马塔向前跨了一步，摸出一把看不见的刺刀抵住我的肚子有两拃深，并转动起来。我想，我是着实把他吓坏了，我倒在地上脸色苍白，开始呕吐。用刺刀戳进你的肚子里是件很可怕的事。我好不容易保住了命。

活 药

光溜溜的鼻涕虫在报纸上慢吞吞地鱼贯而行，这样它们就不会从报纸上跌落下来。几只胆小的还把各自的身体紧紧粘在一起。我爷爷用两个手指头捏住一只，闭上眼睛，张开嘴巴，缓缓地把它放进嘴里，距离嗓子眼儿很近。然后吞咽。我想吐。我替爷爷捏把汗。我也想像他一样做这样的事。

爷爷有溃疡。鼻涕虫就是他的活药。鼻涕虫进去了，通过食管，停在软软的胃腔里，在那里留下分泌的黏液，在上面形成一层保护，一层薄薄的治疗层，让伤口愈合。这是爷爷在前线弄到的药方。后来，鼻涕虫会不会又活着出来了而且平安无事……

一只大大的手把我托了起来，推到一个红色、温暖、湿乎乎的洞穴口。并没有什么不愉快，虽然有那么一丁点恐怖。某种红色的东西，我就被放在上面，这个东西在不断抖动，轻轻地收缩上升，让我在里面只能朝着仅存的唯一通道爬去。入口处有软软的屏障，并不难突破。屏障似乎是自己打开的，一旦我触碰到它，随时都会有反应。这就是隧道了，黑乎乎的软乎乎的。我隐没在里面，带着自己的犄角前行，就如同一头慢悠悠的公牛。我在自己的身后留下记号，给这条路做上标记，之后沿着这条路我还能再回来。这样做我会更踏实些。再往下就很容易走了，而且路也不长。不一会儿，隧道变宽了，在一个更宽敞一点的地方就到尽头了，特别柔软的一个洞穴，和我经过的第一个洞穴不一样。在洞穴的一端我发现了一个更明显的印记，破了皮而且射出一股热流。我从上面慢慢走过，留下一点点黏液。但是这个地方我无论如何都无法喜欢。狭窄、黑暗而且闷湿，幽闭恐惧症，洞穴的墙壁好像在收缩，挤夹着我。但是最可怕的是一种奇怪的液体，是墙壁自身渗出来的，从我的身上流过后，我就开始感觉到刺痛。我已经无力再动一动了，就如同置身于噩梦之中，你移动得越来越慢，越来越慢，越来越……

　　如果你想感受这一切，你得是吞下鼻涕虫的人，同时又得是那只被吞下的鼻涕虫，是被吃掉的，又是吃掉被吃掉的……怎么也忘不了短暂的那几年，那段时间他是可以做到的。

　　有时候，他写作的时候，感觉自己就是一只鼻涕虫，朝着未知的方向爬行（其实方向是一目了然的——那里，万物都要去的地方），并且要在自己的身后留下只言片语的痕迹。说不定什么时候还会循着这个痕迹再回来，但只是路过而已，甚至这也不是他想留下的，这个痕迹原本是可以治疗某处溃疡的。他很少用于治疗自己的溃疡。

一路平安

关于这场战争，我爷爷还是有秘密的。在那个 1 月的夜晚，当他只想我们俩待在一起时，避而不谈的大门就会轻轻打开一条缝隙……他把我叫过去，他的长孙，用他的名字给我起的名，当时我 27 岁。我们俩站在他的小房间里，房子低矮，有一扇小窗户，是他和七个姐妹一起长大的地方，也是我小时候度过自己所有暑假的地方。由于不久前发生的中风，爷爷几乎说不出话来了。只有我们俩待在一起，他走向一个木制橱柜，在一个抽屉里摸索了好半天，从抽屉底面铺着的报纸下面掏出一张纸，就是从普通练习本上撕下的纸，这张纸折了四折，皱得很厉害，而且已经发黄了。他没有打开纸片，而是把它塞到了我手里，并示意我把它藏起来。然后我们就这样坐着，相拥在一起，就和我小时候一样。房子前面传来了我父亲的脚步声，我们就松开了。两天后，我爷爷走了。那是 1 月末。

来了很多人给爷爷送行。如果爷爷看到他们，一定会不安的。他七个姐妹的儿女们从各个地方赶了过来，在爷爷的头旁边献上冬天少有的鲜花，并留下自己捎给那边的嘱托。逝去的人在这些地方就如同邮政快件。舅舅，当你见到我妈妈时，带去我对妈妈的问候，祝她健康。你告诉她，我们都很好，小丹娜已经满六岁了。你还要告诉她，另一个孙女去意大利了。她现在还在刷盘子，不过还是有希望的。舅舅，也祝你一路平安！说完嘱托后，外甥亲吻了死者的手，退到了一边。不一会儿，他又回到跟前，表示歉意，说忘记讲了，乡下的房子已经卖掉了，但是买房子的是个好人，英国人。再次道别，祝一路平安。在东南地区，人们不说入土为安或者上帝保佑……只是祝愿一路平安。一路平安。

侧边通道

一位女性朋友讲述她小时候如何坚信匈牙利是在天上的。她外婆是匈牙利人，每年夏天都会来索非亚[1]看望自己的女儿和她心爱的外孙女。家人总是去机场接她。特别早就到机场，都抬着头，像小鸡仔似的，看得脖颈都麻木了，她妈妈一直对她说着：现在你外婆要出现了。匈牙利的外婆，她是从天上来的。我喜欢这个故事。立即把它放进了我的仓库里。我猜想，当匈牙利外婆去世的时候，她会留在天上的匈牙利，她从某片云彩上挥手，只不过她停在那里，不再着陆。

---

[1] 保加利亚首都。

记忆的五斗橱

四个月后的 5 月中旬，我开着一辆老欧宝车向匈牙利出发。我给自己工作的报社提了个建议，报道第二次世界大战期间保加利亚士兵的墓园。最大的墓园位于匈牙利南部的豪尔卡尼。

报社头儿同意了，于是我开始了穿越塞尔维亚的旅途。豪尔卡尼，过去就是个村子，现在是个小城，距离德拉瓦河战场很近。很快我就下了高速，选择了一条不同的路线，要经过斯特拉钦、库马诺沃、普里什蒂纳，然后再开向克里瓦帕兰卡区，经过尼什、诺维萨德……我想把我爷爷在 1944 年冬天泥泞中跋涉过的所有路线也走上一遍，我仔细研究了现存的第一军第三步兵师第十一兵团斯立文步兵团的所有行军地图。我开着车，我的口袋里就放着那张折了四折的纸片。纸上写着一个匈牙利地址。我抵达了豪尔卡尼。还有时间去看烈士墓。我想先去找一所房子。找寻了半天，终于找到了纸上写的那条街。上帝保佑，50 年了，街道的名字没有改动过。我把车子停在街道的一侧，就开始找寻门牌号。直到现在我才意识到，其实我也不知道自己对这次迟到的拜访有什么期待。我爷爷曾经住在这里，在战斗开始前还算平静的几周里，就驻扎在这里。幸福的同时又有担忧。这就是那座房子，战争前修建的。比我爷爷现在的房子大，我带着些许的嫉妒注意到，这座房子更加中欧。有一个大花园，里面开满了春天的花，但是我奶奶的郁金香更漂亮，我自言自语地嘟囔道。在院子的尽头有一个亭子，那里坐着一位和我爷爷年纪一般大的女人，头发花白，打理得很好，没有戴头巾。我意识到，我并不能确定她是谁。50年了，房子可能会换了主人，人们会搬家，会死去。我推了一下门，门上的铃铛通报了我的到访。房子里走出一个50多岁的男子。我用英语问候，我也能说匈牙利语，从爷爷那儿学来的，但是现在我先省着不用。谢天谢地，他也会讲英语。我说明自己是从保加利亚来的记者，甚至还出示了报社发给我的记者证，告诉他我在撰写关于第二次世界大战时在此战斗过的保加利亚士兵的报道。男子问我是不是已经去过墓园了。我说还没有去。我感兴趣的是住在这里的人知道些什么，还会记得些什么。最后，他邀请我进凉亭见那位上了年纪的女人。

这是我母亲，他说。我们都伸出了自己的手。带着怀疑彼此轻触了一下指尖。男子解释她已经失去记忆了。她昨天吃了什么都已经记不起来了，但就是记得那场战争，这里曾经有过保加利亚士兵，而且就是驻扎在这座房子里。然后男子转向她，显而易见是和她说我是谁、来自哪里。这时她总算发现我了。她的记忆是一张五斗橱，我能感觉到她怎样打开尘封已久的抽屉。长长的一分钟，毕竟是要往前穿越50多年。男人似乎对这种沉默感觉难堪。问了她什么。她稍微转了下头，目光并没有离开我。抽搐了一下也就一掠而过，这是持否定答案吧，或者这是她自己内心独白的一部分。男子转过身来对我说，1月底她发生了轻微脑溢血，记忆力已然是很糟糕了。

是在1月底？

是的，男子有点不知所措地说道。这对一个外国人能有什么意义。

我爷爷在这个地方战斗过，我说道。

男子回过神来。我不知道如何解释，但是我确信，她认出我来了。我的年纪恰好和我爷爷那时的年纪相仿。我奶奶说我和我爷爷像一个模子里刻出来的——同样凸出的喉结，高高的个子，微驼的后背，摇摇晃晃的走路姿势，微微弯曲的鼻子。老奶奶对她儿子说了些什么，他跳了起来，道歉说没问我要喝点什么，问我要不要来点樱桃甜点和咖啡。我同意了，因为我还想再待会儿，他进到房子里面去了。来自两个国度的我们终于可以坐在凉亭里粗陋的桌子边了，桌子实在是太破旧了，我爷爷是不是也曾坐在这个亭子里。春意浓厚，蜜蜂嗡嗡不停，空气中弥漫着不知名的各种香味，世界似乎是刚刚创造出来的，没有过去，没有未来，还是那个纪元前的完全纯真的世界。

我们看着对方。在我们之间横亘着六十来年的时间和一个男人，这个男人在她的记忆里是25岁，而在几个月前被我送走时是82岁。我们无法用任何语言来讲出这一切。

这个女人曾经很漂亮。我尝试用我爷爷在1945年1月里的那双眼睛来看她。在一切丑陋之中，战争的丑恶和死亡中，你走进（我走进）欧洲的一座房子里，有一位20出头的姑娘，金发，皮肤很好，大眼睛。里面还有你从未见过的留声机，放着你从未听过的音乐。她穿着长长的城里人的连衣裙。整个家宁静而明亮，一束阳光透过窗帘，正好落在桌上的瓷杯上。战争似乎从未发生过。她坐在窗边的椅子上看书。某种声音把我从画面中带了出来。她的眼镜掉落到地上了，我把眼镜捡起递给了她。半个世纪的这种瞬间刺痛是可怕的。那张漂亮的脸庞突然间凹陷进去，瞬间衰老。最初我还想着给她看一下我爷爷的纸片。现在我决定，没有必要了。我们拥有了这几分钟独处的时间（她把她儿子支开真是太明智了）。

她的面前站着那个男人的孙子。也就是说，一切都是朝着本该发生的方向发展的。最后还有这封活生生的信函，在漫长的延迟之后送达的信函。也就是说，他安然无恙。他回到了妻子和几个月大的儿子身边，儿子长大了，又生了儿子……现在他的孙子就在这里，坐在她的对面。生命在轮回，她被遗忘了，又一直被感受着，一切都朝着本该发生的方向发生……一滴长长的迟来的泪水从她的眼眶里滚落，消失在她手掌上满是褶皱的无边无际的迷宫里。

她抓着我的手，她的眼睛从没离开过我的眼睛，她慢慢地说话，用的是纯正的保加利亚语：**你好，谢谢，面包，葡萄酒**……我用匈牙利语接着说：szép（漂亮）。我这样说，似乎是在转告我死去的爷爷的秘密通知，她懂的。她更用力地握了一下我的手就松开了。我从她嘴里听到的最后两个保加利亚语单词是"再见"和"格奥尔基"。我和我爷爷同名。她儿子端着咖啡出现了，立即注意到他母亲哭过，但是他没敢问。我们喝着咖啡，我问他是做什么工作的，他是兽医（和我父亲一样，我想说，然而只是咽下了嘴里的咖啡）。

你爷爷是不是还活着，他好奇地问了一句。1月份去世了，我回答道。我真的非常抱歉，请节哀顺变……我心里明白，他并没有怀疑什么。不让他受到伤害，她是这样决定的。也可能是我杜撰了这一切。我一直都回避直视他，免得让自己发现过多的相同点。不管怎么说，这个世界满是有着弯鼻梁和凸起的喉结的男人。我站起身要走，亲吻了这个女人的手。她儿子说要送送我。在大门口，他抓住我的手，时间稍长了那么一点点，我瞬间想到了，他知晓这一切。我快速离开，走向我停在街角的车子。我打开了我爷爷的那张纸片。地址的上面是用铅笔描画的1945年的一只婴儿的手。没人能知道这和我刚才握住道别的是不是同一只手。

没做贼心也虚

几年前，我的护照得换了，并要在市政厅办理一些程序性事务。我填好了所有的资料——离异，身高，受过高等教育……我把表格递给窗口的女人，她对着电脑里已有的信息进行核对，扫了我一眼，冷冰冰地说道：您为什么要瞒报一个孩子？简短的问话，但声音太大了，我都能感觉到周围在填表的那些人突然间都抬眼看我，甚至觉得他们都微微后退了一下。

我自己一个人就那么站着，像作案时被抓了个现行一样。我发现，我可以很容易地为自己做过的事情开脱，而当别人指责我压根没意料到的事情时，我反而被困住，感觉有错。就是那句话说的，心中有愧，没人追赶也会跑，做贼心虚。而对我来说，这句话反着说更准确：心中无愧，有人追赶也会跑，没做贼心也虚。

当我总算能说出来我只有一个女儿这句话的时候，我确信自己沉默的时间已经大大超出了可接受的范围。在这段沉默的时间里——一个对自己的无辜并不那么肯定的人——我把自己过去所有的关系都盘算了一番。我记得有那么一个女朋友，每次我们准备要分手的时候，她都认定自己怀孕了。您有一个12岁的男孩，窗口后面的女人毫不客气地说道。我站着被雷击了一般。她就差补上一句"祝贺你"了。我能不能看一下，我说道。她把电脑屏幕转向我，谢天谢地，这不是我，只是同名而已。这名女工作人员连道歉都没有一个，生气地转身回到椅子上去了，她很失望，这么轻易地就让我逃脱了。如果她知道，我得花上一整天绞尽脑汁把12年前和自己在一起过的所有女人都划拉一圈，甚至还要在纸上写出她们姓名的首字母，按照从1到10的风险等级评估自己有一个预料之外孩子的可能性……只要她知道这些，就会有一些满足感的。

故事的地下室

也可能那个故事是这样发展的。

1945年3月。战争已接近尾声。匈牙利一座小城里的战斗依然激烈，胜方还未确定，双方从一条街战斗到另一条街。一个保加利亚士兵身受重伤陷入了昏迷。他所在的团被击退了。小城暂时（就几天）落到了德国人手里。士兵意识恢复的时候发现自己身处一个地下室，躺在一张旧床上，床前站着一个女人，她在给他包扎伤口。她成功地把他从人行道上直接通过地下室的小窗户拖了进来，地下室的小窗户和街道的路面是持平的。

她示意他不要动，他本来也无法动弹，失血太多。他用非常糟糕的德语，敌人的语言，总算与这位匈牙利女人交流了几个单词。又过去了几天，几周，一个月。他时而昏迷，时而苏醒，仍然徘徊在鬼门关。她坚持每天给他送吃的，给他敷药，更换绷带……到第二个月的时候，眼见着他有所好转，显然他会活下来的。女人告诉他，小城还在德国人手里，战争还在继续。

她一个人生活，是个寡妇，没有孩子，和士兵一般大的年纪，25岁左右。她爱上了这位伤员。因为他，她决定"改变"战争的整个进程。德国人并没有投降，他们又发明出了秘密武器，这样可以延缓终战的到来，前线又反过来东移了。有一次她甚至还假装有敌人来搜查房子。地下室里的男人只能听到这些声音，他头顶上的房间里有人穿着钉了马掌的靴子底踩踏地板，有人把椅子推倒在地，什么器物掉在了地上，餐具打碎了的声音……他拉上了自动扳机，随时准备好扫射最先冲进地下室的敌人，幸好，他没有被发现。

小房间里封闭的空间让他开始疯狂。唯一的一扇小窗户还被白铁皮封死了。只有一条细细的缝隙里，多亏铁皮已经弯曲了，还能透进来一丝光亮，能让人分辨出白天和夜晚。他从未停止苦思冥想一个问题，一场几乎就要结束，几乎胜局已定的战争，怎么会突然朝着反方向发展了。他在这个地下室里还能保持多久不被德国人发现？

我们必须得指出，他也悄悄爱上这个女人了，这个照顾他的女人，只是还不想承认这一点。在那里，在他自己的国家，他有妻子和孩子，他们一定认为他已经死了。在一个晚上，他的救命恩人留在了他身边，仅仅是摸着他的脸，这就足够了。

出乎意料，也是顺理成章，长时间的等待之后，他们拥抱在了一起，呼吸急促，说着什么不连贯的词语，狂热，疲惫，挚爱，各自说着各自的语言。他一点也听不懂她昏头昏脑的匈牙利语，她也一点都听不懂他昏头昏脑的保加利亚语。之后是一片寂静，两个人就这样躺着，紧挨着。她乏力，幸福。他乏力，幸福，还有不能明确的担忧（但有可以明确的过错）。他告诉她，用的保加利亚语，他有妻子和孩子，他离开时孩子出生才刚一周。他想让自己心里轻松，因为已经告诉她一切了，又想着她根本听不懂，因为他说的是保加利亚语。他不知道，要说明白一件对方听不懂的事情时，女人们有另一种理解能力。匈牙利女人突然起身上去了。好几天他都没再见到她一面。

一天午后，地下室的窗户突然被什么东西击中。男人一下子跳了起来，他一直是把武器放在自己身边睡觉的，他躲到一个角落里。涌进来的阳光刺痛了他的眼睛。一会儿，一个头发蓬乱的男孩脑袋从窗户探了进来。男人低下身子藏到一个大木桶后面。

直到那时候，他才看见距离自己一米远有个很重的破布球。男孩子嘟哝了句什么，像只蜥蜴一样从狭窄的小窗户口爬了进来。男人屏住了呼吸。男孩离他太近了，都能感觉到他出汗的身体散发出的热气。男孩抓起那个球，从窗户扔了出去，双手并拢又爬了出去。

从打开的窗户，风不仅吹进来灰尘和猫尿的臊味，还有一角旧报纸。虽然是匈牙利语的，但他还是能辨认出**希特勒完蛋了**，还能看到那张苏联士兵在德国国会大厦插上胜利旗帜的照片。

他明白了一切。打破地下室的门，带着自己的卡宾枪沿着楼梯向上爬。光线刺痛了他的眼睛，他只得扶着家具走路。女人站在了他的面前。她对他说可以朝她开枪，或者留在她的身边。告诉他她爱他，他们可以永远生活在一起，还对他说，带着这杆枪穿着这身军装他哪儿也去不了，因为已经不是过去的那个世界了，战争结束都一个月了。是的，原来已经是 6 月了。她低声说着，匈牙利语夹杂着德语。他回应她，德语夹杂着保加利亚语，说她是他的救命恩人，没有她，现在他已经在匈牙利的草原上腐烂了。他还说，他也想和她一起生活到自己生命的尽头（这句话是用保加利亚语说的），但是他必须回到自己儿子的身边，他肯定已经有半岁了，而她，即便是想忘记，也是永远都无法忘记的了。他们两人都很清楚，一旦分开了，永远都不可能再相见。如果现在拥抱在一起，就永远无法放手。万幸有他九个月大的儿子，大家都把自己的愿望咽了回去。最后只是笨拙地互道：是的，就这样，好吧，再见。她给他装满了一背包家里有的食物，还没等到他背后门上的小铃铛叮叮当当响起来，她已经放声大哭起来。

从豪城到他在保加利亚村庄的家正好是965公里，要过两道边境线。他只在晚上行路，首先是为了不碰见人，其次是白天他的眼睛仍然会因为阳光而剧烈疼痛。他是沿着半年前自己所在团行军的那条路线回家的。他躲进被人遗弃的小茅屋和被烧毁的村庄里，白天就睡在过去筑的军事掩体、堑壕或者是炮弹炸出的坑洞里。最后一刻，他还是把自己的枪和军装留在了匈牙利女人那里，为的是不引人注意。她送给了他一件真正的针织毛衣，6月天仍有寒意而且阴雨绵绵，还有一件有很多口袋的打猎穿的夹克，是她去世的丈夫留下的。就这样，没有武器，没有肩章和证件，沿着与战争时相反方向的路行进，躲开一切，一直向东走。到第34天，7月中旬，他抵达了自己所在村落的行政管辖区域。他要等到夜半时分像小偷一样悄悄潜进自己家。老人们睡在二楼，他妻子和儿子应该是睡在下面，窝棚旁边的那个房间。场景清晰可辨。担心、恐惧和高兴融为了一体。死去的丈夫回来了。在这里他已经被宣布为英勇牺牲，被颁发了那么一个小奖章，甚至连他的名字也已经与为祖国自由牺牲的其他同乡一起，被镌刻在了村子广场上匆忙立起的纪念碑上。他的出现，与所有的复活一样，只是搅乱了正常的生活进程。

那么现在呢？回到保加利亚的高兴轻易地就变成了一声叹息。老人都醒了，所有人都开始询问复活者怎么会这样以及现在我们应该怎么做。是幸事，还活着而且健康，但也是大大的不幸。复活者已经极度疲惫，没力气再解释什么。公鸡第三次打鸣的时候，天已经开始放亮了，家庭委员会通过了唯一可行的方案。把他关进地下室里，这样他既可以睡觉，又可以不让任何人看见。回到家的保加利亚士兵，就这样度过了自己的第一个夜晚，以及后来几个月的日日夜夜。只不过是从一个地下室换到了另一个地下室。

动荡不安的年代。士兵的家庭反正是进到村里富农名单里了，因为那三头奶牛、一群羊和一辆漂亮的后面画着大公鸡的老式马车。但是这怎么能是士兵的罪过呢？这就是罪过。首先，英勇牺牲是欺骗国家，他因此获得了奖章而且名字被铭刻在村里的纪念碑上。其次，擅自离开部队或者就是临阵脱逃，都够得上直接给颗子弹了。你离团四个月，却没有死亡的不在场证明，战争结束一个月后回来了，又没有自己的武器和军装，这可能已超出了哪怕是最富同情心的政委的想象，一定是虚构理由离队。士兵能说些什么来为自己开脱呢？说出真相？承认在匈牙利小城一个独居的寡妇家待了四个月，藏身于一个地下室，而小城很久之前就被我们的人解放了？您在躲谁呢，上等兵同志？

复活者的妻子继续身着黑衣。他已经告诉了她几乎所有的真相。只不过把搭救他的仁慈的匈牙利女人的年龄往上多加了30岁，一切就安定下来了。一个匈牙利老妇人骗他战争还在继续，德国人还在封锁，因为她那颗慈母之心，想要他，这名保加利亚士兵，代替她那逝去的年纪与他一般大的儿子。

他的新娘还是理性且理智的，她为自己的丈夫能活着回来而高兴，她也不想知道太多。甚至当她不小心打开那个信封时——邮递员是她哥哥的儿子，悄悄把信塞到了她手里，信里画着一只婴儿的手和一个无法辨认的地址——她也什么都没说，只是认真地又把信封粘好，交给了自己的丈夫，继续穿着丧服。

一年后，由于长时间处于黑暗之中，男人已经半瞎了，他从地下室出来去自首了。他着实把他们吓得魂不附体。这一年来，他的胡子和头发已经花白，他们几乎都认不出他来了。你从哪儿来的，村长问他。从那个世界，士兵说，这是一个最准确的回答。他马马虎虎讲了一个糟糕的仓促编造的故事，在豪城之战时，落到德国人手里成了俘虏，后来又被逼在德国人后方的一个盐矿干苦力，在那儿劳作，在那儿睡觉，最后，德国人必须快速撤离，就把盐矿的入口炸了。30个俘虏只有他活了下来，他找到一个洞，爬了出来。但因为长时间待在黑暗中，他已经半失明了，走了几个月才回到自己的家乡。村长听着，这时候过来的乡民们也都在听着。女人们大哭起来，男人们大声擤鼻涕，好不让自己哭出声来，而村长难过地揉搓着自己的鸭舌帽。人们是真的被这个故事打动了还是想救这个人，就说不清了，但无论如何，所有人都决定相信这个故事，而村长也帮忙与城里更高的行政权力机构协调了一些事情。不动声色地更换了这位死者的公民证，停发了他妻子的遗孀补助金，只有他的名字还保留在那座纪念碑上。为了不引起怀疑，村长安排村里的歌手为士兵唱一首歌，歌唱他战争结束一年多后幸福返乡。歌曲是英雄赞歌，符合那个年代的所有要求，歌曲十分详尽地讲述了"矿井深处的黑暗苦楚"以及格奥尔基·塔拉什芒利伊（根据村庄的名字起的）如何使出巨大的力量"抛石筑路见光明"。顺理成章，这位盲人英雄奥德赛般的回归和奇迹一样的方向感，都是因为有亲爱的祖国和生养自己的家乡。

复活的格奥尔基（村里人都这么叫他）活了很久，只是晚上看上去很好，白天瞎得就像只鼹鼠。一会儿从地下室里出来，一会儿又回到地下室里。在这一年半的时间里，他经历了好几次人生的跌宕起伏，连他自己都越来越难记得住哪一次才是真的了。

也许他最终还是牺牲在了那个匈牙利小城？为了把他留在自己身边而"改变"战争进程的匈牙利女人，是一位年轻女子还是失去儿子的老妇人？他怎么能从德国人的矿井里逃脱呢？还有那个，让他到死也不能安宁的东西——孩子的手，描画在一张普通的练习本白纸上，是用邮政信封寄来的。

（两个版本都是以描画在纸上的婴儿的一只手结束。但是故事总是以两种方式中的一种结束——以孩子或者死亡终结。）

停留之处

我们就在这里等一等注意力不够集中的读者们的灵魂吧。有人会在这些不同时间的通道里迷路。所有人都从战争中回来了吗？从1925年的集市上回来了吗？我们不要把谁忘在磨坊了。现在我们去哪里？作家是不应该提这些问题的，但作为他们中最犹豫不决和最不肯定的人，我就允许自己这么做了。我们是不是要回到父亲的故事里，或者现在继续向下讲后面将会发生的事，去看看童年的弥诺陶洛斯……我不能提供一种线性的讲述，因为任何一个迷宫和任何一个故事都不是线性发展的。大家都到齐了吗？我们再次出发。

遗弃物短清单

家族的故事可以通过几个孩子被遗弃来描述。世界的故事也是如此。

长着牛犄角被遗弃的孩子，被扔在了弥诺斯的迷宫里……

被遗弃的俄狄浦斯，脚踝被穿孔的小男孩，被扔进山里的一个筐篓里，最初国王波吕玻斯想要收养他做儿子，之后是索福克勒斯，最后是他后来的父亲西格蒙德·弗洛伊德。

被遗弃的汉塞尔与格蕾特[1]，被遗弃的丑小鸭，还有卖火柴的小女孩和长大了的耶稣，她想和自己的祖母在一起，他想和自己的父亲在一起……

所有过去和现在被遗弃的人，所有将要被遗弃的人，哪怕背后并无传说故事，都属于此序列。那些偶然出现在神话故事里的，我们暂且先把他们都集中在这里，在这家文字旅馆里，给他们铺上故事的干净被单，把他们冻坏了的灵魂包裹起来。也可以就把他们留在自己的手里，人们翻开这些书页的时候，将会抚摸他们受到惊吓的肩膀和头颅。

读到此处的读者，又有几个没感受过哪怕一次的被遗弃呢？又有多少人会承认，哪怕是只有一次，被人用以儆效尤的名义关在房间里、小储藏室里或者地下室里？而又有多少人敢说自己没关过别人呢？

在这一切开始之初，我就说了，有一个被扔进了地下室的孩子。

---

[1]《格林童话》中的故事《糖果屋》的主人公姐弟的名字。

地下室

　　很多年里，我是透过对着人行道的一扇窗户看这个世界的。房子在变换，但是每一处房子都有一扇这样的低矮窗户。我们总是住在地下室，因为那里的房子是最便宜的。我和我的父母亲照例又一起搬进了地下室。实际上就是"过去的地窖"，正如房东说的。没有什么过去的地窖，我父亲很不客气地回敬道。而房东呢，不知道他这句话什么意思，只是笑了笑。在这样的地方，每当有人感觉难堪的时候，也不知道是为什么，他就会开始发笑。

　　在我们把桌子搬进来的时候，我父亲说这是暂时的。那是70年代中期，我知道我们家被定为"特需户"，我也懂，特需户是指那些人均住房面积低于五平方米的家庭，我们排在一个名单上等着分单元房。显然名单是太长了，或者是有人插队，因为我们又在这间地下室的房间里住了好几年。底层（实际上是地下一层）有一条很长的走廊，还剩一间房，但门一直是锁着的。我没有问我们为什么不同时租下这一间，我知道答案，我们要省钱住单元房。而且我们必须保持人均五平方米的拥挤度，才不会从住房特需户的名单里被剔除。黑暗的走廊承担着前厅和厨房的作用，但实在是太狭窄了，只能容纳两把椅子、一个电炉，再加上一张小桌子什么的。当我母亲和父亲吵架的时候，我父亲就走过去睡在那儿，睡在桌子上。拿着一台破旧的缠着胶带的赛琳娜牌收音机，他在那儿听"自由欧洲"广播，是偷偷听的。我很骄傲于我父亲听这个电台，因为我知道这是个被禁的电台。同时我也很骄傲，我自己也是这秘密工作的一部分。当你们要分享一个房间时，你是没办法保守很多秘密的。

这个地下室房间所在的大楼简直是太漂亮了。上面还有整整三层，都有明亮的大窗户。在粗糙的灰泥里特意掺进数不胜数的啤酒瓶的碎玻璃渣，绿色的和咖啡色的，这是当时的时尚，碎玻璃渣在阳光下发出钻石一样的光芒。三楼有点呈半圆形，像个城堡。如果你能住在那里，住在一个圆形房间里，还有圆形的窗户和弧形的露台，会是一种什么样的感觉呢？一间没有棱边的房间。在上面一定可以看见全城和那条河。你可以看见街上走动的每一个人，而不会是那些奇奇怪怪的全都由脚和鞋组成的东西。在学校里我是不会说漏嘴的，我说自己就住在街角带有圆塔的房子里。本来也是事实。当然，我没说确切的楼层。

与此同时，我父亲憧憬着有一处单元房，里面有客厅，客厅里有全套家具，他能坐在一把宽大的安乐椅上看报纸，可以把脚搭在凳子上。他曾在从亲戚朋友那里借来的内克尔曼公司[1]的商品目录上看到过这样的场景。我母亲憧憬着有橱柜的真正的厨房，橱柜里排列着白色的专门放佐料的小瓷罐，某一天她会去买回来的。我猜测她的这一憧憬也是那本内克尔曼目录的错。

[1] 德国零售百货商，创立于 1950 年，曾是德国乃至欧洲规模最大的销售公司，以邮购为主要销售模式。

……

脚和猫。一个像猫一样懒洋洋、慢悠悠、长长的下午。我一整天都盯着窗户，因为这是房间里最明亮的地方。我数着经过窗户边的脚，臆想着脚上面的人。

男人的脚，女人的脚，孩子的脚……我通过鞋子的变化观察季节是如何更替的。凉鞋渐渐收纳起来了，变成了秋天的鞋，然后沿着脚面往上抬高，精致的打过蜡的时尚女靴，清理垃圾桶的工人穿的粗胶皮靴，周四来购物的农民穿的配着肥厚自织袜的胶皮乌拉鞋，蓝色或者红色的童靴，这是黑色和咖啡色为主基调中仅存的一抹彩色。然后逐渐又是春天的轻装，脱掉鞋子，到夏天穿着凉鞋和拖鞋裸露在外的脚掌、踝骨和脚指头。拖鞋就如同脚上的游泳衣。

秋天的时候，窗户上积满掉落在人行道上的金黄发红的树叶，这让房间里的光线变得柔软且泛着金色。之后，晚秋的风又会吹散这些树叶。雨水来了，眼前就成了永远的一汪水洼。你长时间地这么站着，看着雨珠是如何掉进水洼里，形成并不能持久的小气泡，组成整编的舰队，然后，后面的雨珠又会消灭掉这些舰队。历史上有多少海战就是在这样的水洼里展开的。再之后，雪就堆满了小小的窗户，小小的房间也随之变成了洞穴。我蜷缩成一个球，就像一只藏在雪下面的兔子。如此明亮，但你还是被隐藏了起来，他们看不见你，虽然他们的脚步声就在你眼前一拃远的雪地上嘎吱作响。还有什么能比这更美好的呢。

蚂蚁的上帝

　　他六岁了，家里人开始把他独自留在房子里。早晨，他的母亲和他的父亲生上煤油炉，反复叮嘱他要密切关注蛇管里的煤油。他们所在的街道上已经爆了两个煤油炉。他们把他的饭放进冰箱里，就离家上班去了。1970 年代典型的童年生活。一整天都是一个人待着，就有了那种初始的被遗弃的感觉，只是说不出它的名字。半暗的房间让他很害怕。温暖的秋日里他就一整天都待在外面。坐在门前的一块石头上，就在人行道上，像个小老头，数着有多少人经过，多少车，车子是什么牌子。他尝试在车子还在拐角后面的时候，就根据轰鸣声来猜测车的品牌。莫斯科人牌，莫斯科人牌，日古力牌，卫星牌，波兰菲亚特，日古力牌，莫斯科人牌，莫斯科人牌……他腻烦了，就把头枕在膝盖上，盯着人行道上的地砖。每块砖上都有横竖平行线条构成的格子图案，蚂蚁在地砖间的沟槽缝里行进，蚂蚁相遇，再擦身走过。一天又一天地就是这样，一半可见的世界。这类似那本带插图的书里的迷宫。他就长久地这么待着，编造每一只蚂蚁的故事。他带着博物学家的老练观察蚂蚁，当然，他并不知道它们的语言。他研究它们，慷慨地把自己大把的时间献给了这些蚂蚁。每一只蚂蚁都不同于其他蚂蚁。

　　有时候他就想象着自己是蚂蚁的上帝。

　　很多时候，他是个好上帝，帮助它们，喂给它们面包渣或者打死的苍蝇，他用小木棍把死苍蝇推到蚂蚁窝旁边，免得蚂蚁还要受搬运之苦。

但有时他也会没来由地发火，就像真正的上帝一样，或者，他只是想玩玩，往迷宫的沟槽缝里浇上一小茶缸水，给蚂蚁们来一场大洪水。

另一些时候，他把盐撒在地砖的边缘，偶然发现了蚂蚁们一点也不喜欢盐，它们在这个临时监狱的走廊里迷失了方向，失去了智慧和语言。它们相遇的时候，会快速触碰一下彼此的触须，似乎在相互通知某个非常重大的秘密。

他的另一个发现神圣而且科学，那就是蚂蚁一点也不喜欢人的气味。如果你用手指头在一只蚂蚁的周围画一个圆圈，蚂蚁就会在这个看不见的界线上费力折腾，似乎是你建造了一堵墙。

他已经发现了自己的这种能力，他把这视作可怕的缺陷，他能体验那些发生在别人身上的事情。他能进入别人的身体里，语言也会随后而至。他成了他们。

有一天晚上，他梦见了自己、母亲还有父亲走在大街上，突然一根巨大的手指，光是指甲盖就有石头那么大，落在他们身边，开始绕着他们转圈。这根手指让人害怕，似乎在不经意间会随时把他们压扁，而且还散发出有毒的臭味。处于这种毒臭气之中，你会击打自己，把自己弄得头破血流。

但是到了冬天，事情就发生变化了，你不可能一整天都待在外面。房间变得更加昏暗，散发着煤油炉的气味，而且有可怕的东西从床下探出头来，或者在被咬出洞的柜子里面嘎吱作响。那时唯一的救星就是窗户了。他一早上就爬到窗户上去，只有中午吃面包片的时候才下来，顺便撒个尿。

停留之处

我在考虑这个不确定的第一人称，第一人称也可以轻易地后退为第三人称，然后又再次变回第一人称。但是谁能肯定地说——40 年前那里的那个男孩子就是我，那个身体就是这里的这个身体？就连 1975 年的蚂蚁也已经不一样了。我在自己身体上没找到任何与六岁时一样的地方，那样细腻的浅粉色皮肤和腿上不易看出的黄色绒毛。没有任何保留下来的可以证明为同一人的记号，没有任何痕迹，除了种痘留下的疤痕，这是在一整代人的身上都能找到的。肩膀上那个几乎看不见的疤痕随着时间的流逝也变化了，变大了而且位置下移了。

离题中的离题。一位女性朋友讲述一次偶遇发生一夜情后的事情，当她与小情人一同精疲力竭地躺在地板上时，他突然问她（带有某种同感）胳膊上是什么疤痕（已经离开肩膀了）。那时她才惊讶地发现，他的两个肩膀上完全没有种痘留下的印记。对我们后面来的人，已经不再给他们用这种方式做标记了，她说道，我感觉他就像个外星人，克隆人。她站起身，穿上衣服，他们从此再没相见。

上帝蚂蚁

可能所有的梦，要把它讲出来的时候，都应该直言不讳地开始，这是一句天真无邪、简单得让人震惊的开场白，是我从阿雅那儿听来的，在她四岁的时候：我梦见我是醒着的。

是这样，我梦见我是醒着的。我站在大大的帷幕前面，帷幕上变换着各种无名的花朵，帷幕很大，但又是薄薄的、轻飘飘的。梦里我得到了明示，帷幕的后面藏着"上帝美丽的脸"，用的就是这几个词语。我掀开第一层帷幕。（看起来，在好奇心与畏惧心之间，好奇心总是会占据上风，至少在梦里是这样的。）

帷幕后面还有第二层帷幕。我掀开了。

第三层帷幕。

第四层帷幕。

我发现，后面的每一层帷幕变得越来越小。帷幕后面隐藏的东西也相应地越来越小。我并没有停止掀开帷幕，直到就剩下最后一层了，只有儿童手帕大小。我停了下来。我要不要也掀开这层帷幕呢？上帝会这么小吗？梦里的敌基督者不会是引诱我的吧？

我掀开了最后一层帷幕。帷幕后面是一只黑色大蚂蚁。说不出为什么，但我知道，这就是上帝。可是上帝没有脸。这个发现太惊悚了。你怎么对着一位没有脸的神祷告和祈福呢？还是如此之小的一位神。在梦醒的那一刻，上帝蚂蚁给了我启示，它的嘴巴没有动，听起来大概是：上帝是注视着我们的小虫子。只有微小的东西可以无处不在。

易脱落的语言

我是在那个烈日炎炎下的小城墓园里学会认字的。我可以这么说——死亡是我的第一个识字本。死人教会了我阅读。句子几乎就是一个个的词。每到周四和周六我们就会去墓园。我规规矩矩地站在烤得炎热的石头墓碑前面。我已经和墓碑一般高了。我带着恐惧用手指滑过凹陷的字母，更多的是透过皮肤在阅读，我记住了新月形状的字母 C，大门形状的字母 Π 和茅草屋形状的字母 A。语言似乎是温暖而坚硬的。它有一个易脱落的身体。

我的手指头上只留下了一点点灰尘和石碑上的细沙子。我最早学到的单词，是这些：

安息

永远

此

怀念

出生——去世

上帝

还有名字，很多名字，墓碑上挤满了名字。

阿塔纳斯·H.格洛兹丹诺夫

蒂姆·哈吉纳乌莫夫

马林乔——五岁

迪莫·科拉波夫

格奥尔基·戈斯波丁诺夫

埃古尔·萨尔基相（撒尔基斯察奶奶家的）

卡拉·格奥尔基耶娃

……

这些名字在它们的主人去世之后会发生什么呢？会获得解放吗？名字还会不会继续使用，或者和它们下面的身体一样被分解了，留下的只是辅音字母的骨架？

语言是我们的第一任死亡老师。身体与它们的名字分离的首要标志就是死亡。这个墓园最奇怪之处是名字有重复。我站在一块刻有我名字的石碑前，某人已经不再用了，曾经只用过三年。

多年之后，我从不放过我所居住城市的墓园。我经过中央大街，对广场上的大教堂致以崇敬之情，又虔诚地走过那座国王骑着马的纪念碑（今天的总统们明天是否也会站在花岗岩基座上呢），我着急打听城里的公墓，隐没在了林荫道里，这个城市也是个花园，两者合二为一。死亡是个好园丁。这一点我在六岁时就明白了，那时我置身于乡村公墓里那盛开的玫瑰花、百合花、芬芳的灌木丛、李子、野苹果、小樱桃和腐烂的梨子中间。

拉雪兹火葬场看起来像一座有烟囱的大教堂。阿多诺说，去了奥斯维辛之后写诗是野蛮的。那么在墓地里也可以有火葬场吗？

死去的人教会了我阅读。我再次写下这句话，我明白，这句话有比我想到的更多的意味，而且是更不一样的意味。教会我阅读的人，已经不在了。自那时起，我要阅读的东西主要都是死去的人写的。我现在写的东西，是一个已经上路了的人说的话……我不知道，语言下面隐藏着这么多的死亡。

Б

在公墓识字本之后，我和真正的一年级识字本相遇了，我感觉这就是专门为我编的识字课本，却又让我不知所措。每个字母都与一个单词和一幅图有关联。哪个词是以字母 Б 开头的？

上帝[1]——我抢着回答道，这么简单的问题。但是事情进展不下去了，老师猛地颤抖了一下，已不再是微笑的模样。她走到我身边，似乎是害怕我还会说出些其他什么来。你从哪儿学到的这个单词？嗯，从墓碑上。这时候，前排的一个女孩说：老师，保加利亚，保加利亚。这是正确答案。老师就这样抓住了一根救命稻草，太棒啦，我的小姑娘。而我和我的上帝感觉是如此孤独。奇怪，同一个字母不可以有两个单词，好像字母 Б 瘦弱的脊背撑不住这样两个真正宏大的词。

保加利亚这个词以 Б 开头，保加利亚没有上帝！这都是蠢话，老师强调了所有以 Б 打头的单词，后面到了高年级我们会学到的。大家都明白了吗？

可是在公墓里有……

这儿是学校，不是……

天哪，一个单词都有这么多事儿，我会恨这个学校的。

晚上，母亲和父亲就我的事进行了严肃谈话。女同志把什么都和他们说了。那好吧，可是有没有上帝？我好像是给他们提了一个世界上最难回答的问题。现在你看，我母亲开始谈话（她是位律师），你知道有上帝，但是你不需要到处去宣扬他的名字，如果在陌生人面前枉费工夫地提到他，他会生气的。

你就完全把嘴闭上，我父亲补充说。

---

[1] "上帝" 这个词在保加利亚语里以字母 Б 开头。

上帝成了第一个秘密。第一件被禁止的只能在家谈论的事。

奶奶，保加利亚没有上帝，我们刚一踏进奶奶家我就找奶奶，我看到奶奶正在给墙上的圣像灯换油。我奶奶快速画了个十字就转身不见了。她一定会因为这些蠢话斥责我的，但是她看见了站在门口的我父亲，就只是插了一嘴：保加利亚能有什么呀，没有红辣椒，没有油。只有她能把国家实际的匮乏和形而上学的匮乏如此结合起来。上帝，油和红辣椒。

她偷偷读《圣经》，把《圣经》包在一张报纸里，为了不让人看见。她随意翻看，她那因为关节炎扭曲了的食指沿着一行行句子移动，嘴唇翕动着。在童年时代的那些傍晚，在房间里苍蝇嗡嗡飞得震天响的那种安静之下，我就这样听完了窃窃私语的《启示录》。

我奶奶知道，不能在人前说这些事情，为了保护我父亲，不然他会有麻烦的。我父亲知道不应该谈论其他事情，他把自己和收音机一起关在厨房里，这是为了不搅乱我的生活（我母亲是这么说的）。我知道，我在家里听到的都不能说，为了不让警察来搅乱他们的生活。一长串的秘密和谎言让我们家还是个正常的家庭。和所有其他家庭一样。这是秘密活动中最大的把戏——你要和别人一样。

隐形墨水

五岁时我学会了阅读，六岁时这已经成为一种毛病。毫无选择地填鸭式读书。某种阅读暴食症。我阅读自己能找到的任何东西，很快我就来到我母亲的橱柜前，来到那本浅紫色的精装书跟前，上面是大字体书名"犯罪侦查学"。第一章是以这句话开头的：在"9·9"起义之前并不存在犯罪侦查学。而下一章就忘记这句话了，又说研究资产阶级的犯罪侦查学是必要的，原因有二：一是全面揭露其反动本质，二是吸取其有价值的东西……

全面揭露是最有意思的。只有在这时候，你才能从字里行间和歪曲的引文里了解世界上发生了什么。

资产阶级的犯罪侦查学还是发现了某些"细小的"东西，比如测谎仪、犯罪心理学、指纹鉴定学。我喜欢《指纹学》（1897 年）这个书名，一个叫弗朗西斯·高尔顿的人写的，资产阶级犯罪侦查学家。

而革命犯罪侦查学的奠基人，那非列宁莫属了。刑侦已深入他的血液之中。这一时期他奠定了其他所有科学的基础，所有课本都强调他的绝一对一服一从（他喜欢说的词）。"语言是人类交流的最重要工具"就写在教室黑板的上方。无趣的天才。

但是在这本浅紫色封皮的犯罪侦查学教材里，最有意思的东西是犯罪现场照片、凶器和……隐形墨水。"隐形墨水是有机物或无机物的无色溶液：果汁，洋葱，糖溶液，尿液，唾液，奎宁……"

这让我反感，同时又吸引着我。我从没想象过尿床的人也可以当间谍，还用尿液、果汁和唾液写字。哼，让你写藏有自己各种秘密的密信。然而，接触隐形墨水的机会来了。所有的材料我手头都有。第一时间，我决定先去撒泡尿，我下到地下室里，拿了一瓶桃罐头，打开罐头，用火柴棍的另一头在日记本上慢慢地写了最秘密的两页纸。

下面是用隐形水果墨水写下的部分内容：

什么也看不见吧？那就是真的不可见。如果我能用这种墨水写下一整部小说。

侧边通道

所有证据表明，近四十亿年的历史都写在了生物的DNA里，宇宙就是图书馆这句话早已不是比喻。现在我们需要新的识字能力。等待我们的是一场大阅读。当豪尔赫先生说自己把天堂想象成没有起始和尽头的图书馆时，他考虑了各种可能性，他不是在猜测，他思考的是脱氧核糖核酸那永无尽头的螺旋书架。

我即书。

爸爸，什么是弥诺陶洛斯

我们就像弥诺陶洛斯一样在这样的地下室里挤来挤去，就为了……我日他的住房基金会和住房名单。

父亲正在尝试一项伟大壮举，不在我和母亲面前骂街，就像那些戒烟的人一样。我敢肯定，他会偷偷给自己开小灶，在抽完所有漏网之烟后，他还会骂完所有没骂的街。我父亲的独白被吸进了"火箭"牌吸尘器的蛇管里，但将会对我产生严重影响。我知道了什么是"日"和"住房基金会"，就和我知道"极端贫困""潘兴导弹"等等一样，但是我不知道什么是弥诺陶洛斯。是好人（我们的人），还是坏人。在这个时期，我是用这两个类别来区分一切的。我惊讶地发现，大人们也是这么做的。世界被分为两部分——好的和坏的，我们的和你们的。我们，因为一种幸福的偶然性，属于我们的这部分，是"好的部分"。然而，一天晚上新闻播送结束后，我听到父亲说"够了，为什么要我认为我住在地下室里、缺这少那的，都是那个傻瓜吉米·卡特的错"。我母亲总是更理智一些，朝他发嘘声让他闭嘴。他们不会是认为我会在某个同处一室的人面前说漏嘴吧。不过漫画里的吉米·卡特确实被画得像个傻瓜，长着硕大的牙齿，戴着齐眉高的点缀有小星星的高筒帽，嘴里叼着的是双翅火箭，而不是雪茄。

当我回到从前的时候，我搞错了，我又走进了别的通道。

过去的时代与当下这个时代有实质性区别——时间从来不是朝着一个方向流逝的。我是从哪里出发的？好在我记下了，否则就再也找不到那根线了……

我们就像弥诺陶洛斯一样挤在这样的地下室里……这是一句独白……这句独白立即被收进我那还没形成的顿悟目录里，所有那些新发现，最意想不到却又是情理之中的新发现，甚至是那些难堪瞬间。我父亲被吸进了吸尘器的蛇管里，因为我看不到他了，因为空间实在是太狭窄了，我们住在地下室，下午是幽暗的，窗户那么矮，太阳光无法走下来。

爸爸，什么是弥诺陶洛斯，我问道。父亲装作没听见。爸爸，弥诺陶洛斯是我们的人吗？我想这个问题让他愈加局促不安。第二天，他不知从哪里给我拿来了一本很旧的古希腊神话书。从那时起我再没有和这本书分开过。那时候我进到了弥诺陶洛斯的世界里，我不记得自己离开过那里。他就是我。一个在宫殿的地下室度过了漫长的日日夜夜的男孩，他父母亲的工作就是当国王，或者和牛睡在一起。

别管书上把他说成是一个怪物。我进过他的身体里面，我知道完整的故事。真是个大大的错误，明摆着就是污蔑，特别不公平。我是弥诺陶洛斯，我不嗜血，我不想吃七对童男童女，我不知道为什么把我锁起来，我没有过错……黑暗让我害怕得不得了。

Ⅱ

关于一桩遗弃案：弥案

在克里特岛宫殿的地下室里，代达罗斯建了一个迷宫，迷宫里有条令人迷乱的长廊，你一旦进去，就再也不能找到出口。弥诺斯把自己家的耻辱，他妻子帕西法厄的儿子关在这个地下迷宫里。这个儿子是帕西法厄与波塞冬派去的牛结合后生出来的。弥诺陶洛斯——一个拥有人身和牛头的怪物。

每隔九年，雅典人就要送七对童男童女给他吃。那时候，就出现了一个英雄忒修斯，他决定去杀死弥诺陶洛斯。阿里阿德涅偷偷从父亲弥诺斯那里弄来一把利剑给了忒修斯，还给了他一个线团。忒修斯把线绑在入口处，然后沿着无尽的通道往里面走，找寻弥诺陶洛斯。走啊，走啊，突然听见了可怕的吼声，怪物头上巨大的犄角向他顶了过来。一场激战开始了。最终忒修斯抓住了弥诺陶洛斯的犄角，将利剑刺进了他的胸膛。怪物倒在了地上，忒修斯把他拖回了迷宫的入口。

——《古希腊神话和传说》

案　卷

尊敬的来自各个时代、各个地区、健在的和已逝的陪审团成员，女士们、先生们，神话故事的搜集者和讲述者，还有您，冥界的现任法官，尊敬的弥诺斯先生。

37年来，我都在准备这个案子——"弥案"，撰写自己的辩护词。我从九岁就开始写，用我爷爷的变色铅笔，写在爷爷当兵时用的一个旧的小记事本上，他已经好久不用这个本子了。（其实就是为自己非法占有记事本的行为狡辩。正如大家所看到的，事情的起始总是伴随着某种犯罪。）

第一个版本的辩护词听起来是这样的：

弥诺陶洛斯是无辜的。他就是个被关在地下室的小男孩，受到了惊吓。他们遗弃了他。

我，弥诺陶洛斯。

这就是所有的记述。用的大大的印刷体字母，用去了记事本上的两页纸。我把这个记事本和案件卷宗放在一起。很多年过去了，我只是补充了更多证据。再一个，就是搜集那些自己找上门的蛛丝马迹。

令人惊讶的是，在所有经典文学里，我都没有发现对弥诺陶洛斯的丝毫怜悯。它们都没有离开曾经的定论，给他扣上怪物的帽子。怪物是最温和的词，转来转去，成为了古代文章里弥诺陶洛斯的代名词。奥维德在《变形记》里不就把他称作

"双重的怪物形象"和"自身胎带的污点"吗……别无其他，除了——污点和缺点。他难道没有想到，他本人几个月之后将被派往黑海之滨——人世间的罗马迷宫的最深处，一个永远无法找到来时路的省份。奥维德，当你身处外省迷宫之中时，并不是条条大路通罗马的。

奇怪的是，在一本更早的书里面，他比弥诺陶洛斯要温和很多，豪杰或者英豪，我在翻译时更想保留古时的"豪杰"来代替"英豪"。主要是由于豪杰已濒临绝境。在那个地方，被遗弃的阿里阿德涅给忒修斯写信，而忒修斯已经向雅典飘去。第一次，这位因为爱情而参与谋杀弥诺陶洛斯的共犯，似乎为自己的所作所为感到后悔：忒修斯，没有我给你的线团，你已经死在迷宫里了。你说过，只要我们还活着，你就是我的。这不，我们还活着，如果你也活着，就意味着你就是个最最普通的不值一提的骗子，杂种。最好是我没给过你那个该死的线团，如此等等。这个特殊案子里，更重要的是接下来她会第一次称呼弥诺陶洛斯为弟弟："你打死我弟弟弥诺陶洛斯的那根棍棒也在谴责我。"我们要向尊敬的法庭说明，另一个人承认了怪物是她的弟弟。

"我弟弟，弥诺陶洛斯"，我们要记住这一点。

"他的脸是牛的脸，其他地方都和人一样"，公元前二世纪某地的温和且无所不知的阿波罗多罗斯（或者其笔名是阿波罗多罗斯）说道。可能这是唯一一位对自己的当事人未使用蔑称的人。

机智狡猾的普鲁塔克做了什么呢？为了不归罪于语言，他更愿意通过欧里庇得斯之口来说弥。欧里庇得斯称他为"杂种、野种，天生就是怪物样"。还有："两种不同的天性，牛和人，集于他一身。"第二种说法听起来比较中立，在我们这里可以理解为仁慈了，这里再次显现了人类的本性。

与他相反，塞涅卡，这位几乎与基督同龄的人，在《菲德拉》里的用词让罗马士兵都会感到羞愧。希波吕托斯对菲德拉大叫，倒霉的淫妇，你让自己的母亲帕西法厄都黯然失色，她生了个怪物，向所有人展示了她放荡的欲望。我有什么好奇怪的，你也是从那个子宫里出来的，那个带有双重形象的耻辱也是从那里出来的……大概说了这样的话，如果我们保留那时候的隐语。

原告要提出异议吗？如果是因为语言问题，这些话不是我说的，是译文太准确了。和我们的案子没有共性？你们弄错了。要说的是遗弃和强迫监禁一个没有罪过却出生即被打上了标记的孩子。接着就是不公平的玷污，侮辱，不实信息的公开传播……然而在布局之中，从漏掉的对白和半吞半吐的话语中能看出来，可以确认弥诺陶洛斯具备人的天性。虽然他的人权遭到了剥夺。法官先生，我请求说明这一点，也请给我继续陈述的权利。

诗人维吉尔，奥古斯丁的最爱，在《埃涅阿斯纪》里有两行描述受难者的诗句:"这是一个半人半牛的杂种和怪物——/弥诺陶洛斯,不正常的爱的见证……"[1]

每个词语都充满厌恶之情。

我们说到维吉尔,就不能不提到但丁。在《地狱篇》里,弥诺陶洛斯被放在第七环的入口处,最血腥的一层:"在那断崖残壁的顶端,克里特岛的耻辱之物正匍匐卧定。"[2]但丁与自己的领路人维吉尔相比,更加无情。在被驱赶进迷宫之后,在被忒修斯的利剑刺死之后,我们的被告被扔给了那些嗜血鬼、暴君,以及那些违背自然法则的作恶之徒。但是,弥诺陶洛斯只不过是这一罪孽的产物而已,他不是加害者,而是受害者,最沉重的受害者。

(顺便提一下,这第七环是由半人半马的怪物看守的。半人半马怪物长着动物的屁股和人的躯干,是弥诺陶洛斯的镜像。)

如果文学作品是不断追溯弥诺陶洛斯怪异的出生,那绘画艺术就是被他的死亡所吸引。在所有的古希腊壁画、花瓶画、神话故事和传说故事书的插图里,场景都是同一个——忒修斯杀死了怪物弥诺陶洛斯。他总是快被捅死或者是已经死亡的姿态,被忒修斯抓住头上的犄角。展现一连串用剑进行近身搏斗

---

[1] 此处参考杨周翰译本。
[2] 此处引用黄文捷译本。

的技巧。

忒修斯抓住弥诺陶洛斯的一只角，挥起一把双刃剑刺向他的胸部。

弥诺陶洛斯把自己硕大无比的脑袋搁在忒修斯的大腿上，让自己的脖子暴露在剑锋之下。

忒修斯在弥诺陶洛斯的背后，左手抓住他的脖子，右手拿着短剑刺进他胸腔某处柔软的地方。身体是人的身体。忒修斯，你杀人了。剑缓缓刺入。是的，在所有的画里面，弥诺陶洛斯可怕的身躯都是极易受伤害的，这是掩盖不了的。

在一个基里克斯陶杯的杯底里，就是那种浅而宽的葡萄酒杯，弥诺陶洛斯竟然很好看，更像摩尔人，有着性感的嘴唇和好看的鼻子，他蹲着，身体毫无防护地裸露着，对着忒修斯的剑，忒修斯的右脚踩在他的腹股沟上。

在几幅保存下来的画里，我们可以看到忒修斯是怎么用剑刺自己身后弥诺陶洛斯顺从的身体……他几乎没有反抗，就像本案另一位缺席律师豪尔赫先生作证的那样。

在某些画中，杀人场面要更残忍、更粗暴和野蛮——用很粗重的木棍，带着节瘤的木头棒槌，是今天球棒的粗糙原型。杀死一头犏牛或者公牛，就像乡村屠宰场杀牛一样，用斧背猛击牛的额头。

只有童年和死亡。中间没有其他。除了黑暗和沉默。

女士们，先生们，请注意这一切。

病　毒

山羊和玫瑰在我身边相互献殷勤

我吓得大叫——上帝啊！

相似的罪孽已再无可能。

上帝听见了，把右手放在它们中间。

啊，世界从第二个蛾摩拉中被拯救出来！

——阿尔勒的高斯廷，17 世纪

说几句关于代达罗斯的非凡技艺，他让自然界禁止的事情成为了可能。他用高超技艺制作了一头木牛，外面套上真皮，把弥诺斯的妻子，疯狂迷恋上公牛的帕西法厄塞进它空空的肚子里。他把木牛放在轮子上运到草地上，公牛一般都在那里吃草。后面的事情就显而易见了。"公牛给母牛授了精，就像她是一头真的牛。就这样，帕西法厄生下了阿斯泰里奥斯，他被叫作弥诺陶洛斯"，如阿波罗多罗斯讲述的那样。

但是神话对另一个被隐藏的后果缄默不语。特洛伊木马是否源于克里特的木牛？同样是中空的，放在轮子上，但是要大很多，肚子里能容得下整整 30 个带着武器的士兵——不是为了引诱，而是为了攻占。牛生出马，女人生出人牛——代达罗斯把特洛伊木马赶进物种历史里了。而在几千年后将会出现一个新的继承者，没有木制身体，压根儿就没有身体——"特洛伊木马"或者 Trojan，凶险的电脑病毒。伪装成有用的程序，一两天待着不动，然后就爆发，清除，打开门户，破坏防护，让外人的眼睛进到你虚拟的特洛伊里。而所有这一切——源自代达罗斯反自然的高超技艺。反 17 世纪神秘的高斯廷坚持的那个自然。

这里井然有序，上帝也没有犯错，
苍蝇和公羊，郁金香和橡树并不交媾。

神话与游戏

我们来说一说弥诺陶洛斯和电子游戏吧？让你们进到近几年大量涌现的任何一款你们想玩的游戏里面。无论是过时款还是经典款。弥诺陶洛斯就像 B 级片里常见的恶棍。短腿，肌肉发达，脖颈短粗，身体多毛，终结者的不规则四方脸，可笑的小犄角。有的地方还有附加，会有公野猪的弯獠牙。至此，这一切似乎还不够，原始公牛接下来还要与野猪交配。

尊敬的奥维德、维吉尔、塞涅卡、普鲁塔克、欧里庇得斯以及您，但丁·"地狱"·阿利吉耶里先生（让我也把您的昵称写出来），你们来看看神话变成了什么。看看令你们鄙视的英雄。他今天的形象大多拜你们所赐。现在你们哭吧，古希腊的原始游戏玩家们。某一天，当我们在现实中相聚之时，可以赛上一局。在现实中，哈哈哈……我们玩《迷宫里的弥诺陶洛斯》，或者《魔兽世界》、《战神》，或者……其他的某款3D游戏。其中只有弥诺陶洛斯是三维的，而我们都将只是二维影像（我们是在他的王国里吧），数字时代兴起早期的颜色失真的低劣卡通。

与弥诺陶洛斯在一起的圣母玛利亚

一个孩子坐在妈妈腿上。妈妈的左手托着孩子，很可能是刚刚喂奶不久，现在等着他打奶嗝。孩子光着身子。圣像画一样的场景，如此令人熟悉，是小耶稣诞生之后画中会重复出现的场景。但是有一处不同让这幅画变得独一无二。年轻人长着牛脑袋。小小的牛犄角，长而下垂的耳朵，可怕的错位的眼睛，一张难看的脸。长着小牛犊的脑袋。帕西法厄与儿童弥诺陶洛斯在一起。这是在圣母玛利亚之前的久远时代。

这幅画为世上仅存。发现画的城市是在曾经的伊特鲁里亚的瓦尔奇市，现在的托斯卡纳市。可以在巴黎国家图书馆藏品里看到这幅画。有人大胆提醒，要注意在神话里被遗忘却又显而易见的东西。要说的是这个孩子。被一个女人生出来的孩子。要说的是一个婴儿，不是野兽。一个很快就要被送进地下室的孩子。也许还需要时间，数月，甚至一两年，直到弥诺斯决定如何在世上隐藏这个有生理缺陷的孩子为止。如果我们凝视母亲和孩子的脸，我们就会看到，其实他们两个人已经知晓一切。

这会不会正好就是他们分离的时刻呢？她的左手不再抱着孩子，已抽离开，而且在孩子的背后轻挥以示告别。

之后，神话会把这个孩子变成一个怪物，来开脱遗弃他的罪孽，以及我们对所有将要被我们遗弃的孩子们犯下的罪孽。

未被善待的孩子

显而易见的是，古希腊神话里孩子总是缺席的。

如果我们都认可古希腊是人类的儿童时期，那为什么这一儿童时期又恰恰缺失了儿童呢？似乎所有人都表现得像孩子，而真正的孩子并不受欢迎。只要有孩子存在，他们的父亲多半会吃掉他们。那些未被吃掉的孩子，将会吃掉他们的父亲。自克洛诺斯和他的孩子们那个时代开始，就一直是这样的。[1]

毫无疑问，时间总是会吃掉自己的孩子。但是有光明的地方就有时间，那里有黑暗和光明的更替，有黑夜和白昼的更替。因此可以说，唯一不受时间影响的地方是山洞里绝对的黑暗。那里藏着孩子宙斯。只有在那里，克洛诺斯（时间）并不掌控一切。

地下室的黑暗迷宫里也藏着弥诺陶洛斯。因为在那里，时间不会流逝，他可以一直是个小男孩。

生活在辣椒酱和罐头之间的我们，暂时的弥诺陶洛斯们，也被锁在地下室里——城市的山洞里。

我有个姨妈，她每次来做客，都吓唬我说要吃掉我。她高大臀肥，是提坦神巨人家族的远亲后裔，她站在我面前，伸出硕大的涂着可怕指甲油的双手，龇牙咧嘴凶恶无比，两颗银牙发着光，带着深沉的似乎从她肚子里发出来的呜呜声，慢慢向我靠近。我蜷缩成球尖叫不已，而她笑得发抖。她没有孩子，孩子一定是被她吃掉了。

---

[1] 克洛诺斯是古希腊神话中的众神之王，他曾得到母亲盖亚的怂恿，用镰刀阉割父亲乌拉诺斯，并推翻了他的统治，父亲预言他也将被自己的孩子推翻，于是，前五个子女一出生，就被他吞进肚里。

古希腊神话里被吃掉的孩子
（部分名单）

最开始，当然了，克洛诺斯的孩子是他自己吃掉的：赫斯提亚，得墨忒耳，赫拉，哈迪斯，波塞冬。还有襁褓中包着的一块长石头，它替代了宙斯。

宙斯吃掉了自己的妻子墨提斯，因为她肚子里藏着雅典娜（尚未出生就被吃掉了）。之后，她会全副武装地从他的脑袋上生出来。

伊堤斯（伊堤尔）——色雷斯王忒留斯的小儿子，被自己的母亲和姨妈杀死，并被端上了毫无察觉的父亲的饭桌。奥维德在他的《变形记》第六卷中讲述了这一切，包括所有细节：杀人凶手抱着被蒙蔽的孩子，用剑捅刺他，在铜锅里沸腾的温暖的一部分身体，另外一块已穿在钎子上了…… 最后是正在吃晚饭的忒留斯"大口贪吃，把自己肚子里的肉吃进了自己的肚子里"。

还有……关于孩子珀罗普斯的故事，坦塔罗斯的儿子，被自己的父亲砍成了碎块，烹饪好奉献给众神。只有得墨忒耳悲痛欲绝，伤心地吃下了自己身上掉下来的孩子的部分肩肉。

这里有一则晦涩难懂的关于阿尔卡迪亚王吕卡翁的故事，为了考验宙斯，他把自己的孙子阿卡斯端上了饭桌。

在这份名单里，你不会看到弥诺陶洛斯吃掉的童男童女——我不相信神话里的这部分内容。毕竟牛是食草的。

附　言

新时代傻头傻脑的模仿。

托盘就是那种最最普通的，大尺寸的，上面满是长期使用留下的磨损痕迹。米已经洗过了，稍稍焖过，白色之中夹着小小的黑胡椒粒。可以看到，炉子已经接通电源，烤箱的门打开着，有两只手拿着托盘正朝烤箱里放。只有一个细节——米上面放着的不是小鸡或火鸡，而是婴儿，光着身体，还是活的。我差点脱口而出说是生的。他平躺着，手和腿都伸向空中。看得出就几天大，不会比一只中等大的火鸡重。

我有这张照片（黑白照），还有一同买来的与照片相关的故事。从邮局收到这张照片的女人，吓得差点没瘫倒在地。"祝贺你有外孙了。是不是很可爱呀！"信是她女儿从加拿大寄来的，是她自己期盼已久的小宝贝的第一张照片，过去，在她女儿小时候，大人们总和她开玩笑："你太可爱啦，我要吃掉你。就着

78

米饭，就着米饭……"家族里有过这样的笑话。那么现在，多年之后，女儿决定一字不落地表现一下这个笑话。

一则脱了骨的、捉弄人的、依然可怕的神话。

弥诺陶洛斯的声音

被告发言。

停顿。

被告要说些什么为自己辩护，还是更愿意保持沉默？

在古希腊留存下来的文献中，没有任何地方保留弥诺陶洛斯的声音。他没说话，其他人都在说他。在那里，所有的一切，有灵的无灵的，都不再沉默，到处充斥着神和凡人的声音，森林女神和英雄、机敏的奥德修斯和天真的独眼巨人的声音，在那里，令人鄙视的半人半马怪物都有权说话，只有一个人沉默不语。弥诺陶洛斯。没有任何声音、声响、呜咽或者威胁，任何地方都没有哪怕只言片语。荷马的六音步诗里也没有，在失明的无数个漫漫长夜，这个诗人中的弥诺陶洛斯在历史的迷宫里游荡。奥维德，一个流放者，经受过被放逐之苦，也没有为他说话。维吉尔没有，老普林尼没有，埃斯库罗斯、欧里庇得斯或者索福克勒斯都没有……谁都没有发声，没有保存下弥诺陶洛斯的声音。你可以很容易地为伊卡洛斯忧伤，还有忒修斯、被骗的阿里阿德涅，甚至老弥诺斯……但是没有任何人为弥诺陶洛斯忧伤。

被告有什么要说的？否则……

有。为什么在六音步诗里，他就不可以是一个值得称道的英雄范例？

弥诺陶洛斯的辩护词
（片段）

我只有几句话想对你说，这几句话我在无尽的漫漫长夜里苦想已久，请你审判我吧，弥诺斯，冥界最冷酷的判官。

爸爸是一个待在我的舌尖上如此之久的词，但是我知道，你很厌恶，我又把这个词咽了回去。这就是我要和你说的。比你想的还要可怕的是，我身上流淌的是你的血——是由于血缘关系的先天性生理缺陷，没有背离。我长得像爷爷，你的父亲，我是儿子也是孙子。我们家族里的第一头牛是宙斯。你要记住，是他引诱了我奶奶，你的妈妈，欧罗巴。我长得和我的爷爷宙斯如同一个模子里刻出来地一样，是变成牛之前的模样，就和他本人一个样。就是这样。

我酷似他，我也有和他一样的牛头，就和克里特岛上老奶奶们哭诉的一样。

　　他是神，我——一个先天有缺陷的人，没有区别，
　　你要相信我，弥诺斯，爸爸，你
　　是个爱白色体壮的牛胜过爱我母亲的人，
　　而现在你却厌恶它们的身体……

　　弥诺斯：法庭现在休庭……

　　哞呜呜呜呜呜……

　　请带离被告……

　　哞呜呜呜呜呜呜……
　　呜呜呜呜呜呜呜呜呜呜呜呜呜呜呜呜呜呜呜呜呜呜呜
呜呜呜
　　呜呜呜呜呜呜呜呜呜呜呜呜呜呜呜呜呜呜呜呜呜呜呜
呜呜呜
　　呜呜呜呜呜呜呜呜呜呜呜呜呜呜呜呜呜呜呜呜呜呜呜
呜呜呜

黄房子

隔离所

一座黄色的斑驳不堪的建筑，在最远处的尽头，又长又矮，窗户上装有防护栏，围墙上有危险的带刺铁丝。这是精神病人隔离所，官方名称是这个，而在这座东南部的偏僻城市里，人们就叫它疯人院。听说，夜间围墙会通电，已经电死好几个了。我很害怕，同时也正是这种恐惧驱使我在周围转悠。

一天晚上经过那里的时候，我听见了一声令人不寒而栗的哀号。这种哀号或者哼哼叫中又有点不寻常，不像是人发出的，是从深夜的密林里传来的，呜呜呜呜呜呜呜呜呜呜……在寂静的 11 月初的夜晚，这没完没了的呜呜声凿出了很多条隧道。那是个周日。落叶铺满了整条街道，仍然散发出淡淡的腐烂和丙酮的气味，这种气味是秋天逝去之前的味道。只有正门入口的灯散发出湿乎乎的朦胧光线。那位医生离开了，主治医生一周就来一次。门卫应该是在这儿的什么地方，一定是喝醉了，在医生办公室里睡着呢。这也正好救了那个喊叫的人，不然他就要被带去院子里，用软管洗传统的冰水澡了。听说是透过窗户防护栏直接用水喷浇房间（更准确的词是牢房）里的他们，这是让躁狂者平静下来的自然疗法。主治医生早已经认命了，他会在这里结束自己的职业生涯，在这个偏僻的小城市。他也不用惧怕任何检查和惩罚，就像是一个身处地狱的人，无须担心还有什么更糟糕的事发生。

就在这个周日晚上，我绕着这座黄房子转，发出那声喊叫的暗黑隧道把我越来越往里吸。我害怕自己也会进到那黑暗的通道里面，无论那里有什么，都不是人眼可看和人耳可听的。但是我的身体还是不由自主地继续转圈，我感觉到我开始挣脱自己。还差一点我就要进到发出哀号的隧道里，就会沿着沟槽徘徊，就会移到那个喊叫之人的身体里。

就在那一刻，有只手紧紧抓住了我的肩膀，惊醒了我，我像蜗牛一样又缩回到自己的壳里。是我的父亲。

我们两个人的脸上都难掩受到惊吓的神情，居然在这个地方见到了对方。我们俩谁都没有理由出现在这里。谁也没问对方，在这个时间是什么把自己带到了这里。我们回头朝城里走去，谁也没说话，隐没在这个 11 月的夜晚，离那声喊叫远去。

我知道，我永远也逃不出那呜呜呜呜呜呜呜呜呜的隧道了。那声哀号有着程度不一的坚韧，在我的一生中会死跟着我。它在出乎意料的情况下出现和消失。有时候它也会平息下来，我会忘掉它，在最幸福的时刻，在大家快乐聚会时的一片喧闹声中……但当一切都静下来时，它毫无例外又会出现。10 年之后，我的耳朵里依然是那种不间断的呜叫声，我知道，那种哀号—哞哞叫—哭泣着的东西已经久住这里了。在最最里面，在头颅的腔洞里，然后是耳鼓膜、锤骨和砧骨，在内耳的迷宫里，就和医生们说的一样。

诊　断

很多年之后，我已经是名大学生了，我鼓起勇气，当着一个年长一点的医生朋友的面，讲述我童年时代遭遇的这种"迁移"。医生思考了良久，最终给出了一个罕见的诊断，也许是在那一刻才编出来的诊断，听上去大致是这样的：病态移情症，或者强迫性躯体综合征。这种病非常少见而且无法治愈，但是发作的高峰期是在童年时期。随着时间的流逝，它的发作变得更容易控制，也不再有那些最剧烈的症状，但并不会完全消失不见。就如同癫痫发作，他说道，我们永远都无法知道病人发作时会游荡到哪儿。

我没晕倒的时候，身体完全是平静的，虽然有轻微的僵直，但就像是一个专注于自己的思绪，或者在聆听什么故事的人的身体。当我（我的一部分）迁移到别人的故事和别人的身体里时，我眼睛不眨，瞳孔一动不动，嘴巴半张，呼吸进入某种自动机制。

我带着恐惧和隐约的负罪感和愉悦感接受了这一切。我尽可能努力掩盖这种能力或者这种疾病。只有我奶奶总是能发现：

"哎呀呀，又迁移了。"尽管我有意识地控制，但还是会经常发作。好像在那里，另一个人经受着疼痛的地方，那个伤口上，那个发炎的地方，一条通道打开，把我吸了进去。在故事当中，尤其是自己亲人的故事中，总是有某个盲点，短暂的裂缝，薄弱之处，无法理解的悲伤，对失去之物或者从未发生之事的憧憬，这些都吸引人进去，走进无法言说的黑暗走廊。每一个故事里都有这样隐秘的走廊和通道。

为了让我安心，医生让我去做核磁共振检查，在那个巨大的白色胶囊里，他们把我的大脑切成薄片，窥探它所有的秘密。你要放松，想想美好的事情，护士说道……

两个小时后，我走进负责分析片子的医生的办公室，还在远处我就有种不好的感觉，感觉到了他们尽量掩饰的慌乱。片子照得不成功。可能是机器的原因，它已经很旧了。事实是，他们第一次遇到这样的事情，完全看不到任何东西，只有一张黑色底片。我对此却并不感到惊讶。我知道，什么也看不到，因为里面就是黑暗一片，无法照亮，已经累积了很多个世纪的黑暗。

我的头颅就是一个洞穴。当然，我没有告诉他们。

有时候——在同一时间里——我是恐龙、鱼、蝙蝠、鸟，漂浮在原始汤[1]里的单细胞生物，或者哺乳动物的胚胎，有时我在洞穴里，有时在子宫里，根本上都是一样的——被保护（抵御时间）的地方。

侧边通道

移情症在7岁至12岁之间发作最为强烈。最近的研究集中在所谓的镜像神经元上，它们位于岛叶皮质的前部。简而言之，一个人如果感觉到疼痛、悲伤、幸福，或者在另一个人身上观察到同样的情绪时，镜像神经元就会以类似的方式活跃起来。某些动物也会产生移情。情感的共同体验和镜像神经元之间的联系尚未得到很好的研究，实验正在进行中。研究人员相信，有意识地培养移情能力，包括阅读小说（请参看S. 基恩），会让沟通交流更容易，并使我们免遭未来世界骤变的灾难。

——《社会与大脑皮层》杂志

---

[1] 一种关于生命起源的假说认为，地球上的生命起源于无机物混合的原始汤，其中包含了形成生命的一些基本材料。

我的兄弟，弥诺陶洛斯

我父亲那天晚上在黄房子周围做了些什么呢？他的工作确实就是这样的——哪里有人叫他，他就过去转一转。小城里几乎所有人家都在院子里饲养动物。可是一个兽医在精神病院里找什么呢？他就是从那儿过来的，在这么荒凉偏僻的地方，他还能从哪儿来呢。

忽然，我的脑子里出现了一幅完整的画面，清晰得令人震惊。我说"忽然"，其实这幅画面的每个部分，都是我在夜里以儿童的想象力仔细琢磨出来的。现在一切都如此轻而易举地拼接起来了，我有点害怕。

这种非人道的哀号真的是非人类的叫声，也不是呜呜呜呜，而是哞哞呜呜呜。发出声音的是半人半牛怪，他被关在那里。（我在我爷爷隐藏的记忆里看见过这样一个男孩。）人类的医生无法为人类做任何事，因而他们决定医治这头牛。自然，他们叫来了小城里最好的（其实也是唯一的）兽医，我的父亲。

还有另一个说法，一个更黑暗的版本，也是长久以来孩子们在那些孤独的午后精心设计出来的。这个半人半牛的男孩子不是随便的什么人，而是"我的死胎兄弟"，我听到过他们窃窃私语谈论他。他出生时是活的，但是头上长着犄角，他们就把他放在家里了。他们遗弃了他。带着最美好的愿望。不要影响到他那健康的兄弟。我记得我用自己最隐秘的（将会隐秘得无法辨认的）笔迹记录下了这一切。我把笔记本上的这页纸卷成了一个筒，塞进了床底下自己的秘密箱子里。

或者，我根本就不是他们的儿子，而是他们领养的，因为他们已经失望了，他们生出来的都是长着牛头的孩子？

如果是这样，和他一样，我还是会被遗弃的。我和我的兄弟，这位弥诺陶洛斯，我们还会被遗弃。

我记得，在接下来的日子里，我全身心地寻找某个裂缝、半开着的门，好进到这个秘密的洞穴里。我似乎不由自主又小心翼翼地从我父亲那儿打探牛得的什么病。他看见过连体双胞胎牛吗？这种情况下，他们会杀死其中的一头以保全另一头吗？我父亲漫不经心地回答了我的问题。有一次他还是放松了警惕，闲聊到一头母牛的故事，这头母牛，就在新年当天，用了 14 个小时才分娩……我没听到后来发生的事，只是突然进到一个通道里，这个通道为我打开了这个故事。开始的时候，我停住了脚步……进到父亲的秘密里，无论怎样都是不合规矩的。总有些不像话和不自然，你可以看到那些你不想看到的。我还能听到他的声音，我被故事迷住了，我是有机会回来的。我对自己说，我是第一次做，也是最后一次。我继续往下走，在他故事里的侧边通道里快速蜷起来，我已经对这个故事没兴趣了，他的声音也渐渐消失了。我随意走着，穿过我父亲的童年，我们长得太像了，瘦瘦弱弱的，不合身的宽大衣服，一定是别人穿到不能再穿的，就是在这里偷拿母鸡身下的蛋，还是温热的呢，我能感觉得到，我的奶奶，他的母亲（现在也是我的）在看着我，我拿着鸡蛋就朝杂货店跑去，如果我能把鸡蛋卖给杂货店老板安格尔爷爷，一个鸡蛋我能换一块华夫饼干。我跑啊，跑啊，进到商店里，谢天谢地，没有其他顾客。安格尔爷爷，三个鸡蛋，换华夫饼干，我气喘吁吁好不容易说出话来，他看了我一眼，你妈妈知道吗，是的，她派我来的，他拿起鸡蛋，把鸡蛋举起来对着太阳光，噢，这些鸡蛋是偷来的，咦，他是怎么知道的，他把鸡蛋又还给了我，就在这时候，我妈妈从街的那一头向我走过来，我把鸡蛋一把拿了回来，塞进口袋里，又一溜烟地跑起来，但我是沿着已经塌陷的台阶飞跑的，我摔倒了。小心你的鸡蛋，安格尔爷爷笑着说。我能感觉到蛋黄是怎样流到我的大腿根的。

在惩罚到来之前，我先放下这件事，我蜷缩到另一个通道里，改变了方向。我告诉自己不要竖起耳朵听那些我不感兴趣的事情。在最后一刻，我避开了一个姑娘，我父亲正与她接吻，我在接吻，在房子的墙后面。她很漂亮，但不会成为我的母亲。他也很英俊。在我是他的时候，我也很英俊。高高的个子，我的头发是卷曲的，我能感觉到那些与我擦肩而过的女人的目光。这个看上去像外国女人。这个是我在什么地方认识的。这个……噢，这是她，我母亲。这里的某个地方应该就是谜底所在，我就是为解开这个谜才进来的。我必须得蜷缩在某个通道里，在那里看，但是我动弹不了。她很痛。非常可怕的疼痛，我也无法再停留在旁边了，我被吸了进去。什么活的东西被撕裂了……我撕裂了……终于传出了婴儿的啼哭，这声啼哭是我发出的，我是我，那个满是皱纹的、湿乎乎的、发紫的肉块。被放在一边，透不过气来，浑身发抖。

什么东西狠狠摇晃我，顺着黑乎乎的通道把我朝后拉拽——光亮，说话声，我父亲的脸……怎么了……怎么了……我叫了你十分钟都没能叫醒你……

我感觉自己途中被狠揍了一顿…… 一切正常，爸爸，我在这里…… 我是我母亲生的，真是个奇迹。

我还没能看清那里是不是还有其他人，在我之后是不是又来了另一个人，我父亲就把我拽了出来。留给我的是一种不能肯定的感觉，那个洞穴里不是只有我一个人。

我是我母亲和父亲生的，但这并不会让我成不了弥诺陶洛斯。我独自一人继续度过漫长的日子，就在窗户边，翻看着一本书。

小毛孩

和古时候一样，社会主义的孩子也是不被看到的。

在大人的脚边转悠来转悠去的小毛孩们。他们是生活的备用品，却从来不是生活的一部分。

你去地下室里拿些酸黄瓜！快到另一个房间玩去，我们要和客人说话呢！滚开，现在我干活呢！不是要我的耳刮子工厂开工吧……父权制社会与工业化。

每年夏天到乡下待三个月，是到奶奶家去，置身于纯净的空气和阳光之中，锻炼身体，直接喝羊奶，吃生鸡蛋。你从母鸡身体下取出还温热的鸡蛋，你奶奶用围裙擦一擦，拿一根粗针扎一个小孔，撒进去一点盐，然后你在奶奶温柔的目光注视下，使出浑身的劲，对着这个小孔吮吸。你喝吧，你喝吧，吃一个鸡蛋就相当于打一针，奶奶说着。30年前的某个大医生是这么说的，他从村子里经过，还留下来住了一晚上。他说，吃一个鸡蛋就等于打一针，你们遇到我才能知道这些。

这种"纯净的空气和阳光"教育法，在很久之后我才得知，自30年代起，也是德国孩子们的重要教育法，让孩子们健康成长、充满活力，斗志昂扬。是不是大人也给他们吃过很多生鸡蛋呢？

在无数个夏日午后，当我重读那本已经翻破了的书里的古希腊神话时，我有了下面的发现。宙斯其实和我们这些70年代末的人几乎就是一样的。一个孩子，被送到偏远的外省，由奶奶盖娅照看（也就离自己的父亲更远了），喝山羊奶（当然，他的这只羊是神祇的山羊），他才能健康成长。

我永远都会记得从一只普通不过的绵羊身上刚刚挤出的依然温热的奶，上面还漂浮着几粒亮晶晶的羊粪蛋，随着泡沫被吹到了一边。只有在童年时代，长生不死才是可能的事情。也许就是因为那羊奶和生鸡蛋。

但还是有一种非常缓慢的恐惧。我被遗弃了。他们丢下我回到城里去了，他们不见了。

豆妈妈

豆妈妈的身体是绿色的，两粒豆仁就是两只眼睛。我们非常害怕她。每每看到我们进到园子里，我奶奶就喊道，你们不要到豆畦里去，豆妈妈会追赶你们的。如此，即便是我们没看见过豆妈妈，但是她已经进到我们的脑子里了，我们总是远远地绕开豆畦。

葡萄园里住着葡萄妈妈，保护着自己的孩子。因此，我们不敢踩踏一排排的葡萄，也不敢乱摘葡萄。

有一次，我奶奶看到了我们是如何对那些从门前地砖上经过的红蚂蚁进行真正的大屠杀的，也就是在那时，我们第一次听说了蚂蚁妈妈，体型巨大，还长着尖锐的爪子。

万物都有自己的母亲，只有我们没有。我们有奶奶。

弥诺陶洛斯综合征

1970 年代。我们的母亲还年轻,学习——大一、大二、大三,工作——第一班岗、第二班岗、第三班岗。我们待在空空的房子里,底楼,地下室,沉浸在无聊和恐惧之中,迷失于独自一人所处的模糊不安之中。有弥诺陶洛斯综合征吗?

我没有养鱼、猫、乌龟或者鹦鹉,但正如我母亲理智地一针见血地指出的那样,我们最不缺的就是那些东西了。还有就是,在期盼拥有自己的单元房的伟大日子来临的时间里,我们又换了好几处公寓。我唯一拥有的是我的小狗莱卡,它无家可归的灵魂在宇宙中哀号。[1]还有我的兄弟,弥诺陶洛斯。它们是非法居住在我这五平方米的空间里的,我的母亲和父亲是看不见它们的,还有房东也看不见。

1980 年代个人史

但是后来……

---

[1] 原为生活于莫斯科的流浪狗,1957 年 11 月 3 日随苏联人造卫星被送入太空,但不久即死亡。其形象在苏联时期得到广泛传播,成为世界知名的太空狗。

应该写一部《1980 年代无聊史》。这是出产最多无聊事的 10 年。包括迪斯科。在本世纪的一个下午。

第一次听到"无聊"这个词的时候，我六岁，我感到了紧张，因为我不知道无聊是个什么东西。邻居佩帕阿姨问我，你整天一个人待着一定很无聊。我想象着它是一种轻微的疾病，某种不适，流鼻涕，伤风感冒，或者是对杨絮过敏。因此我含糊地回答道：哦不，我什么事也没有。我很好。在我的家乡，没人听说过无聊这个词，他们从来不说这个词。在那里，总有事情需要做，动物们永远不会给作物安安稳稳生根的机会，庄稼一长出来它们就会啃掉。但是在这里，在 T 城，无聊在各处随意生长。就如同灼热柏油路面上的热气在翻腾，院子褪色了的墙皮在掉落，公园里阴凉处卖瓜子的小贩在熟睡，像猫在打呼噜，或者，对面房子里科斯塔叔叔震耳欲聋的打喷嚏声。

收藏品清单

餐巾

空烟盒

火柴盒

图钉和印章

袖珍日历

会眨眼的明信片

进口糖果包装纸，外层纸和内层锡纸

巧克力包装纸，外层纸和内层锡纸

口香糖包装纸（里面没有口香糖）

梅塔克斯牌酒的盒子，空的

威士忌、白兰地、金巴利酒的空瓶子……

显然，这些收藏品都是被扔掉的，空的，用完了的。有人抽了万宝路烟和罗斯曼烟，吃了进口巧克力，嚼了口香糖，灌了一瓶白兰地。只有一些空瓶子、空盒子和包装纸留给了我们。我们是空无一物和被遗弃之物的收藏者。

这是我的第一台磁带播放器，是日本货，日立产的，是我们用爷爷的驴作为交换从几个越南人手里换来的。到头来，我爷爷觉得这就像是用一匹马换了一只鸡。马是指那头驴，而鸡是指那台磁带播放器。

我们特别热衷于往我们的历史和文学课本里熟悉的名人照片上加几笔涂鸦。在总书记像鸡蛋一样圆又秃的脑袋上画上一顶海盗的骷髅帽，在他脸上加上小胡子。在波特夫[1]的脸上，请原谅我吧，文学之神，我画了一副圆眼镜，约翰·列侬风格的眼镜。眼镜直接把令人生畏的波特夫变成了保加利亚革命中一

---

[1] 赫里斯托·波特夫（Hristo Botev，1848—1876），保加利亚革命者、诗人。1876年，在一场与奥斯曼军队爆发的战斗中，他中弹牺牲。他的文学创作活动和他亲身参加的革命活动紧密相连，被广泛认为是保加利亚的文化象征和英雄人物。

个略显迷茫、胡子拉碴的嬉皮士，而革命总是失败的。

世界简单而有序，简单到有序。周三——鱼，周五——俄罗斯电视节目。

在东德牛仔电影里，红皮肤的都是好人，无产阶级，就是这么说的，他们是红色的。

1973年或者是1983年（一角报纸，看不清了）11月18日，星期一的电视节目：
17:30 保共中央委员会七中全会决议讨论；18:00 新闻；18:10 少先队节目"小鼓手"；18:30 电影，《马戏团的孩子》；19:00 经济节目，《美丽又舒适》；19:20 人民军队节目，音乐会《行进曲》；19:40 广告；19:45 每月一歌；19:50 晚安，孩子们！20:00 国际和国内新闻；20:20 体育节目；20:30 电视剧场《结婚纪念日》，编剧耶日·克拉斯尼克；21:40 国际音乐会颁奖晚会；22:00 新闻。

不知道为什么，这份节目单总是让我陷入悲伤之中。最后新闻是晚上10点，然后就没有然后了。只有国歌过后的嘶嘶嘶嘶嘶嘶声和一片雪花。

这是装防毒面具的军绿色帆布包，充满着对原子弹、中子弹的令人精疲力竭的恐惧，对空袭警报测试的恐惧。我还记得学校体育馆的地下防空洞，在那里，我们每个月都要藏进去"戒备"一次。黑暗中慌乱的呼吸，根本无法正常工作的应急灯，一片混乱、汗味和恐惧，后来一个同学夸耀，声称自己在黑暗中炸中了，意思是他抓住了化学老师的奶子（用的那时候的语言，让它安息吧）——是抓错了，他原本的目标是别处。

我在军事训练课上花了17秒才戴上防毒面具时，少校大声喊着："完了，完了！你死定了！……"他一个劲地让我看秒表。

你要在自己死了30年后还活着委实不容易。

我们的训练和我们受训的缘由同时结束了。

性问题

社会主义时期有性爱吗？性爱里的社会主义？我们的性启蒙书是《男人和女人的私密处》，从德语翻译过来的，是那个年代的畅销书，总是被藏在书架最上面一层的最里面。有一次，这本书消失了。

有人碰了那本书吗？

哪本书？

你知道我指的是哪本。

我们都背着别人读过它了。它立即成为了一本实践手册，一个触手可及的医学顾问，同时也是一本色情文学作品。

就这样，我们最初是通过医学论述发现了性。手淫（那里面写着的）对人的健康有害，就和没有爱情的性一样。但是说实话，对我们来说，没有性的爱也一样折磨人。

重要的色情场景目录

现在，当她沿着楼梯向桑尼跑去时，一股强烈的欲望向她袭来。一到楼梯口，桑尼就抓住她的手，带她穿过门厅径直走向了一间空卧室。当门在背后被关上的一刻，她的腿都软了。她的唇感觉到了桑尼的唇，带着苦涩的烟草燃烧后的味道。她张开了嘴巴。这时候她感觉到他的手从她的连衣裙下面往上移动，听到了衣服被扯破的声音，她感觉到他温暖的大手在扯她的缎纹三角裤，抚摸她的两腿间。他解开了裤子，她把双手绕到他的脖子后面，就那么悬空着挂在他身上。然后他把两只手放到她身体下面，把她往上抬了起来。她在空中轻跳了一下，好把腿缠在他的大腿上。他的舌头进到她嘴里，她吮吸着。他猛地一顶，她的头受到冲击撞到了门上。她感到有什么滚烫的东西从她的两腿间流过。她放下自己的右手引导他，感激得神魂颠倒，几乎哭出了声来……

马里奥·普佐的《教父》中神秘的第 28 页是新发现，是对一整代人的洗礼。和我大多数同学一样，我手抄了一份，而有些更大胆的家伙用剃须刀片把那一页从书上直接裁了下来。

性爱看起来就是一种复杂的，通过两只手和舌头依次跳、抓、抬、顶……而完成的杂技表演……我永远也学不会。但是无论如何，那个人物形象给了我积极主动的自信。至少理论上我了解了如何到达那种"感激得神魂颠倒"……

另一部小说是法语的。与《教父》中沉默无言的场景不同，这部里面有大量的言语，叹息，气息……由此我们知道了，做爱的时候也是可以说话的。莫泊桑的《漂亮朋友》。"我爱你，我的小玛德……"请不要，我求你了……快速的颤抖……狂野而笨拙的性交……

让我们再加上一些隐秘的色情故事，都是油印发行的，被认为是巴尔扎克写的。故事是有关女人和一只动物（就如同帕西法厄和牛）的性交（就是这个词），那是一条狗还是一只熊，我想不起来了。

……

在完全匮乏的境况下，我们在意想不到的地方找到了一些色情史料。

比如，古典造型艺术。取之不尽用之不竭的女性裸体，当然比我们偏爱的要更丰满、更巴洛克，但也聊胜于无了。我们盯着这些廉价的复制品看……戈雅的"裸体的玛雅"，波提切利的"维纳斯"，鲁本斯的"三女神"，库尔贝的"沐浴者"……而历史课本上德拉克罗瓦的《自由引导人民》插图，主人公的乳房在革命热情中冲出了她的衣服，也成了我们自己性革命的一部分。

一本旧的内克尔曼公司商品目录上的内衣广告。

获得艺术体操金牌的女性。

所有的花样滑冰比赛。

戴安娜女神持弓的裸体雕像。整个 D 城，从前的蒂亚诺波利斯，到处都是这种雕像。有一天下午，我从对面房子的窗户看到了一个赤裸身体的女同学一闪而过，她也叫戴安娜。我已经知道了那个神话故事，很害怕诅咒会降临到我身上，我马上就会变成一只鹿，我仿佛感到脚变成了蹄子，而脑袋上随时都会长出犄角。隔壁院子里的一条狗随之朝我狂吠了起来，显然它是闻出了我身上鹿的气味……

展现女性大长腿的连裤袜外包装。

不久之后，我们听到一些传言，说精液对女性皮肤有好处，住我们旁边社区的一个大男孩对我们吹牛，说经常有人找他当供货员。他称之为保加利亚的"妮维雅"。

我保存着一个口袋,里面全是这一时期的情书。我要不要在此处加上这些信呢?过去写过的信令人难以置信地多。有一瞬间我甚至想,如果我把这些信全都寄还给写信的女孩子,会发生什么呢?如果我按照上面的地址,开始一封一封给她们寄回这些信,会发生什么?我认为 V 的信写得最长最煽情,她已经幸福地在墨西哥结婚了。

V 总把信纸正反两面都写满,可地方还是不够,所以她就继续把内容写到信封朝里的那一面。有一次,我同时收到了她寄来的整整七封信。她寄了一封以后又想加点什么,如此这般。她每半小时就去一次邮局。收到这些信的时候,我还在服兵役。去附近村子取信的士兵还在远处就举起那七封信。基地里每个人都跑了出来,希望那些信里有一封是自己的。他开始念信封上的名字,事实上,只有一个人的名字,被念了七遍。每念一次,我的愧疚就增加一分,都不敢看其他人的脸——他们的悲伤,很快转变成无言的憎恨。对世间不公的憎恨。同时寄到的七封信,怎么可能全是寄给同一个人的呢。

现在我知道了,那些信的开头有些是直接从那部小有名气的《伟人的情书》里照搬过来的。我现在才发现这个小骗局。这就解释了为什么在高级的开头"我的爱人,我相信命运会庇护我们"之后,会生硬地转折到日常琐事中:"大部分讲座都很烂,有些教授随意到不能再随意了……你还记得佩蒂娅吗?

我介绍你认识她的……你一定难以相信，她找了一个意大利人……"

或者是这个"我希望我们还能像 3 月 8 号和 9 号一样幸福！！！"，用了三个感叹号。

只要能让我想起 3 月 8 日和 9 日发生了什么，让我做什么我都愿意。

在火车上听来的："社会主义时期我们为爱那是出大力了，因为有劲没处使。"

沉默的烹饪书

我要在 1980 年代未写完（也不可能写完）的故事目录里再加上一则：沉默的短故事。

我母亲用自己的沉默做出了超级棒的炸西葫芦、烤羊肉、巴尼察饼……

没有什么是几道菜传达不了的。直到现在我才意识到，为什么我的母亲和奶奶做饭那么好。那不是单纯的厨艺，那是在讲故事。

她们的巴尼察饼和南瓜起酥饼的迷宫，其美味与错综复杂堪比山鲁佐德[1]的故事。这里是缺失了的保加利亚叙事诗，巴尼察饼叙事诗。

……

那时我们的邻居维持着一种愉快但又略微怪异的家庭关系。他们每周六中午都会吵上一架。这已经变成了一种仪式，周末演出的一部分。我记得有一个周六，闹剧没有进行，我们真的都很担心。我母亲不是开玩笑的，催促我父亲过去看看他们家是不是出了什么事。我父亲回答说他不能就这么过去问人家："你们为什么没吵架呀？"尤其是当初也没人问过他们为什么吵架。当然他最终还是过去了。我母亲总是胜利者。没人应门。看起来他们应该是出城了。

事实上，他们每次吵架都是同一个路子。做丈夫的会抓起他漂亮的棕色硬手提箱，喊着说这次他真的要离开了。他会走出大门，把手提箱放在门口，在一边坐下，然后点上烟。妻子会开始做饭，然后过个差不多一小时，周六饭菜令人迷醉的香气就飘了出来，土豆鸡肉，砂锅煲，或者青葱配小羊肉，随季节而变化，那香味闻起来美妙，而且有家味，男人会慢吞吞地拿起他的手提箱，只不过是转身跨过门槛，就从例行的周六离家出走的门槛处回到家里。他气消了，也饿坏了。

---

[1] 指阿拉伯民间故事集《一千零一夜》中的虚构人物，也是故事的讲述者。

回到 T 城

灰尘的形而上学

　　我在窗沿上睡着了。我被透过脏兮兮的窗玻璃射进来的午后温暖阳光唤醒。在午后初醒的迷蒙困倦之中，在彻底醒来之前，我感觉自己飘飘欲仙，身体像孩子一般轻盈。在醒来的同时，我瞬间又老去了。腰部僵痛，两腿麻木。9月初的阳光，窗外初秋的落叶，担忧着从街上走过的人看到我。

　　我小心翼翼地从窗户上爬了起来，没有直接跳下来，而是先伸展开身体。房间被秋日阳光照亮，又活了过来。一缕阳光正好透过桌上厚重的玻璃烟灰缸，折射出五颜六色的光线。就连烟灰缸旁边那只死了很久都变成了干尸的苍蝇，在光线照射下都显得很精致，闪着光，仿佛是一只被遗忘在那里的耳环。点点灰尘在缕缕光线中做着布朗运动。我们从灰尘中找到了原子学和量子力学在日常生活中的最初证据。也许整个房间、这个下午和我本人不灵活的三维影像都不过是投射出来的罢了。就像是城里电影院嗡嗡作响的旧放映机里投射出来的那束光一样。

　　我还记得那种昏暗的复合地板散发出的味道和机器的嗡嗡声。电影院里的一切都是由黑暗和那束光构成的。无头骑士沿着这束光抵达了，广阔的落基山脉，大峡谷，在峡谷间扬起灰尘的马匹和印第安人，啸叫的苏族部落，呈几何图形列阵的罗马军团，零零散散的流浪吉卜赛人的大篷车，沿着这束光还走下来了洛洛布里吉达、索菲亚·罗兰、碧姬·芭铎、阿兰·德龙以及他永远的对手让－保罗·贝尔蒙多，哎哟，好丑的……我还记得，当电影比较无聊的时候——话多打斗少——我会背对银幕，盯着窗户射进来的那束光的尽头看。大量的浮尘在光线里胡乱飞舞。这可不是每家每户家具上擦拭下来的一般尘土，这些魔法无边的浮尘可以组成最漂亮的男男女女的脸和身体，还有马、刀剑、弓箭、亲吻、爱，一切事物……我看着浮尘，尝试猜出哪些会变成嘴唇、眼睛、马蹄，或者是某个场景中一闪而过的洛洛布里吉达的胸脯……

我把手伸到房间里的那束光里，搅动浮尘，然后猛地一握拳，努力尝试抓住它们，这是我小时候干过的事……我挥舞着双手，冲进去与它们战斗…… 今天看来，这场战斗我打输了，它们赢了。稍感欣慰的是，我很快也会成为它们中的一员了。尘归尘，土归土……

房子

我隐姓埋名住在这里。讽刺的是我并没有大费周章。如果你不想让人注意，最好的藏身地就是你出身的城市。我还是有点偷偷摸摸的，很少出门。在回来之前，我四处嚷嚷，说我要出国很长一段时间，自己编造了一个拉丁美洲的作家奖学金项目。我在两三个文学网站上收到了一些挑事的小帖子，说我这些年的旅行次数远比我发表的文章数量多。这是完完全全有根有据的指责。我拿起行李就动身了。我想说——我回来了。我不知道在这种情况下用哪个动词更合适。

我们曾经租住过的房子已经空置好几年了。房子过去的主人已经不在了，他们的继承者们也是遍布世界各地。我总算联系上了看房人。我付了他三个月房租，尽管我觉得自己停留的时间不过两三周。我计划再悄悄回到索非亚，那里所有的纸箱子和地下室亲切的黑暗还在等着我。

看房人还是忍不住问我为什么回到这里，为什么偏要租下这个房子。当然了，我已经想好了借口。就算没提前想好，我也总能熟练地编个听起来可信的理由。我把宝都押在我那屡试不爽的学者找僻静地方完成重要研究的说辞上。

即使如此，怎么您就单单挑中我们这地方了呢，别人都是要逃离这里。

正因为如此，我寻求的是平静安宁。我几年前路过这里，治疗我泡温泉摔骨折的腿。这地方妙不可言，妙不可言，我重复道。他的疑惑烟消云散，如果你夸赞一个人生活的地方，听起来就像是夸赞他本人一样，那你就成了自己人，你就被接纳为他们中的一分子了。我又强调了一遍，说我有很多工作要做，不希望有人打扰我。看房人安慰我，说那我是找对地方了。左边住着的是个耳聋的老奶奶，右边的房子已经空置很多年了，里面只有追打的老鼠和吸血鬼。他们说，他继续说道，时不时有一道白光闪过房间。那是瞎子玛丽卡的灵魂，她是最后一个住在那里的人。看房人不说话了，也许是怕我反悔不想在这里住了，然后又加上一句，当然了，他是不相信这种无稽之谈的。我清楚地记得邻居的这间房子。那时候瞎子玛丽卡还活着，天知道为什么我们那么害怕她。白天她都会躲在屋子里，只有晚上才会到院子里去，张开双臂在树木间摸索穿行。有人说，她在夜里比在白天看得更清楚，因为她体内的黑暗和外在的黑暗彼此理解和谐共存。就像鼹鼠一样。我们的人嘴上无德，说出的话毫无怜悯之情。

不管怎样，一切如旧。街道还是过去苏联指挥官的名字，房间里也还是过去的模样，有一张桌子，一张床，以及一个老式煤油炉。甚至连墙纸上褪色了的兰花都没变。

燕子一家在屋檐下搭了窝。有三只小燕子。晚上我会有意开着外面的灯。灯光会吸引来蛾子和苍蝇，燕子会捕食它们。很快我就陷入犹豫不定之中，我做的这一切是否正确。我在帮助一个物种更轻易地杀死另一个物种。确实，燕子有小燕子，小燕子需要更多食物。孩子总能成为免罪符。但是，很可能被我置于死地的这些虫子也有孩子。为什么小燕子就比苍蝇的幼虫更珍贵？杀死一只苍蝇和杀死一只大象不都是杀害吗？

我是带着明确目的回到 T 城的房子里的。我拆下窗户右边地板上的一块木板。这里是放床的地方。我小时候在这儿埋了一个秘盒。之后我们很快搬家了，我没能把盒子带走。我告诉自己，总有一天我会回来把它取走的。之后我所有的盒子和箱子都源自它，都是它生出来的。归根结底，没有它，我的收藏永远都是不完整的。

印第安人的结局

向死去的印第安人和我们这些印第安部落的后人脱帽致敬。我应该把他们补充到消失的物品清单里去。和那些消失的 BP 机、录像带和电子鸡宠物游戏放一起。当我们观看《温尼图》的时候我们也都变成了温尼图。[1]在《奥西奥拉》放映后社区里到处是奥西奥拉。[2]同样的情形还重复发生在特库姆塞、托基伊托、赛维里诺和"巨蟒"钦卡奇可上……[3]我知道，对于之后出生的人来说，这些名字已毫无意义。蝙蝠侠、蜘蛛侠和忍者神龟成功打败了印第安人和他们的整个神话体系，虽说这两者根本没有过交集。他们终结了那些白人两个世纪前只是开了个头的事情。

---

[1] 拍摄于 1960 年代的系列西部电影的名字，改编自德国通俗作家卡尔·迈的同名系列小说，以虚构的美国印第安英雄温尼图的英雄事迹为主要情节。在当时取得了商业上的巨大成功。

[2] 上映于 1972 年的西部电影，以印第安酋长奥西奥拉为主角。电影主要在古巴和保加利亚拍摄。

[3] 均为西部电影中的角色名。

这就是某部此类电影放映后会发生的事情。我们记得自己总是神情恍惚地走出影院，仿佛刚刚和白人进行了一场大战。散场后至少一小时，我们的一条腿还没有迈出电影院呢，是半印第安人半三年级小学生。感受是生理性的。因此，每看完一场此类电影，我们都会去影院附近的甜食店来一瓶博扎饮料和一小块糖汁点心。激战之后，我们需要一些时间才能缓过劲来，下马回到乏味的保加利亚现实中。我们在那家甜食店排队。终于轮到我们这拨人了，第一个人，要我说，他是我们的酋长，带着威严点了一瓶博扎和一小块糖汁点心。女售货员在和什么人聊天，没听到他说话。酋长站在柜台前，10岁的脸如同岩石般冷峻。柜台后的女人终于瞥了他一眼，有些粗鲁地扔下几句话："快点，小子，说你要喝什么，我可等不了你。"他冷冷地回敬道："钦卡奇可从不说第二遍。"这出乎所有人的意料。说出这样的台词，可真是需要一定的勇气，之后是长长的停顿，只能听到风扇的声音，这更加衬托出了这一刻的庄严。一瞬间，女售货员和其他几位午后常客得到信号一般全都大笑起来。太丢人了（那时候我们叫作丢面儿），比我们挨打或者被驱赶出去还要丢人。钦卡奇可没挺住，拔腿就跑到外面去了，我们也"策马扬鞭"。

后来我们谁也没取笑钦卡奇可，相反，我们钦佩他在那个压根没人在意你的世界里表现出的勇气。尤其当你还是个小毛孩，才上三年级。

这个故事的结局却很悲伤。多年后的现在，在 T 城里四处转悠，我正好来到了射击场。我可以发誓这还是我小时候的那辆篷车，已经褪色生锈了。甚至那些步枪都还是原来的，只不过枪托磨损得更厉害了。曾几何时，这里对我们来说是最有磁力的地方。只有在这个地方人们可以看到被封禁的外国宝贝（现在我已经知道了，那些宝贝来自南斯拉夫）。这个阿里巴巴山洞里有口香糖，印有乔基科·米提克、克劳迪娅·卡迪纳莱、碧姬·巴铎的明信片，印有裸体女人的挂历，一副扑克牌，一张取决于你看的角度会对你眨眼睛的女人照片，一支笔身漂浮着一艘船的钢笔，一块有香味的中国橡皮擦，一个手枪形状的打火机，一把带弹筒帽和转轮的手枪，有大金属扣的皮带，猫王纪念章，埃菲尔铁塔钥匙链，印有列夫斯基足球队全队的旧挂历，装满各色糖果的玻璃小手杖，五彩烟火，皮牛仔帽，塑料皮套，塑料手枪套，各种颜色和大小的玻璃球，电木芭蕾舞女演员，瓷质小红帽和狼……我还是要说，这个塑料和瓷质装饰物的王国对我们来说曾经无比珍贵，现在看起来却是些陈旧的破烂。如今在商店里都能看到更多的宝贝了（和更多的庸俗物）。最前面摆着的是那些咖啡色印第安人模型，还有战斧、弓、长矛、马等等，都是我们那时候爱得要死的物件。我走近篷车，这时我突然认出了柜台后面的男人，曾经骄傲的钦卡奇可，他老了，也魁梧了，对着一群四处散去的孩子喊叫。电影散场了。

我不想和他打招呼，退到了对面栗树的树荫下，留在那里观察情况。过了一会儿，货摊前出现了一个15岁左右的男孩，可能是他儿子，他们交流了几句，钦卡奇可就离开了。我又等了一会儿，然后走到男孩面前。我付了10发子弹的钱，从两把步枪中挑了一把，就开始瞄准核桃射击。才开了一枪就发现了，枪的准星偏左了几厘米。所有射击场都会有的老把戏，这甚至让我觉得很亲切。

"枪的准星有点偏。"我说。

"不会吧，不应该呀。"男孩脸红了，"您试试另一把。"

"不用，有了这把我就知道那把也是偏的。"我笑了起来。

我打碎了几个核桃，然后瞄准了飞跑着追赶小兔子的狼，然后是低头亲吻公主的王子……

"您自己挑，想要什么拿什么。"我把枪放回到原处后，男孩说。

我问印第安人怎么卖，我拿了一个蹲着射击的印第安人在手里，然后又拿了一个，是个骑士，我抚摸着它们的棱边，像个鉴赏家一样打量它们。男孩一旁站着，难以置信地看着这一切。我一定是第一个对这些表现出兴趣的人。当我说想买下所有印第安人的时候，他似乎被吓着了。他不知道他父亲会怎么说，他很看重这些印第安人。这就是要卖的对吧，我更坚定地说道。是的，是的，要卖的，男孩子回答道，并且无助地环顾四周找他父亲。那是什么价呢？价格嘛，当然了，便宜得荒谬。这样吧，我说，我付所有的钱，但是我只拿走一半。其余的还是留给你的父亲。你还要告诉他不要卖得这么便宜了。这里面还包含过去的附加值。我不确定他是不是听懂了我的话。

"您是收藏家吗？"男孩递给我一个装着印第安人的廉价塑料袋，问道。

"也可以这么说吧。"

"您留个名字或者再过来，我父亲会很高兴认识您的。这里没人对印第安人感兴趣。"

"问候你父亲。"我回答道，边说边离开了。

"您叫什么名字……"男孩子跟在我身后喊道。

我又紧赶了几步，我没义务回答，他可以认为我没听见他的话。但我还是转过身去。

"快腿鹿是我的印第安名字。"我挥了挥手，消失在拐角后面。

侧边通道

盲人摸象。这是你自己造一个迷宫的最简便的方法。

——你把眼睛蒙上，然后走路。世界突然一下子就颠倒了，你熟悉的房间变成了另一间。真正的迷宫，你在里面挨撞，受伤，呻吟着挪移。现在，我想这应该就是牛头怪弥诺陶洛斯喜欢的游戏。

小时候，我和我的堂姐妹们约定，无论我们多老，无论我们如何变化，无论我们有多少孩子，无论我们是成了大人物还是很落魄，每年都要约一天聚一聚，玩盲人摸象游戏。当我们真的成为盲人奶奶的时候，她们都笑了。当你尝试在黑暗之中抓住某人的时候，碰巧摸到了什么，要通过不断摸来辨认，这是这个游戏里纯真的色情部分。最后一次是我们大学的最后一个学期，是在某个地方玩的。我只记得我扑到了客厅里的大仙人掌上，后来我用了两天时间拔那些小毛刺。

电影院前的朱丽叶

这大概是我到这里后的第三次外出。

我沿着暗下来的街道慢慢走着，遇见了一些人，他们的脸并没有唤醒我的记忆。阴暗深沉的脸，疲乏不堪的脸，毫无表情的脸。10月的天黑得慢，散发着烤辣椒的味道，所有人都回家吃晚饭了，我能听到电视剧（同一部）里的对白。我在城里电影院附近走着，早就忘记胶片的味道了。突然，我背后一个女人的声音一下子扫射了过来：

"你好，你好…… 你干什么呢。我动身出发……得啦，再见……近期我不会回来……"

语速很快，跟着是怪异的笑声。完全是出乎意料，还真的吓着我了。在我准备回应点什么的时候，很明显没这必要了，女人已经走过去了。朱丽叶，疯子朱丽叶！从背影我认出了她，轻微驼背，总是匆匆忙忙。从我记事起，她就一直穿着同一套旧款粉红色小套装，上面有大的布纽扣，戴着一顶像英国女王那样的低檐帽。

我童年时代的朱丽叶，阿兰·德龙的未婚妻，总是在市电影院周围闲逛，他们不要钱就放她进去，所有的电影她都了如指掌。

有一次，是在我小时候，那时候我还拥有那种能力，我能感觉到她内心所有不和谐的声音。好像她本人就是由有点冗长又快速切换的电影场景组合而成的。没有刹车的疾速飞驰的列车，马，爱的颤抖，肚子上无情的几脚踹，脸，对白，打在脸上的一拳，低空飞行的飞机，即兴的对白，悲伤和愉悦……我疲惫不堪、头晕脑涨地逃出来。

她怡然自得于自己和阿兰·德龙的"关系"，总是解释他会如何把她从 T 城接出去，带她直接坐飞机去巴黎。她不认字，不断找人帮她写信给她的心上人。因为我经常在电影院周围溜达，也是少数不嘲笑她的人之一，我就成了那个经常写信的人，本地的大鼻子情圣。所有的信开头都是"亲爱的我的心肝，阿兰……"，然后必不可少地对她心上人出演的最新电影做一个简短评论，并且详细解释她如何解读他通过银幕发给她的信号。有时候，她允许自己有点小小的醋意提醒，比如要小心年轻的安娜·帕里约，还有那只母鸡 M.D.（我写信的时候，把"母鸡"换成了"女士"）……信的结尾总是一份保证，她，朱丽叶，准备就绪，没有很多行李，会一直等他，让他也哪怕写上两三行字，说什么时候来接她。每天午后在电影院前都能找到她。我把信装进信封里，写上"巴黎，阿兰·德龙"，由她亲手把信投进黄色邮筒里。寄件人地址始终不变，写的是"T 城，朱丽叶，市电影院前"。很显然，这些地址只是更加突出了这两位通信者的名声。他们为世人所知，也为他们的城市所知。

有一天，奇迹发生了，朱丽叶收到了阿兰·德龙的回信。有人把信放在瓦普察洛夫电影院的售票窗口了。信封的邮戳上印着附近城市的名字，信是用保加利亚语写的，这都是些微不足道的细节。我很荣幸是这封信的第一个读者，朱丽叶已经不相信别人了。"亲爱的朱丽叶，当地爱开玩笑的人肆无忌惮地报道这件事，你的信我都收到了，我还不得不学会了保加利亚语，好能给你写信。我不是总能给你回信，因为我被工作和女人缠身，但是我对这些女人没有丝毫关注，因为我对你永远忠诚，亲爱的小宝贝，我的未婚妻。永远等着我，收拾好你的嫁妆，穿上泳衣，我会路过 T 城接你，直接去金丝鸟岛 [1]。爱你的人，德龙。"

他们用小金丝鸟吸引住了她，她高兴得都颤抖了，我不忍心坚持说那封信是假的。她从我手上把信抢了过去，把自己的鼻子埋进信封里，似乎可以从德龙的香水里嗅出点什么，然后抱住了我。她把信藏在了怀里，幸福得要疯了，她要走遍全城，传播这个甜蜜的消息，并跟人们逐一告别。

已经没有什么能打破她的这种深信不疑，德龙将要路过这里，她在电影院前度过了一个又一个下午，带着一个装着她的嫁妆和泳衣的小包。许多年过去了，90 年代的电影院也关闭了，德龙自己也无情地老去了，而朱丽叶一直等待在这里，在约定

[1] 音同"加那利群岛"。

的地方，从未错过一个下午。我翻遍了我的资料库和那些日子的旧报纸，一张照片都没有找到，没有任何关于她的印记，这个城市里唯一的贵族。她弟弟戈绍·岑特拉抢走了她城市疯子的头衔，这是多么不平等的疯癫。他，心肠柔软从不伤人，被人们找到时已经淹死了，缠在了登萨河的芦苇上。从我保存下来附在这里的他的照片，我们可以想象他姐姐朱丽叶的面容。

摄影：彼得·潘科夫

我要把朱丽叶的故事也放进我这本书的时间胶囊里。有一天，年迈已被遗忘的德龙会知道，连续40年，每天下午（说到这里，珀涅罗珀[1]因为羞愧而变得渺小），在T城过去的市电影院前，都有一个女人拎着一小包行李，等着他来接。

---

[1] 荷马史诗《奥德赛》中的角色，在其丈夫奥德修斯失踪后，她拒绝了所有求婚者，用10年时间等待他归来。

1980 年代官方历史

1981 年是保加利亚建国 1300 年。连着两年，我们看的都是策马疾飞的古保加利亚人和成群的斯拉夫人，他们躲藏在沼泽地里，用中空的芦苇杆当通气管呼吸。电影的群众场景，每个人都会有朋友或者亲人受雇出演。戴电子表的古保加利亚人不小心出现在镜头里，这是匪夷所思的事，人们对此议论纷纷。在这段时间里，电子表是热门货，越南人可乐坏了，我们都是在黑市上从他们那里买的，为了一个镜头你也不能把刚买的表摘下来随便扔在什么地方。从某种意义上说，1300 周年的纪念就像是一场电影首映式，就这样过去了。而现实中的大事件，1981 年里的其他事，我们尚未为之做好准备。

阿里·阿贾射杀教皇。[1] 保加利亚卷入其中，而我们也聚拢在电视机前。没有什么能让一个小国如此团结一致，越被反对，她就越团结。

另一个重大事件，保加利亚不是直接卷入的。12 月，官方首次报道了艾滋病。1981 年的这件事也标志着 60 年代的正式结束。所有的性革命都是因为健康原因中断的。其实，在我们国

---

[1] 指发生在 1981 年 5 月 13 日的刺杀事件，教皇约翰·保罗二世在梵蒂冈圣伯多禄广场与信徒会见时，遭到土耳其人阿里·阿贾开枪射击，后经抢救脱离生命危险。凶手的真实动机至今成谜，有一种说法是他所在的土耳其犯罪组织策划了此行动，该组织和保加利亚情报系统关系密切。

家，性革命并未开始，所以对革命的结束，我们并不会感到有多么悲痛。

就在第二年，勃列日涅夫去世了。这与艾滋病的传播有没有关系呢？我是不相信的。11 月的某一天，凄凉灰暗，下着雨。学校里发布了这则消息，相较于悲伤，老师们看上去更多是被吓着了。是的，恐惧要大于悲伤。以后谁来保护我们呢？这一天我们都没有上课。第二天，他们把老师办公室里的电视机搬到了楼道里，让我们列队站好，我们必须观看葬礼。葬礼所有悲伤的细节一一呈现，堆满鲜花的厚重的棺材，缓慢的哀乐回荡在整个学校。他们把音量开到最大。一年级的学生被安排在电视机的最前面，他们困惑不解地看着，一定是第一次看见死人。我们就这样直接和死亡遭遇了，在阴冷的学校楼道里，强迫自己哭一个根本不是我们什么人的人。我已经 12 岁了，就在前一天，去参加生日聚会的时候，我第一次亲吻了一个女孩，尽管只是在黑暗中，是在玩转瓶子游戏的时候。第一次接吻，第一次死亡。

结束的开始是复杂的。一两年时间里，总书记们像传染了似的相继去世。送别仪式安排好了。停课一天。第二天我们在学校楼道里观看葬礼，队长们都在哭泣。而我们这些站在后排的人，用放化学试剂的小管子相互投掷米粒。如此反复之后，死亡已经不能给我们留下什么深刻印象了。

实际上，在 1980 年代的复杂政治环境下，我的整个青春期可以简短地描述如下：

与一个女孩的初吻。

勃涅日涅夫逝世。

第二次接吻（与另一个女孩）。

契尔年科[1]逝世。

第三次接吻……

安德罗波夫[2]逝世。

是我杀死了他们？

公园里笨手笨脚地初尝禁果。

切尔诺贝利。

之后是漫长的指数衰减半衰期。

---

[1] 康斯坦丁·乌斯季诺维奇·契尔年科（Konstantin Ustinovich Chernenko，1911—1985），苏联政治家，曾任苏联共产党中央委员会总书记、苏联最高苏维埃主席团主席。

[2] 尤里·弗拉基米罗维奇·安德罗波夫（Yuri Vladimirovich Andropov，1914—1984），苏联政治家，曾任苏联最高领导人。1984年逝世后，由契尔年科接任总书记。这里的排序原文如此。

黄色潜水艇

在反复、仔细听了 1968 年录制的歌曲《黄色潜水艇》后，可以发现一段有关革命的编码信号，是披头士乐队对保加利亚青年发出的秘密信函。在歌曲中间（正好在开始后的 1 分 35 秒处），可以在背景杂音中清楚地听到一句对白"打开了—我的—锁链"，重音在前面，说得很快，用的是纯正的保加利亚语。连在一起就是这样："打开了我的锁链。"遗憾的是我们破译这个密码实在是太晚了，已经是 80 年代中期，这时候许多东西都已经失去了意义。

我们住在……嗒—嗒—嘎唔—嗒—哒哒唔……嗒—嗒—嘎唔—嗒—哒哒唔……嗒—嗒—嘎唔—嗒—哒哒唔……

我们住在……嗒—嗒—嘎唔—嗒—哒哒唔……嗒—嗒—嘎唔—嗒—哒哒唔……嗒—嗒—嘎唔—嗒—哒哒唔……

可是黄房子周围没有任何黄色潜水艇经过。

90 年代的四秒钟

1989 年 11 月 3 日，我在一段三分钟的录像里看到了自己，这可能是唯一保留下来的录像，尽管那时候摄像机有很多台。

四秒钟时间，我的 20 岁。长长的四秒钟，这四秒钟让我想起了所有的事情。天呐，我看上去是多么可笑，瘦瘦弱弱，凸出的喉结，都要盖住眼睛的刘海，学生时代便宜的夹克。还有他，高斯廷，唯一存有他的镜头，他从不让人拍他。我们俩不停环顾四周，充满好奇和恐惧。这是 40 年来保加利亚的第一次抗议集会。在今天看来，这次集会表达的诉求是件没有什么害处的事情：阻止某个污染里拉山的水利枢纽项目。但当时那堵墙还没有倒塌，这里还是一样的制度。我注意到那些拿着摄像机的便衣人员，他们肯定不是电视台的。特殊机构的人员使用不同的拍摄技术，固定部分人脸，以便识别他们的身份。我也因此有幸在总共四秒的影像里看到了自己。摄像师有点努力过头了。不时地拍到我熟悉的面孔，几个大学生，一个诗人。脸都是紧张的，身体都是僵硬的、笨拙的，我们的衣服几乎一模一样，剪裁很差，都是批量生产的。是的，与 60 年代性感、色彩斑斓，知道如何穿衣不同，80 年代结束得很难看。

从现在的录像中可以看到混进人群的便衣小组，他们涌入集会是为了制造混乱。我们看到他们了，我和我的朋友说了些什么，然后把头转向右边，直接朝向了正在拍我的摄像机。这发生在第三秒。我尝试放大图像，但是录得不太好。到第四秒的时候已经没我了。

我可别忘了……

我在维托莎街的一家书店里偷了本叫作《危机时代我们烹饪些什么》的书，为了送我那时的同居女友。我们俩待在公寓里，除了两罐豆子罐头什么吃的也没了，这是瑞士军用储备品，都已经过期了。晚上我们坐着看偷来的烹饪书。

饭后甜点我们能想到什么呢？

嗯，你觉得梨子蛋糕怎么样？

我们翻到第 146 页，这一页是蛋糕的做法，我们读得很慢，为的是感受到每一个字的味道。在一小盘融化了的黄油里，我们添加了半杯蜂蜜。我们小心翼翼地把蛋清和蛋黄分离开来。然后，我们把蛋黄和半份糖、油、鲜奶和发酵粉放到一起搅拌。我们用一个金属丝手动搅拌器把所有的原料搅拌好，倒入抹了油的小烤盘里。我们把烤盘塞进烤箱，烤到微微焦黄。除了上面提到的烤盘、烤箱和金属丝手动搅拌器，我们什么东西也没有。但我们是如此专注其中，以至于后来在我们手上可以看到面粉的痕迹。

范妮阿姨，70 岁，住青春 1 号小区，她到诊所里恳求能给她做个胃部 X 光检查，因为在检查前诊所会提供免费糊糊。

90 年代的寒冷和停电。环球影城黑暗的门厅，陌生人不明原因气喘的后背⋯⋯

作为一家报社的夜间自由撰稿人，我在黑暗中的索非亚城里四处转悠。一个丢了熊的驯熊师在城里游荡。黑手党曾停下吉普车，问他这头熊卖多少钱。他坚持说不卖，他们就把他往车门上摔，扯掉了熊的锁链，把它绑到了吉普车的后面。他们需要这头熊来训练他们的斗牛犬。他们扔给他50列弗，那头熊跟在吉普车后面跑，咆哮着。这些小事并没有进入90年代的黑暗编年史。

盲人斯托伊奈的故事，他在开往大学生城的公交车里给自己找老婆，没完没了地说着：

我叫托尼，万里挑一

我给自己找老婆共度一生⋯⋯

接着是讲述他史诗般的九死一生的故事，讲述他是谁以及来自哪里，在大城市里如何艰难生活，讲述自己未来要建立的小家庭、生孩子的计划和平静的晚年生活⋯⋯ 最后，还是用同样的韵律和韵脚，盲人斯托伊奈留下了确切的地址和电话。

我的一位大学女同学的故事，她每天都要在学校附近最嘈杂的咖啡馆里待上几小时，一心想在回到老家B城前把自己嫁出去。在老家那里，她父亲会在门口对着她大喊：你嫁出去了吗？上大学五年我们浪费的钱是为了什么，是让你回家做个老姑娘的吗，这儿没有能娶你的男人。

她坐着，喝着最淡的咖啡，等待着。她要嫁出去的秘密心思已经是如此一目了然。所有的男人都在她的桌子周围转来转去。有一次，她火急火燎地打电话说情况极其危急，她父亲病得非常重，她想在父亲离世前带个男人回去给他看上一眼。只为救一下急，她重复着。我同意了，我们一起回到了那座小城。他们在葡萄架下摆了一张大桌子，围坐在桌子边的是她最近的姑姑、叔叔伯伯们和几位邻居，大家心情沉重，一言不发。他们搀扶着她父亲出来了，他看起来像病重的维托·柯里昂。我走到他跟前，他看了我整整一分钟，想说点什么又咳嗽起来，他们就又把他带回里面房间去了。

多年之后，我偶然又在这座城市的车站下了车。一位老妇人盯着我看，然后大喊道："他就是那个男孩。就是他欺骗了我们女儿，没娶她，你们为什么没结婚，哼……"

我们在大学校园里卖书，这些旧书是从那些濒临倒闭的书店里以过去的价格买来的。什克洛夫斯基的《动物园，或不谈爱情的信札》，卡夫卡的书信集《我生来孤独》，都是袖珍版，还有乔伊斯，精装的《一个青年艺术家的肖像》，只要4.18列弗，没人买。很久很久以前，正赶上好年月，一头奶牛哞哞叫，沿着大路走下去……

这些只不过是终将逝去的无关紧要的小事，而其他事情都在那时的报纸上。尽管如此，整个 90 年代是最鲜活、最美好、什么都可以发生的 10 年。那是我们最后一次的青春时光。那时，高斯廷出现了，一个退学了的哲学专业学生，带着他记满了整整一本记事本的天才计划（也是失败计划）。

为什么高斯廷对我仍然重要？我很少能交到朋友。同理心会让一个人更容易与他人亲近，但在我身上并非如此，别人悲伤的重负自上而下压在了我的身上，如同生病一场。没有任何女人，没有任何关系，没有任何友谊。但是高斯廷好像是由不同时期的不同材料做成的。我认识的人里没有谁像他一样——透明，同时又猜不透。我穿过他，就如同穿过空气，或者是撞到了玻璃墙。尽管如此，或者正因为如此——他是我唯一的可以称为朋友的人。

高斯廷的计划

所有诚实赚钱的途径都慢慢消失殆尽了。一天，我们去电影院闲逛，看看有什么新电影上映。电影票贵不可及，我们只是呆呆地看着海报和橱窗里的几幅照片。那时候，高斯廷的脑子里突然涌出了一个天才主意：我们来解说电影。以最低价格得到 30 分钟的详细讲述。一个"穷人电影"计划。电影产业的大倾销。他也大干起来。你可以想象一下这是一个怎样的进程，一个从视觉回归口头叙事的历史性逆转。你站在电影院前，面对这些在电影院附近闲待着的人，你随意地攀谈起来，说这部电影很棒，而电影院的这帮吸血虫却要价这么高，而这是你已经看过的一部电影，你提议只收完全可以忽略不计的700列弗，让他们听一场详细的电影解说。电影票价是这个数字的10倍。马上聚起了一拨人，15个人，我们准备就绪。

你等一下，你等一下，我打断他，那我们什么时候看电影？一会儿等我们拿到钱之后再看，高斯廷答道。

可是我们讲什么呢？

我现编一个，他天真地回答。这有什么难的，你是作家吧。你有电影名字，还有海报上的几行字以及橱窗里的三四张照片。你还想要什么？

没这样的人。他甚至不是在开玩笑。他没有丝毫幽默感。和所有执迷不悟的人一样。就像我奶奶嘴里的不走寻常道的人。就像革命者和女人——尼采如是说。

穷人电影。就像过去笑话里穷人的电子宠物一样。电子宠物机，如果有人还记得，就是那种类似BP机的小玩意儿（我是否需要解释一下什么是BP机？），你可以用它来照顾你的电子宠物，在特定的时间给它喂食，给它喝水，当它开始嘟哝抱怨的时候，你可以和它玩耍。当你对它感到厌倦时，你就好多天丢下它不管，直到它饿死。这些电子宠物都到哪里去了？到旧

BP 机那里去了。人是不会料想到自己能制造多少死亡的。

　　我知道，我跑题了，但还是让我们为下面这些灵魂默哀一分钟：
　　旧日的 BP 机
　　电子宠物
　　录像带和录像机
　　埋葬了留声机的磁带录音机
　　埋葬了磁带录音机的盒式收录机
　　录音带
　　电报，连同它附带的整个仪式
　　打字机（请允许我与我的马里查打字机进行一个私人告别，1990 年代它满身烟灰和咖啡）。在打字机上写东西是体力活，是另一种运动，你们也还记得吧。

　　好了，一分钟过去了。我们刚才在说什么？穷人电影，是的，但是先让我把笑话接着讲完。因为电子宠物也是值几个钱的，所以穷人的电子宠物出现了。你们知道它是什么吗——火柴盒里的蟑螂。就是这样。也许已经不再滑稽可笑了，但我坚持收集这些零碎的小东西，所有已经逝去的东西，它们已经不在了，死了。这似乎与书上写的"要把它们带着活着渡过大洪水，并让它们繁衍生息"是相反的…… 我完全糊涂了。我不知道，我现在慌乱且带点惊慌失措地从我自己的大洪水中救出来的东西，是否还能活下来，更不用说繁衍生息了。我知道，逝去的过往就像一匹不产犊子的母马，已无生育能力。但也因为如此，过往对我来说更加可亲。

穷人电影这一想法也无果而终。我要说的仅仅是，当我尝试给第一拨人讲述一部我从未看过的电影时，我们是好不容易才逃过一劫的。

"私人定制诗"计划也是类似的结局。

没有可耻的工作，一天早上高斯廷说道。就和那些问你要不要给你画一幅来赚钱的街头画家一样，你也拿着纸和笔站在街上，邀请路人：您想让我为您写一首诗吗？每个漂亮女孩都有权拥有一首诗。（我想这是一句引言。）只不过需要 10 分钟。

我坐在这里了，坐在克里斯特尔咖啡馆前公园里的长椅上，身边放着几张纸和一支铅笔，前面立着一个不显眼的标牌，上面写着"提供私人定制诗服务"。在毫无收获的第二个小时也快结束的时候，一位 50 岁左右的女人朝我走了过来。我们想象中不是这样的。谁知道我们为什么会以为自己的客户只会是 20 来岁的。她非常胖，像苏联动画片里的反面角色。她想要一首属于自己的诗。规定的 10 分钟过去了。毫无思绪。我的大脑空空如也，就像在地下室里，你能听到的只有一分钟接一分钟时间流逝的嘀嗒声。我越加局促不安，我们俩都是如此。她开始出汗，她掏出一张纸巾，我可以动一动吗，可以，当然，我毕竟不是在画您。我看哪里，没关系，稍微侧一点，不用看着我，我有点难堪。她是个浪漫的人，或者突然富有了的人。随着每一分钟的徒劳流逝，我的失败已跃然眼前。最后一刻，我决定正面行动，我抬起头，径直看着她的眼睛，脱口而出："事实上，您今天有这么一种先兆，以至于我很难集中注意力。您可以下次再过来吗？"

这一时期所有的报纸都在报道有关先兆的事情，包括地球以外的。这么说起作用了，这个女人没有扇我一巴掌，而是容光焕发。她说我是个真正的诗人，她立马就理解这一切了。只有天生的诗人才能抓住先兆。（好像先兆就是天真简单的人。）她告诉我她就住在附近，并邀请我去他们家，我们一起喝杯葡萄酒。我同意了，更多的是因为负罪感。原来她是一个人住，她拿出一瓶酒，坐得离我特别近，是长沙发，尽管空余地方很大，她的身体还是紧贴着我。可是求您了，我是诗人，我脱口而出，并迅速站了起来。我似乎是想提醒她，我主要从事与先兆有关的工作，身体不是我专业范围内的事情。

啪的一声——她的一记耳光让这个计划也进了高斯廷伟大而古怪的想法堆里。

"安全套走秀"计划是由他本人亲自负责的。

需要做的就是找到有钱人，说明给他们的这一建议将会是座多么大的金矿。他沮丧地回来了。我们坐下来，每人倒了一杯绿牛奶（薄荷加奶），他详细讲述了事情的过程，自打他走进那家富得不像样的代理公司，就知道他们不会看重这个主意。

安全套走秀。一场革命，高斯廷激动起来。

一场革命，我也插了一句。

你要记住这是件好事，他顺便又强调了一下，然后继续讲下去。从来没有人做过这种时尚秀，明白了吧。什么样的商业活动都搞过，但从没有搞过这类小商品，高斯廷兴奋起来。这是十足的极简主义。安全套生产商投入大量资金。而他们呢？模特怎么可能戴着安全套走台呢？首先，国家将会依据相关法律对他们予以打击，其次，没有一家电视台会转播类似的表演。或者，电视台播出表演，但是他们会恰恰在那个地方，在那个关键位置打上一个黑色方块。

最后，哈哈哈，那些人笑得前仰后合，谁能保证模特在后台始终处于勃起状态呢？嗯？谁能？你能想象吧，他们冲他喊道，这是一份多么艰巨的工作。就如同要在一级方程式比赛中更换轮胎。哈哈哈……必须使劲充气。

高斯廷等他们笑够了，冷静地对他们说道，现在你们快快打住吧。事实上，走台的不会是模特。

怎么会这样，代理公司的那些人惊得张大了嘴巴。

为了规避所有这些问题，高斯廷说道，我们将使用非洲的假人模特。他们都有大阴茎……

有什么，有什么，那些人没听懂。

有勃起的大阴茎，高斯廷平静地重复道。

就是鸡鸡，老板解释道。

这样我们就可以在商业中注入艺术元素，因为只有这种情形下，勃起的阴茎不属于色情，高斯廷结束了自己的介绍。

他们做决定的时候，让高斯廷在外面等着。一小时后把他叫了进去，他们拒绝了他。因为这种艺术形式。谁会看你的木头非洲雕像。他们丝毫不反对这种艺术（也不反对色情，肯定不反对），但是这种艺术情形下，两者不可兼得。

于是这一想法也进到失败藏品库里了。好吧，你把这个想法也记到本子里，高斯廷说道。显而易见，我们走在了历史性时刻的前面。总有一天他们会为此竞争的。他囤积自己的这些宝贝以备将来之需。而我只不过是个司库员而已。说到底，记述也是对这些失败的一种保留。此处，他应该是真的生气了。那些还没发生的不算失败，我听见他喊道。

我相信在其他什么地方，其他时间和其他地点，他会是个天才，是个现实发明家，或者是个大骗子。

这里，在这个咖啡色的失败计划本里，也长眠着高斯廷未能实现的以下计划：

私人故事库。聆听，收藏，密存一段时间。如果客户愿意，去世之后，这个故事将传给他的继承人。

天空放映。（他最宏伟的计划之一。）用超大功率设备将影像投影到整个天空上。刚开始也没有明确的概念说到底放映什么，但是这个夏日天空电影院的设想让他激动得颤抖不已。这么大面积的空间总不能就这么闲着不用。整个半球的人同时伸长脖子向上看。

一个月后，该计划有了更多的具体细节。直接在云层上放映，最好是在浓密的低云层上。

那你准备放映什么呢？

刚开始的时候，比如云。

云？

云上的云。

让我们看看大自然对倍增、对重复的反应。最好放映一场雨。你只需想象一下——从真实云团上降下电影放映机投射出来的雨。最初一刻，观众会被吓得四散奔逃。就像1896年的电影《火车进站》一样。[1]电影的开头和结尾都是本能的恐惧。

还有……小说花园计划。把经典小说种植在肥沃的土壤里，浇水，施肥，期待有的会结出果实。一项平衡恢复计划——木制品应该重回大地。

这里还有一分钟建筑计划。小金属丝雕塑连续几秒钟或者一分钟重复一只普通家蝇的飞行弧线，导线可以准确再现所有飞行中的拐弯轨迹。

再就是下午三点不同城市的天空摄影展。无所不包……

---

[1] 法国电影的先驱卢米埃尔兄弟拍摄于1895年的电影，被认为是世界上最早诞生的电影之一。在电影中，火车头冲着镜头呼啸而过，当时的观众吓得惊慌四散。

　　高斯廷。他唯一成功的计划是他的消失。一天晚上，他来和我们告别，我问他去哪里，可以肯定，他又想出了什么。他只是说去 1937 年。我把这当个笑话一听。给我写信啊，我说。90 年代这段时间喧闹异常，没有比这更有趣的年代了，而他消失了。他到底想出了什么，对此我毫无概念（直到现在还是没有）。但是在我收到第一封信以及后来的两张或者三张明信片的时候，发现它们都是用旧字体和30年代的笔迹书写的——是的，我认为每一个 10 年都有属于自己的笔迹——我发现这次不同于以往任何一次，他成功了。

　　（关于这件事更多的内容我已在《其他故事》[1] 中讲过了。）

---

[1] 作者另一部小说集的名字。

我看见他了，那是在多年后的一个冬日午后，在伦敦机场的一家咖啡店里，他手里拿着一本杂志，心事重重，远远望去给我这样一种感觉。几分钟后我的航班就要起飞，我冲进咖啡店，只为对他说一声你好，几乎是扑向了他的桌子。他冷冷地看了我一眼，我注意到了他那件早已没人穿的白色圆口高翻领套衫。这位先生，我们认识吗？我站在那里愣了几秒钟，我听到我的航班最后一次在叫我的名字，我转身拔腿跑了。在此之前，我注意到他正在看的杂志是1968年的《时代》，翻开的是那篇关于越南战争的文章。那是2007年1月。

几年后的凌晨三点一条迟到的短信。

我发现了猫尿在黑暗中会发光。我想你可能会感兴趣。

没有署名，但这只可能来自一个人。至少应该是最近的某一年（除非他已经是一只猫了）。

最近，伦敦《泰晤士报》提到了一项新发明，该发明专为那些富有忙碌又喜欢精打细算（或者是过着双重生活）的商人服务——虚拟旅游旅行社。该旅行社还提供未成行的旅行纪念品。你会收到有关旅行的所有物证，包括护照上的印章、照片、卢浮宫的票根，或者蔚蓝海岸的贝壳。（也可能是南三明治群岛的三明治。[1]）他们会给你讲述你自己的旅行是如何度过的，为你提供一套完整的旅行回忆录。这足以让你本人相信自己曾有过这次旅行。一瞬间我想到了，高斯廷是在给我发信号。

---

[1] 指南桑威奇群岛，"桑威奇"音同三明治（sandwich）。

IV

定时炸弹
（请在世界末日之后打开）

一个移情症病人的衰老

曾几何时，我可以进入任何物体里面，我也可以成为任何物体。如今，年纪一把了还平庸无能，我想把自己身上发生的一切都理一理，算作对我的失去的一种浅偿。

移情症病人的衰老是个奇怪又近乎病态的过程。通向他人及他人故事的通道，先前是开放的，现在已经被墙壁阻隔。迫不得已只好待在自己身体这个家里面。

早先之时，我需要把自己关闭在黑暗之中，不让任何东西唤醒我的共情之心，坐在空无一物的黑暗之中疗伤。我要遏制自己的逃跑之意，我要阻止他人的痛苦和故事涌入。

我现在想做的，仅仅是再回忆回忆童年时代体力极强的那几天，那时候，每一个他人的故事都如同我自己亲身经历过。诊断结果是什么来着——极度强迫性躯体综合征…… 我已经不会再有这样的感受了，我有的只是对这种感受的记忆，可那又是什么样的记忆呢。如同流星在黑暗中飞行。有时候我（又）是弥诺陶洛斯，有时候是小狗莱卡，战争时期我抛下了一个女人，我看见了自己九个月大的父亲，我是幸福的，本世纪初三岁的我被遗弃在一个磨坊里，一个世纪后，我被当作一头公牛在 T 城的一场斗牛表演中被杀死。

当我感觉自己的这种能力开始消失的时候，我的同理心向四下里散去，就如同我的医生开玩笑似的，我转向了没那么严重的替代品——集物癖。我感受到强烈的囤积东西的欲望，把它们装进纸箱里、记在记事本里，编成清单，一一列举。我是在用语言拯救它们。一种痴迷留下的空白总会被另一种痴迷占据。过去我能够寄居在世界上任何物体的躯壳里，而现在，如果我能在自己身体的家里从一个房间走到另一个房间，都是幸福的。时间最长的一次，我是不是已经说过了，是我待在儿童房里的时候。

我是谁。一个 44 岁的男人，待在一个有着厚混凝土墙的地下室里，曾经的防空洞。我说我 44 岁，但是你还要再加上我爷爷的年龄，他 1913 年出生，加上我父亲的年龄，他出生于第二次世界大战末，加上电影院前的朱丽叶的年龄，加上逃脱大师高斯廷的年龄，加上那些被我或短或长地寄居过的人的年龄，还有两只猫的年龄，一只狗的年龄，几只鼻涕虫的年龄，两只恐龙的年龄——它们的骨架立在柏林自然历史博物馆里。在所有这一切之上，你们还要加上从未离开过我身体这个家的弥诺陶洛斯无法计算的年龄。

有时候我 44 岁，有时候我 91 岁，有时候在山洞或地下迷宫里，有时候在黑暗的子宫里，还没有出生。

大多数时候，我 10 岁。

我是不是也会和这些恐龙一样同时死去？**我将彻底灭绝，**

他对他们说，我将彻底灭绝，他对他们说……就像那首关于恐
龙的儿歌里写的，我就是从歌里知道的……

世界末日后的家庭急救箱

这是70年代末开始用的第一个记事本，那时候终于明朗了，
第三次世界大战已不可避免，世界末日将随之到来。

翻开第一页，上面的笔迹已经不太容易辨认了。

人类喜欢拥抱。如果你们碰巧遇见了幸存下来的人类，请
你们张开双臂轻轻拥抱他。最好尽可能长时间保持这样的姿势。

（接着是一幅手绘的拥抱示意图。）

拥抱他人会给他带来极大的安慰。有可能让他大哭，从眼睛
里流出清澈的液体。人类喜欢哭泣。这并不可怕，不会哭死的。
我觉得，相对可怕的是从某处流出的红色液体，因为含有红血
球而愈发黏稠。必须立即止血，否则会导致死亡。死亡是……

到此我就打住了。不是因为我无法解释死亡。我已经12岁
了，知道死亡是什么，我能写出生物课本上对死亡的定义——

生物的生命机能停止被称为……但是，找到这个笔记本的人的语言是否是按照同样的逻辑发展呢，他们的词语是否沿袭这样的逻辑，归根结底，他们是不是使用这些词语？比如，那些即将到来的人会不会知道，什么是"红色"。也许他们用其他词语来称呼，用"蓝色"来称呼红色。或者称作"西红柿"或者"ктрнт/ktrnt"。又或者根本没有表示颜色的词语：

a）因为他们的眼睛早已是退化的器官，他们将使用更完善的感官。

b）他们不识字，这是过去的某个时期，他们是文盲，对于他们而言，也可以说是另一种超级识字能力。

以防万一，我在下面还加上了：

如果你们发现了这个，最好找我一下，我会当面给你们解释（如果我还活着）。我会在学校的地下室里（入口在楼梯下面），或者在离这里三个路口的烟草厂下面的防空洞里。

我还签上了自己的名字。后来我确定这还不够，我又留下了自己的全名，并对自己进行了简要描述。蓝绿色眼睛，但夏季会偏绿；浅色头发；高个子；鼻子挺直；无特别特征。就和我爷爷护照上写的一样。可是这个"无特别特征"无助于更好辨认我，我就又补加上了：前额宽，且有额嵴隆起（这是一次体检时从校医那里听到的），下唇左边有颗痣。我知道，很久未能见面的人是借助身上的痣来辨认彼此的。我还加上了这个，现在看来我当时真是太英明了，到2000年我将是一个33岁的男人。因为人类的平均寿命是75岁左右，男人甚至还要更短一些，2050年之后我多半是帮不了他们了。但是，在那之前我将愿意为他们效劳。我又签上了名字。

他把写有须知的记事本（这个记事本我在记忆里看得很清楚）放在一个圆形的胜家牌金属盒里，这是他能拥有的最珍贵的物件。是"9号"前[1]的东西，他爷爷说的。总是如此，当他们想说什么东西很旧时，他们就说"9号前"。听起来像"公元前"。而最奇怪的是，他的爷爷奶奶也是9号前的，这似乎令人难以置信。盒子上写满了外文字母，盒盖上有一个大大的红色S，周围有金色的装饰图案。多年后，在自己的每一次旅行中，他都会从本世纪初的房屋和绘画的细节中认出分离派[2]，因为这个盒子，分离派也成了他童年的一部分。这是个放置针头线脑的盒子，购买缝纫机的赠品。

胜家牌缝纫机，没人知道为什么，"9号之后"就消失了。这是另一件昏暗且模糊不清的事情。9号前还在的东西，9号后就消失不见了。但是针线盒还在那里，它能够偷偷从一种社会制度钻到另一种社会制度里，他可以把自己所有的宝贝都保存在那里面。盒子的金属材料足够好，为了能够撑过世界末日，他把记事本放了进去。以防万一，他把针线盒放进一个更大

[1] 指1944年9月9日，保加利亚人民共和国成立之前。
[2] 艺术潮流，维也纳分离派。

的圆形白铁皮酥糖盒里。当然，盒子不那么漂亮，而且还有点生锈了，但这样总归更保险一些，双层铠甲。谁会偷一个旧酥糖盒呢。后来，他从记事本上撕下来一张纸，涂上了半凝固的"里拉"牌胶水，把纸贴在了"酥糖"两个字上。之后，非常慢地用印刷体字母写下了："请在世界末日之后打开！"

无法解释为什么，他知道世界末日并不是末日。之后，这个世界仍将完好无损，会从头开始。

他在一本百科全书里读到过，人类历史中最重要的发现是火和轮子。正因为如此，他放进盒子里的第一样东西是一盒火柴。一番犹豫过后，他又加上了自己心爱的小汽车。首先需要了解轮子是什么，有什么作用，然后制作汽车模型，再然后生产出真正的汽车。准备世界末日到来时保全自己的工具包，是从一个火柴盒和一辆红色小汽车开始的。后来，他又陆续放进去了一瓶碘酒、一点绷带、半包阿司匹林和那种"越南奇药"蜡油，里面含有吓人的"老虎油"成分，有非常刺鼻的辛辣味，无所不治——从伤风感冒到蚊虫叮咬。世界末日后的家庭小药箱。会在第一时间起到作用的。

我跑进第三人称的防空洞，我送另一个人进入过去的雷区。那个以第一人称出现的人和我是同一个人，我不敢问他是否还活着。那些我们曾经是的人还活着吗？

两手准备

1980 年。一方面是约翰和他奶奶认为的大灾难，大洪水，世界末日。另一方面是龇着牙（武装到牙齿的）的吉米·卡特的窥伺，就是他父亲看的报纸上画的那个样子，戴着西部牛仔帽，骑着"潘兴"导弹。学校里循环播放原子弹爆炸后产生蘑菇云的镜头。他已经小心翼翼地把花园里偶然冒出来的每一朵白蘑菇都巡视了一遍，似乎它们可能会在他的拖鞋下爆炸。

两个世界末日——他奶奶的和学校里的——并不完全一样，这更加重了态势的严重性。很明显，说的是两个不同的世界末日，似乎只有一个是不够的。如果人类想保全自己，就必须为每一个都做好准备。

保护的方法也不尽相同。他奶奶不再杀鸡了，并把这种罪过推到他爷爷身上。她认为人需要不断画十字悔过，来避免犯下任何罪过。为了减少自己的罪过份额，有一段时间他停止了蚂蚁实验，也努力让自己不那么讨厌那个坐在后排的令人作呕的斯泰芙卡，她从不放过任何一个戏弄他取笑他的机会。他想不起来自己还有什么其他罪过。

原子弹和化学武器的防护比较复杂。你必须在倒计时内戴上防毒面具。"倒计时内"是我们的军训教官最爱用的词。紧接着就是斗篷、橡胶手套、橡胶靴，跑向最近的防空洞。或者，如果防空洞离得远，你就背朝原子弹爆炸的方向趴下，不要看原子弹的蘑菇云，不然会损害你的眼睛。他什么都知道了，和其他同学一样，知道了战争用的有毒物质沙林、索曼、芥子气及其破坏力。同学们成了毒气、生化武器、原子弹和中子弹、"潘兴导弹"和"巡航导弹"方面的专家。

为了不出意外，他对两种场景都进行了演习。无论发生什么，你戴上防毒面具就开始祈祷。在一次演习的时候，他尝试头戴防毒面具口念祷词，但是只能听到软管里传出的轻微的咕噜声，橡胶面具上狭小的目镜布满雾气。

"你在自言自语什么呢，愣头青？"军训教官对他喊道，教官是个少校，穿着制服，大家都怕他，"你说话，只会更快地消耗氧气。"

谁能在规定时间内戴上防毒面具，就几秒钟时间，谁就能幸免于难。谁做不到，比如左手有残疾的日夫科，就会变成一摊黏胶。

课间休息时，他一个人待在座位上，想着他妈妈和爸爸是不是能在规定时间内戴上防毒面具。如果他们做不到，他为什么要费劲存活呢。而他的奶奶和爷爷，就更不会有机会了，他们动作太慢了。他奶奶首先必须得戴眼镜，她从来不记得眼镜放哪里，然后再找到放防毒面具的口袋，喊他的爷爷，而他爷爷多半是和他的奶牛待在某个地方……这一定超出规定时间很多了。

侧边通道

戴上防毒面具的人像弥诺陶洛斯。

死亡是没有我们也会长大的樱桃树

什么都不会被炸弹震倒。房屋完好无损，学校安然无恙，街道和树木依然在那里，院子里的樱桃就要成熟了，只有我们将不再存在。今天学校是这样给我们解释关于中子弹的后果的。

——附有说明的记事本，1980 年

直到现在我才意识到这个表述是多么准确。街道在，树木也在，包括樱桃树，只有我们死了。我，这个世界曾经的拯救者，什么也没留下。也就是说，有人还是投下了一颗中子弹。都不见了，我奶奶，我爷爷，我父亲，我母亲和那个我难以用第一人称提及的男孩都不见了，只是为了证实这一点。

还没有人能够设计出抵御时间的防毒面具和防空洞。

时间庇护所

世界末日的第二天，什么报纸都没有了。多么讽刺。世界上最引人注目的事件将毫无报道。

但是，现在是从前。我得赶紧……完成我的工作。

一名伊朗女子因通奸被判石刑。女子说，只希望不要当着她儿子的面砸死她，她接受了欧洲一家报社的采访。一个阿富汗女孩上了《时代》周刊封面——耳朵和鼻子被砍掉了。这张照片令人震惊，鼻子的位置露出一个大黑洞。

莫斯科附近突发大火，令人窒息的浓烟蔓延在城市上空，伤亡人数每天都在上升。欧洲的水灾。巴基斯坦的大洪水……

我抄下了报纸上的标题。日期是 2010 年 8 月。类似新闻我在《旧约》和中世纪某些编年史里看到过。如果只用报纸标题做成日记，一定是很有趣的。大洪水……火灾……砍掉的……我小心翼翼地把报纸折起来，然后再折一次，再折一次，直到小得像一张餐巾纸，能读出的词语只有……水……火……砍。我把报纸塞进纸箱里，上面写着"易碎品"（Fragile）。

我努力尝试给所有这些列一个准确的清单。现在将会成为某个时候的那时候，一如我们曾经在自己的同学相册里写下的文字，少年时代洒下了太多一文不值的泪水。还不错，地下室很大，是一个过去的防空洞，尽管如此，多年来已经堆满东西，不过还能找到空地方。我买房之后也一直保留着这地方。地方不错，空间宽大的地下室，整个底层的一套房，两个过道加上几堵墙一起构成了壁龛和岔道。我向房主详细询问了墙壁厚度、建造年份、过去是否被水淹过等等。房主特别惊讶。他一定惋惜没把价格再提高一点。您想在这里住吗？不是的，我回答道。而第二天，我就带了些必备的生活用品住进了地下室。我更多的时间是在地下度过的。我感觉就像在家里一样。地上的那层我更可能用作不在场证明。如果一个人努点力，让自己看起来正常，他就能给自己节约很多时间，这些时间他可以放心做自己想做的人。

这几天的报纸上说找到了门格勒博士[1]的日记，他一直未被发现，在拉丁美洲度过了自己美妙的暮年生活。日记写于 1960 年到 1975 年，写在最普通的线圈装订的活页记事本上。都记满了，有关于天气的笔记、少量的诗歌和哲学思想以及履历里的一些细节。这是生活本身的不在场证明，附有所有证明他无辜的细节。

1 月 1 日

我不是隐士，在地下我有一台电视机（我只看晚间新闻），我还预订了三个月的报纸和杂志，这样我就根本算不上隐士。我还是会留心我周围的世界，搜集各种征兆。

我读亚里士多德的《诗学》，听某张保全下来的黑胶唱片。根据某个历法，这是最后一年的 1 月 1 日。这一天的下午尤其静谧。没有了平常的电话和问候短信。我关掉手机，为这一静默提供不在场证明。

我先前工作的那家报纸上说，2009 年的年度流行词是"解除好友关系"。我想我近 10 年来就做这件事了。随着时间流逝，

[1] 指约瑟夫·门格勒（Josef Mengele，1911—1979），德国纳粹党卫队军官和奥斯威辛集中营的"医师"。曾在集中营进行了大量残酷的人体实验，"二战"结束后逃往南美洲，后于巴西溺水身亡。

朋友以各种各样的方式消失了。有些是突然一下子就没了，就和从未有过这些朋友一样。其他是渐进的，因为不方便，因为不小心……他们不再打电话。刚开始，你不理解。然后，你开始检查是不是你的手机没电了。下午五点钟，这种需要极其强烈。一开始，他坚持了差不多一小时，后来更短一些。但任何时候这种感觉都没有消失。就好似多年来你已经戒掉了烟，但是你继续梦想着它们。

白天光线慢慢暗下来的时候，我再次感觉到那种莫名的悲伤和恐惧，真正的强烈恐惧，我说不上来它的名字。我快速穿上大衣，戴上一顶护耳帽，我既可以像个嬉皮士，也可以像个流浪汉，自如地离开，这很适合我，随时可以隐身。

如果有人想知道世界末日后自己居住的小区看起来是什么样子，必须在1月1日下午出门。非语言所能形容的寂静。曾经的太多快乐已在前晚耗尽。尽头闪着光亮，干燥而寒冷，形而上学的尽头。我一直疑惑到底庆祝什么——一年的结束还是另一年的开始。很有可能是结束。如果庆祝的是开始，1月1日将会是最幸福的一天。

我走在楼宇间结了冰的狭窄小道上，我的脚边滚动着空葡萄酒瓶，各种燃放后的烟花爆竹残余……外面空无一人。开始令人怀疑。似乎有人在新年烟花的掩护下杀死了所有人。投放的就是那种中子弹。唯一获救的人是我，躲在了庇护所厚厚的墙体后面。我不相信还有另一个人会提前预见到，会在防空洞里度过新年之夜。世界末日后 CNN 会播报些什么呢？我朝后面走去，两只狗和一个流浪汉突然跳到我面前。第一批活物……还是今年的。我为他们感到高兴。实际上这是他们的日子，他们的新年晚一天。扔得一片狼藉的昨晚吃剩的饭菜，垃圾桶满得装不下，有如新年过后悲伤的购物中心。

在……之后打开

一个闹钟，一根安全别针，一把牙刷，一个洋娃娃，一辆火柴盒汽车，一顶女式帽，一个化妆包，一个电动剃须刀，一个烟盒，一包烟，一个烟斗，布和织物，一美元零钱，玉米种子，烟草，米，豆子，胡萝卜……

什么东西能收藏这些无法收藏的东西？

最有可能是个旅行箱。但是这样一个旅行箱能是谁的呢？女人戴的帽子指向的是位女士，烟斗和电动剃须刀——指向的是位先生，尽管这也不一定。或者是女孩子的箱子，因为有洋娃娃，但也可能是男孩子的，因为有火柴盒汽车和其他小零碎，都是小男孩喜欢收集的东西。

清单还在继续。

小说，《大英百科全书》里的文章，毕加索和奥托·迪克斯的画，《时代》周刊，《时尚》杂志，《星期六晚邮报》，《女性家庭伴侣》以及其他一些1938年晚秋时节的报纸和杂志。这一切都在微缩胶卷里。纸质版《圣经》。阿尔伯特·爱因斯坦和托马斯·曼的短信件。300种语言（！）的《我们的父亲》和两本标准英语词典……

博物馆的储藏室？作家的创作室？

继续……

15分钟的电影胶片，内容有：罗斯福的当季讲话（年份还是1938年）；纽约的航拍全景；柏林奥林匹克运动会的英雄人物杰西·欧文斯；莫斯科红场"五一"大阅兵；不宣而战的中日战争场面；4月起在佛罗里达州迈阿密举办的时装秀；两名身着全套泳装的女孩，西装革履的绅士…… 还有一个标明了时间胶囊位置的示意图，有相对于赤道和格林尼治天文台的准确经纬度。

时间胶囊，是的。战争前夕某个具体时刻，它捕捉到了这个世界所有的喜忧参半的精神分裂症。

1938年9月23日，整个世界都被埋在50英尺深的地下，装在一个也许是最著名的时间胶囊里，这个时间胶囊是西屋电气公司为纽约世博会打造的。要在5000年后打开。而恰好一年后，这个世界将再次被埋葬（真正地）。已不再有仪式，没有时间胶囊，也没有标明位置的示意图。

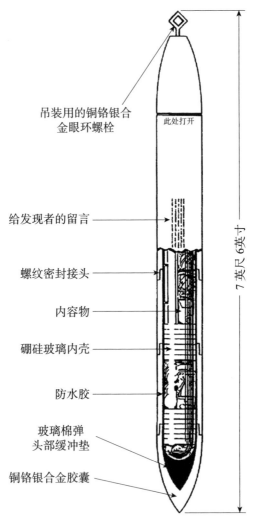

吊装用的铜铬银合
金眼环螺栓

此处打开

给发现者的留言

螺纹密封接头

内容物

硼硅玻璃内壳

防水胶

玻璃棉弹
头部缓冲垫

铜铬银合金胶囊

7英尺6英寸

（定时炸弹，1938年）

156

起初，工程师们把这颗时间胶囊命名为"定时炸弹"，它看起来确实像一颗炸弹或者一枚炮弹，只是顶部加长呈圆形，长228厘米。后来有人发现这预示不好的结局，就把名字改了，至少官方是这样，但是引信已被点燃。

1945年，他们想打开这个时间胶囊。出于对战前失落世界的怀念？非也。他们想往里面增加一项最伟大的发明：原子弹示意图。后来又放弃了。但20年后，他们还是没能克制住，他们在同一个地方埋进了第二颗时间胶囊，除了有关原子弹和几枚更先进的炸弹的资料，他们还加上了一张披头士乐队的唱片、避孕药片和一张信用卡。

"旅行者"号

储藏时间的实验在继续。时间是1977年。随着空间探测器"旅行者"号的出现，策略改变了——这个时间胶囊可以埋到外太空。迄今为止，方向都是向下，现在是深深地向上。能离地球多远就离多远，远离这个不保险的地方。

金唱片里存有五厘米长的胚胎、哺乳的母亲、外太空的宇航员（与胚胎非常像）、房屋、超市、一个男人和女人的剪影（女人怀有身孕，胎儿可见）的照片。但是最美的是各种声音——雨声、风声、黑猩猩的叫声、亲吻的声音、蛙鸣、婴儿啼哭声、拖拉机声、马蹄声、篝火边的谈话声。

空间探测器是美国人的，发射于如火如荼的"冷战"（多么讽刺的语言）时期。我们知道"旅行者"号的消息，只是因为金唱片里有一首保加利亚民歌。可是里面还有美国总统的贺词（这个我们不知道），就是那个龅牙的吉米·卡特，一个女邻居想像杀小鸡一样用刀剁了的人。现在吉米·卡特和那首歌唱起义战士德廖的保加利亚民歌一起漫游在星际间。我们非常自豪我们的歌曲能被选中。后来我们知道了，我们的民歌并不是独自待在宇宙里的，在一起的还有阿塞拜疆风笛、格鲁吉亚合唱、澳大利亚土著歌曲、塞内加尔打击乐、莫扎特、巴赫、贝多芬……这让我们有点失望。谁知道为什么，我们想象着，凉爽的傍晚所有外星人来到天空中的露台，打开唱机最喜欢听的是那首关于保加利亚一个令敌人恐惧的起义战士的民歌。（小民族喜欢自己令人恐惧。）这首歌里的罗多彼山区方言，我完全听不懂，我是真的担心外星人能不能听得懂。

我希望他们还没有听懂这首歌里唱的，否则我们将会永远失去他们。也可能是他们听完了，所以迟迟不来。简而言之，德廖，歌曲中的英雄威胁说，如果他的两个姑姑被迫信奉伊斯兰教，他就会袭击村子，很多母亲会号啕大哭，/更多年轻的新娘会泪如雨下，／腹中的胎儿也会哭出声来……

　　他在想母亲腹中的那个胎儿，和德廖在同一张唱片上，一起飞翔。

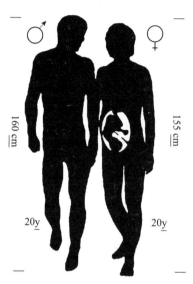

其他时间胶囊，其他遗训

　　时间仍然是 1977 年。

　　"在普列文市全景纪念馆的地基里，就在休息室的地板下，埋了一个装有寄语的时间胶囊。这个胶囊将在 100 年后打开，到那时候所有人都已经生活在共产主义社会，放置时间胶囊时国务委员会主席托多尔·日夫科夫同志是这么宣布的。"

算了吧，我们不可能全都生活在共产主义社会，我父亲说着关上了电视机，这家伙是自己想永远活下去。我想象着100年之后的新人会如何打开时间胶囊，阅读从地下挖出来的祖先的教导。

里面写的会是什么呢？像"死心塌地的右派分子……共产主义的福祉……各取所需"之类的口号，还有其他莫名其妙的话，都是那时候我们常说的话。

埋藏时间胶囊的狂热是会传染的。每个人都争先恐后埋下自己对未来的寄语。轮到我们学校了。时间胶囊像一支大玻璃试管。我觉得我在化学实验室看见过它。校长当着全校学生的面，宣读了给未来生活在共产主义社会的少先队员的寄语，然后把它塞了进去。还塞进去了学生的三幅画和三篇作文。为此举行了作文比赛，题目是《我如何看见2000年的自己？》。我们看见自己，简而言之，作为被放飞太空的共产主义者。共产主义在全球取得了胜利，而且已经发展到了邻近星球。我们画宇航员，他们穿着印有五角星的宇航服，被一根脐带似的东西或者一根细麻绳拴在母舰上，一只手拿着一束雏菊。或者改成罂粟花。罂粟花更合适，因为它们"来自牺牲的英雄们的鲜血"。[1]

---

[1] 第一次世界大战中，加拿大军医约翰·麦克瑞（John McCrae）目睹了欧洲战场的惨烈，写了一首名为《在弗兰德斯原野》的诗，诗中描写了战场上盛开的罂粟花。这首诗广为流传，自此，罂粟花也成为世界性的纪念阵亡将士的标志。

就是这样一些东西被塞进了那个时间胶囊，少先队还建议把学校校旗也塞进去，但是试管太细了。

在之前的《我如何看见 2000 年的自己？》作文比赛中，我就只写了一句话："我看不到自己，因为 2000 年世界将会终结。这是事实。"我不能说我为什么这么做。我必须立即到少先队队部去，队部把这种行为定义为挑衅。主要问题是谁告诉我这些"事实"的。这让我更可疑了，每个人都知道会发生什么，但是却要把它作为国家机密保守。我已经长大了，知道不能供出奶奶。我撒谎说是自己在海边从一个肥胖的波兰女人那里听到的。我有意说"肥胖"，是为了表明自己对挑衅者的态度。波兰女人和我们不一样，她们躺在海滨浴场上，偷偷贩卖"妮维雅"霜。让他们找她去吧。

毋庸多说，我最初的预警没有被放进试管里。

那我就加倍努力，继续填满我自己的时间胶囊。完全是秘密进行，与时代精神步调一致，那时候是这么说的。与……精神步调一致，天哪，我从哪里粘贴来的这些。回忆任何时候都不是单纯的，那时候的话语又回到了我的脑子里。我感到自己嘴里有一种说不出的味道。与时代精神步调一致。与……精神步调一致。我得再重复几遍这句话，让它变得没有意义。

73 号纸箱

还有一个来自官方的"时间胶囊"。普通的纸信封上有着"成为共青团员后打开"的红色印刷体字母。要在孩子刚出生时交给孩子。我把这个不结实的纸质时间胶囊放进了 73 号纸箱，没有按里面的须知做，直到现在才拆开信封。里面是用打字机打的：

> 亲爱的年轻人：
> 人的一生中总有难忘的时刻。今天，你颤抖地解开鲜红的红领巾领结，换上了红色的共青团员证，它象征着党和我们英勇而勤劳的人民对你最大的信任。
> 你的思想和行动要纯粹而无所畏惧！把自己的青春热情和成熟智慧贡献给我们最亲爱的——祖国！

这样的语言还有一个范本。现在我发现自己已经背不下来了：无所畏惧……青春热情和成熟智慧…… 身穿制服的命运之神是否在我母亲还在产房时就把信交给她了？那时候，在她疼得昏头昏脑、不知道自己身处哪一个世界时，有人给了她尿布、脸盆和奶瓶消毒用具，区委员会的一名代表来了，把信交给了她。您不用为孩子担心，我们会安排他的一切，首先他会成为少先队员，然后戴上红领巾，之后换上共青团员证，一切都按部就班。固—定—不—变。

开始我想扔掉这封信，后来决定还是放回原位，放进73号纸箱里。里面应该有这样的东西。

我在想，我需要给纸箱加个防护，防止过去的放射性废料进入。如果有人打开并对之产生崇拜？我没必要这么想，我看得这么明白了。

未来73号

世界末日之后很多年，生命再次产生，几千万年之后又进化到人类了。后世界末日的新人类在进化，方式基本和前人相似，如果对几次微不足道的偏离（突变）忽略不计，比如他们缺乏抽象思维。很明显，大自然或者上帝吸取了之前不那么成功的实验的教训，做了一些有益的调整。

一次，新人类偶然找到了埋在地下奇迹般保存下来的、写有过去遗训的时间胶囊。这件事不是语言所能形容的。总算是祖先们留下的痕迹。虽然写的东西有些愚笨可笑（但是他们也看不懂）。这是要在200年后打开的留给后辈们的遗训。其中一部分已经残损，但一些零星短语得以保存下来。他们仔细辨认。态度虔诚得如同在读摩西十诫。

我们必须保存遗训，并据此改变我们的生活，因此遗训无处不在。只有一个人反对。他说，如果想避免祖先们经历过的那些事，恰恰应该逆着遗训里写的做。但是没有人听他的话。遗训被广泛宣传，每一个词都被诠释为行动的具体准则。

套话（只不过是自相矛盾的抽象概念）一旦被咬文嚼字就变得危险。来自20世纪的三个空洞而毫无意义的短语，搅乱了迄今为止团结幸福的社会生活，这个社会里抽象并不存在：……为生活的大海做好准备并接受训练……社会主义家庭——我们社会的基本细胞……你们要为祖国抛头颅洒热血……

大海并不遥远。它立即变成了一所大学，老老少少都在里面开始学习起来。游在最前面的是老师，学生就是他周围的鱼群，手划脚动，体柔但求知若渴。柔弱多病的悄无声息地溺亡，有些留下来了，有些被遗弃了。幸存下来的那些在水里感觉非常好，他们的脊背长得够大了，了解海洋生活的一切。多么激烈的知识竞技比赛，多么强壮的科学肌肉……伴奏的是未溺亡的诗人。那些在陆地上的，开始感觉自己是搁浅的鲸鱼。生命逐渐又回归大海。（进化的倒退。）

在此之后，他们又忠诚于第二条遗训，用木笼子填满大海。每个小家庭都收到一个作为新婚礼物，并且自愿待在里面。

那年庆贺了三次"大流血节"，节日里他们自我伤害，为祖国献血。他们不知道什么是"祖国"，没有任何指示，就是采血装进一个巨大的容器里，很快他们把这个容器叫作"祖国"。

关于这一文明没有其他保留下来的证据。

载 体

几年前，出于安全考虑，我决定备份我的存档。我把最重要的信息刻在一张光盘里，而这张光盘我藏在一个小柏木箱里，箱子里外两面都涂上松香。我遵从《旧约》里的指示，尽管因为新技术的发展，诺亚方舟已经改变了太多，方舟原本长300腕尺，宽50腕尺，而高30腕尺，分为三层。现在是一张光盘。

一开始我想到的是耐火的铁箱子，但我决定最好还是按照那本书里描述的做。有别于金属箱子的是，涂上松香的柏木箱可以防止水渗入，可以漂浮在水面上。书里什么都考虑到了。

当然，我不仅仅寄希望于光盘。光盘也是不保险的，只要有一点点损坏，整张光盘就废了。技术越是高级，损失就越是无可挽回。我在什么地方读到过，纸张，尤其是那种pH值中性纸（无酸纸），其实相比任何数据存储设备，都是更可靠的信息载体。纸张的生产者们赋予了其上千年的保存期。肯定比我们能给予这个世界的更多。因此，我还是继续寄希望于我这些装满剪报的纸箱和老式记事本。万一世界又重蹈覆辙。这种可能性一点也不小。

所有的胶囊展示出明信片一样的世界，可爱、美丽、律动，还有各种各样小巧精致的发明，我放在地下室里的胶囊里也应该存有一些标志和警示，包括未写完的故事，比如《1980 年代无聊史》或者《短暂简史》，或者《社会主义晚期乡愁绪论》《我们从未发现的征兆目录》《2010 年不完整恐惧清单》，或者疯子朱丽叶、马兰科、钦卡奇可、反历史者、我爷爷、被遗弃的男孩他们的故事，所有来自虚无又走向虚无的人的故事，无名无姓、转瞬即逝、留在画面外、永远沉默的人的故事，一部从未发生之事通史……

如果某样东西是永恒而不朽的，把它放进时间胶囊里又有什么意义呢。应该只保存那些必死、速朽、易碎的东西，那个黑暗中哭泣着划火柴的小女孩……这就是本书地下室所有纸箱里的东西。

诺亚综合体

我想象着有本书，囊括了所有分类和体裁。从独白到苏格拉底式的对话，再到六音步的叙事诗，从童话故事到论文，再到清单。从古希腊罗马时代的伟大到屠宰场须知。一切都可以搜集起来放到这样一本书里。

他写呀，写呀，写呀，记下来并保存下来，要像诺亚方舟一样，那里面有所有物种，小的和大的、洁净的和不洁净的，必须从每个类型和每个故事里都提取一点。我对纯体裁并无太多兴趣，小说不是雅利安人，正如高斯廷所说。

我写呀，写呀，写呀，记下来并保存下来，我要像诺亚方舟一样，不是我，是这本书。只有书是永恒的，只有书的封面会漂浮在波浪之上，只有充满生命的书页里的生物会保存下来。当它们看到新的陆地时，将繁衍并生生不息。

被记录下来的东西将有血有肉，完美复活。"狮子"将变成狮子，"马"将和马一样嘶鸣，"乌鸦"将飞离枝头发出难听的呱呱声……弥诺陶洛斯将重见天日。

新现实主义

我已经很久没有离开地下室的世界了，这几天我决定上来散散步。我等待黄昏降临，下午 5 点后，天色已近黑了。这时候从地下室里出来，适应起来要容易一些。遗憾的是圣诞节的灯饰已经亮起来了，黑暗只能蜷缩在各个角落里。我选择了更暗一点的小道，呼吸着寒冷的空气，经过一处画廊——之前我喜欢进去看看。画廊还没有关门，"新现实主义"主题展还有几天就要结束了，这个时间一个参观者都没有，于是我决定进去看一看。

我仔细看着小玻璃箱，里面塞满了葡萄酒瓶软木塞、没用的小零碎、雷蒙·海恩斯[1] 的破旧海报碎片，从管子里挤出的一条条阿尔曼牌颜料，放在玻璃箱里，就像是制成标本的伸展开的五颜六色的蛇。我在达尼尔·施珀里[2] 的晚餐后一片狼藉的画面前站了很久，这些残余物有的粘在桌子上，有的挂在墙上，如同三维画面一样——带着凝固油脂的平底锅；一张双人桌，桌上放着两个喝空的咖啡杯，杯底还有咖啡残渣；两个玻璃杯和一个 1970 年的"马提尼"空酒瓶；燃尽的蜡烛，只剩烛盘上的蜡油；皱巴巴的纸巾……有人来过这里，又离开了。有过谈话，说了些什么，有些话没说，他们坐了很长时间，点了蜡烛，他们应该很愉快，他们起身离开了。他们有没有在另一个房间做爱？喝咖啡是在这之前还是之后？如果我再靠近一点，一定会在其中一个杯子上看到口红印。这是 40 年前的事了。

这些人肯定已经走了。留下的只是咖啡残渣。

漂游在空气里的东西。这些新现实主义者在 20 世纪 60 年代后期和 70 年代都预感到了世界末日。大约就在那时的某个时候，

---

[1] 雷蒙·海恩斯（Raymond Hains，1926—2005），法国视觉艺术家，也是新现实主义运动的创始人，主要以风化的法国海报制作的拼贴画而闻名。

[2] 达尼尔·施珀里（Daniel Spoerri，1930—　），出生于罗马尼亚的瑞士艺术家，新现实主义运动参与者。代表作为一系列以剩餐为题材的装置艺术作品。

克里斯托 [1] 开始打包这个世界。准备离开。一切都得分包装好。我们收拾好行李，出发。从打包好的儿时的小木马（在我看来，这是他最悲伤的作品）到新桥。快点，我们搬家了……他们要推倒房子了。

搬家的记忆

因为我们经常搬家，从一个公寓搬到另一个公寓，我很小的时候就知道了那种特别的感觉，当物品从日常使用中移走时，椅子不再是椅子，桌子不再是桌子，床也被拆了。五斗橱只是些抽屉和木架子。书被塞进了白色蛇皮袋里，蛇皮袋是从什么地方捡来的，上面印有"结晶海盐"字样，书似乎成了将要被腌制的鱼。我很好奇，之后我再翻书的时候，它们会不会发苦。

你置身于一片混乱之中，漫无目的地走着，你不知道该去哪里，大人们也不知道，他们神经紧张，一边等着卡车，一边抽着烟。后来，所有东西都装车了，而你们还在转来转去，你

---

[1] 克里斯托（Christo），原名赫里斯托·弗拉基米罗夫·亚瓦舍夫（Christo Vladimirov Javacheff, 1935—2020），保加利亚裔美国大地艺术家，与妻子让娜-克劳德（Jeanne-Claude）共同创作了多个著名的包裹艺术作品，下文提到的新桥是他们完成于1985年的"包裹巴黎新桥"项目，他们用了超过4万平方米的聚酯纤维织料包裹了整座桥。

们不想关上门，你母亲来来回回检查了 20 来遍，别有什么东西忘在屋里，你父亲在花园里到处走走看看，给两棵樱桃树和蔷薇丛浇水，谁知道新租客会不会好好照顾它们。我抱着一只猫，另一只不知道藏到什么地方去了。

告别。

新公寓。

多次新的告别。

大学转学和换住处。

离婚搬家。

多次移居外国。

回国。

新公寓。

所有的生活可以浓缩在搬家清单里。

母胶囊

那次看完展览回去后，我依然和那些纸箱以及袋子生活在一起。

每时每刻（也包括现在这一时刻）都有人在某个地方掩埋

时间胶囊。1999 年达到了高峰。之后热度明显减退，人们的兴趣就下降了。2000 年世界末日并未到来。人们很失望，这可以理解，毕竟等待了那么久。这期间，出现了脸书，新的时间胶囊。你已是半人—半阿凡达了，特型弥诺陶洛斯，不，弥诺—阿凡达。我不用发愁了，脸书做到了，让人分散注意力。

我想说的是，每年埋在地下成千上万的胶囊中，超过 90% 将永远消失。埋下它们的人，有的忘记了，有的去世了，有的搬家了。必须要创造一个母胶囊，里面藏有埋在世界各地所有胶囊的坐标信息。而为了母胶囊的坐标不被遗忘，就要雇佣专人，他唯一的工作就是——记住坐标。

包袱与瓶子

原来时间胶囊才是最意想不到的东西。最大的一定是熔岩下的庞贝城。我更喜欢小一点的。比如我爷爷在我出生那天为我准备的那瓶白兰地。那瓶酒现在应该有 44 年历史了。如果我找到并打开它，我将拥有蒸馏过的 1968 年全年，至少也是整个保加利亚东南部。那个夏天的晴天天数，初秋的降雨量，空气湿度，土壤质量，葡萄病害，一整年的历史都记录在了这个玻璃瓶里。

或者是我奶奶的那个寿衣包袱。一条头巾，一条围裙，一件樱桃红背心，冬天穿的羊毛袜子或者是尼龙袜子——如果是夏天，一双漆皮鞋……一个必须在她去世那天打开的包袱。尽管她每隔一天就会打开，检查衣服上有没有蛾子咬出的洞，或者只不过是看一眼它们。这也是一种让你习惯死亡的方式。每个月她都会穿一次。她把旧的黑头巾换成了新的，上面印有大朵的深红色玫瑰花，日常穿的棕色羊毛坎肩——换成了一件还没穿过的背心，那是她过生日时收到的礼物。她看着小方镜里的自己，哀叹自己从前是多么漂亮，腰身多么苗条。到了那里怎么见上帝呀，她喊着。只有死亡引发了她的虚荣心。在那儿等着她的人比这儿的要多。

……和六音步诗

最意想不到的东西原来是……比如六音步诗。如果某件事情被记述在六音步诗里，那它的有效性在历史和现实中都是无限期的。整个特洛伊战争就被保存在六音步诗的时间胶囊里。保存在其他任何形式的东西里，这个故事都会变质、变形、被撕破、被碾碎……原来六音步诗的材质是最持久的。

赫西俄德在他的长诗《工作与时日》里留下了一套生存指南。真正的救生包。如果这个世界发生了什么事，来了一些什么也不懂的人，凭借这本书，他们会知道哪个月适合播种，哪个月适合耕作，何时阉割一头公猪、发情的公牛和勤劳的驴。

也包括这则最受喜爱的教导：

> 任何时候都不要面对太阳站着小便：在太阳下山
> 后才可以这么做，记住，要面朝东；行走在路上不可
> 以小便，路旁不可以小便，不要光着身子小便：因为
> 极乐世界里的人总是夜里才出来。

一本好书应该是可以指导一切的。我把这本书也放了进去。

蜜蜂和蝙蝠

每年底我会打开纸箱，仔细翻看1月到12月的所有新闻。有时候恰好就占去了我年前的那些日子，我就只挑出那些最重要的应该予以保存的……

我有自己的筛选体系。

通常最重要的新闻会出现在那些很薄的、纸质差和不定期的刊物上，如《今日养蜂人》《园艺时间》《室内盆栽疾病防治》《小型农场的打理》《公牛和母牛》《新手农民报》《家庭兽医》《养猫大全》等等。

有时候特别重要的就是"世界趣闻"专栏里的那五行字，

描写的是北美某个道路崎岖的偏远小镇上几个蜜蜂家族的奇怪行为。蜜蜂早晨飞出蜂房后，就再也没有飞回来。这就是我所说的征兆，尽管那时候没有任何人意识到。人们不会费力去解读这些征兆。他们将蜜蜂的神秘消失归因于瓦罗亚虱，一种吸血虫，更准确地说，是瓦螨，一种很微小的红色寄生蜱虫，它能把自己的小钩子插入蜜蜂体内。我写信给报社，说这只是个开始，我甚至引用了爱因斯坦的话，人们听到爱因斯坦这个名字总会留下印象："如果蜜蜂消失，人类将只能存活四年。"

没起作用。

我认为那一年是2004年，是的，2004年冬天。还得过去整整两年，人们才会弄明白这件事不是一次意外，地球上所有蜜蜂身上都发生了一些怪事。直到2006年，我的养蜂报上的那几行字才登上了《纽约时报》《卫报》等媒体的头版头条。那时候，我们地球上神圣家族中最负责任、最守纪律的这一群体的奇怪消失，被称为"群体崩溃紊乱"（CCD）。蜂箱荒废了。家庭驯养最多的物种之一失去了回家的能力，迷路了，死了。请你们记住这个诊断。群体崩溃紊乱。蜜蜂家族的解体，群体摧毁综合征……如果它们尚且如此，人类及其不稳定的家庭又会怎样呢？这比所有的阿布拉卡达布拉咒语都更像世界末日。蜜蜂是最初的征兆。世界末日中嗡嗡作响的天使。我们等待耶利哥城号角的响起，但听到的只是噗呲呲……噗呲呲……噗呲呲……沉寂下来，渐渐消失。这就是警报。你们没听见吗？把你们的iPod耳机摘下来吧。

我们对白鼻综合征了解多少？蝙蝠的白鼻综合征。甚至我们都没听说过吧？没人去数死去的蝙蝠。你看，如果死去的是猪仔或者奶牛，所有人都会担心。2006 年，纽约和旧金山周边洞穴中 90% 的蝙蝠突然莫名其妙地死去了……它们停止进食，僵直地垂吊着，最后飞出洞穴，掉落在洞前，鼻子发白……白鼻子的会飞的小老鼠，死去的微型蝙蝠侠。我把这则消息也放进了纸箱里，它可以称得上重要。

我是为了那个得来一趟的人搜集这些的。为了那位后世界末日读者，如果我们达成一致这么称呼他。能有前一个时代的起始档案并不是一件坏事。到那时候，今天的报纸将成为历史大事记。对它们来说那是一个美好的未来。也是这个快速衰落、发黄、时日不多的时代最好的见证。

这份报纸的日期是 2022 年 6 月 4 日。上面用粗体字写着：奇怪的失忆症流行病。副标题是小一点的字体：人类的群体崩溃紊乱？文章内容大致如下：

> 几个世纪以来形成的规则和习惯突然停止发挥作用。经常发生这样的情况，人们早上离开家去上班，但是晚上并没有正常回家。
>
> C.S.（39 岁）的一个普普通通的早晨，一如之前的成天上万天一样。烤糊的面包片，鸡蛋和培根，一大杯咖

啡，与孩子们的玩笑话，门口的吻别，晚上一家人玩传统项目大富翁游戏的承诺……然而那天晚上，他没有回家。他根本就没去办公室。后来，有人偶然在城市里另一个地方找到了他，他迷路了，裤腿像孩子一样卷起来，沿着街道走着，漫无目的地踢着路上的小石子。他不记得自己有妻子有家庭。他不知道自己的住址。他非常肯定地说自己12岁。

更无法解释的是 D.P.（33 岁）的故事，一位单身母亲，每天她会把孩子们送到幼儿园。放下孩子，亲吻他们，保证下午第一时间来接他们。距离约定时间还有半小时，孩子们就已经站在护栏边了，穿戴整齐准备妥当，还是妈妈迟到了。其他父母陆陆续续来了。最后只剩下两个孩子和老师们。天开始黑了下来，还是没有人来。他们给这位母亲打电话，但她没有接。孩子们得在幼儿园过夜了。三天后，有人在一个相当遥远的北方城市找到了这位母亲。执法部门称，她表现得很不得体，抗拒，还抓伤了一名警察的脸，骂警察脏话，用的是流行于 20 年前现在已没人再说的侮辱性语言。最后一个细节很重要，当问到她的年龄时，这位 30 多岁的女士回答说她上七年级。问及她来这个城市做什么时，她回答说是全班来郊游。自然，她不记得什么孩子和家人。根据报社的调查，这位母亲就读的学校确实在 29 年前组织学生去过那个城市郊游。

他们强行把这名妇女送了回来，送她回自己的家，希望这个环境能唤回她的记忆。她表现得就像身处陌生人家里一样。她什么东西都不碰。她问浴室在哪里。她认不出自己衣柜里的任何一件衣服。当她和自己的孩子们对视时，心理学家没发现她有任何想要亲近的反应。

目前对发生的这一切还没有明确解释。学者们正在研究几个并行的假说。其中最有趣的假说是，这是不明原因导致的对过去事件的重新激活，打开了个人的平行时间走廊。过去的强烈侵入。他们怀疑这是近期滥用回归疗法造成的，越来越多自称医生的人在非法使用这种疗法。

征 兆

2011 年 1 月 1 日，2000 多只死乌鸦从阿肯色州的一个小城上空掉落。这些鸟神秘死亡的原因尚不清楚。这是 1 月 3 日的报道。

接下来的几天里，关于鸟类神秘死亡的新闻开始从世界各地纷沓而至——欧洲、澳大利亚和新西兰。有人猜测是由于鸟类瘟疫、美国人秘密进行的有毒物质战争武器实验等等。宣布将会揭开真相的人是美国军队的一位前将军，后被发现死于一辆垃圾车中。越来越多的人相信，天上掉落的死鸟就是世界末日的明显征兆。

而在英国海岸发现了 40000 只死螃蟹。

V

绿纸箱

迷宫的耳朵

很久没在我身上发生了……我在翻阅 2010 年的报纸时，偶然看到一篇很短的报道，它几乎被第二天的新闻淹没了，但这篇报道对我来说是个特别事件，又把我抛进了那已被遗忘的移情激发之中…… 很多年没有这样的体验了。

公牛在斗牛现场攻击观众。30 人受伤。动物被射杀。

2010 年 8 月 19 日，星期四，塔法拉。

西班牙发生一起非同寻常的事故，造成 30 人受伤。事故发生在斗牛现场。那头被牵进竞技场的公牛环顾四周，敏捷地越过栏杆攻击观众。这一不幸事件发生在塔法拉市。惊慌失措的观众试图逃跑，但由于剧场圆形阶梯式的布局，逃跑非常困难。愤怒的公牛冲向受惊的人群。斗牛士奔跑着抓住公牛的尾巴试图制伏公牛。整整 15 分钟后局势才得到控制。最终，他们迫不得已开枪射杀了公牛。

当然了，圆形阶梯式剧场就是迷宫。在这最常见的圆形迷宫中，有许多同心圆与横向走廊相交。公牛一抬眼，认出了迷宫——它的曾祖父弥诺陶洛斯出生的地方。由于动物没有时间概念（孩子们也一样），公牛看到自己的祖屋，在自己身上看到了弥诺陶洛斯。它想起了曾经所有的日日夜夜……不，这是人类的语言，那里没有白天，它想起了那无尽的黑夜，这个世界上所有黑夜的总和。它又想起了自己认识的仅有的两张面孔。母亲拥它在怀时的脸。它所见过的最漂亮的脸。还有第二张脸——这是杀死它的凶手的脸。也很漂亮。是人类的面孔。

　　现在凶手（可能是忒修斯的远亲）正站在竞技场下，在迷宫的中心。并不是它曾经经历的一幕将重演，也不是它会再次体会到自己身体的柔软和脆弱，那种证明它身上人之本性的神圣的柔软和脆弱，不，不是这些促使它去做了后面的事。还有其他因素。突然的一闪念，如果杀它的凶手就站在它面前，这意味着它母亲的脸一定也在附近某处。在上面的观众席上。这两张脸一起走着。那一幕再现了。迷宫的旋涡转动起来，转回来的不止空间。时间也拐弯了，它咬住了自己的尾巴，如果可以发生什么事情来逆转结局，可以改变这一切，现在正是时候。

　　我转身背对杀手，绷紧自己全身肌肉，冲破阻碍。我像个无助的孩子，看到人群中的母亲，我向她冲了过去，已经没有什么可以让我停下来。只为了我能再次将自己的脸贴在她的脸上。我能依偎着她。我三岁。我在找自己的妈妈。有些人尖叫着，倒在我的脚下，但他们不是我的妈妈。我会认得她的。只希望我不要错过她，她不会自己走了吧。再近一点，再近一点。这儿有一个人像她，不是她。这个？不是。不是。从我喉咙里发出的叫声是非常吓人的。唯有一个词，在所有语言中——人类的、野兽的以及怪物的——都是相同的：

妈姆姆姆姆姆姆……

圆形的剧场迷宫捕捉到了这种叫声，带着它在走廊的墙壁之间穿梭，拐向死胡同，叫声反弹回来，稍稍有点变音，又传回人类耳朵的迷宫里，就是无尽的：

哞呜呜呜呜呜呜呜……

这也是一种替换。极细微的替换。迷宫把"a"变成了"u"。如果人类知道这是同一个单词，就是那个妈姆嗨嗨…… 这个世界的故事和死亡的故事（说是同一个故事也没什么奇怪的）将会是另一个故事。

一个被吓得半死的生物寻找自己的母亲。人类或者动物——母亲是同一个词。

但是神话是可重复的，弥诺陶洛斯的死亡必须再次发生。在找到他母亲之前，在偎依在她怀里之前，在回到她的子宫里之前，那个最初的、柔软、搏动着的洞穴。因为那已经是另一个（不可接受的）神话了。

死神追上了他，恰恰就在他觉得看见了那远去的熟悉的肩膀和一绺头发的时候。第一次用这样的方式杀死了他。从远处。没有利剑，没有长矛。他没有看到杀死自己的凶手的脸。

没有脸

没有看到杀死自己的凶手的脸。如果存在这么一部《谋杀通史》，里面不仅包括历史上已经发生的谋杀案，而且包括神话中的谋杀案，还有所有的传说、谣言和小说中的谋杀案，人们将会看到——你与那个要杀死你的人脸对脸，是多么温暖而充满人性。残忍，是的，但是人性尺度范围内的残忍。死亡来自另一个人，有具象的身体，有手，有脸。直至在杀人已是非人道的今天，只有允许我们借用这一概念，我们才可以体会这一事实。相比之下，这是一种新现象，也许就是火药发明以来的几个世纪，这点时间算不了什么的。

甚至语言上还没习惯。我们说"面对死亡"，可是这已经是另一个时代的说法了。死亡已经失去了自己的脸，这正是新的恐惧所在。脸没了。

随便举几个例子。阿喀琉斯杀死了赫克托耳，这是史诗，是故事，是凶手和死者之间的舞蹈。在死亡仪式里，牺牲者也有权完成自己的舞步、手势及对白。（这就是为什么在今天的枪炮时代，荷马史诗里的场景是不可能再现的。）甚至当吕科墨得斯要把忒修斯从埃维亚岛的悬崖上推下时，还是有人手的触碰，有人的参与。

后来发生了什么？这里我们暂且不说战争大屠杀。肯尼迪坐在他的豪华轿车里，微笑着，神情痛苦，头垂了下来。这部我们看过的定格在胶片上的死亡哑剧说明了一切。阿喀琉斯已经可以遁形了。忒修斯，神话系列中的一个杀手，隐藏在人群之中，从那里开枪。你没时间做准备，没有时间在脑子里和几个人道个别，没时间嘱咐上几句，没时间留下遗言，没时间嘲讽，没时间用对白刺痛凶手，没时间整理一下你的头发。句子里的第一个词尚未说出口，子弹已先一步抵达。匿名行凶者的匿名子弹。这里面有极其不公的地方。极其反自然。

任何动物都不会这么做。

任何动物都不会这么做

我内在的动物性。这是新的道德法则——与"我头顶的星空"同在。主要问题，实验，试金石，善与恶的分界——你思考的这些由动物来完成可不可行。你要走进自己最喜欢的动物的皮囊里面，去弄明白。如果它都没做过，那你也不要做，否则你就是在犯不可饶恕的大罪。违背自然的罪。所有的罪已然是犯罪。但至少保留下自然的这一边界。

忒修斯做过斗牛士。斗牛士就是杀手的意思，源于拉丁语。屠宰场里的每个屠夫都背负着忒修斯的罪。

我把这一守则也放进了纸箱里，其实就是现实生活里的：

守则 第 **20/2002** 号

屠宰时为将动物所受痛苦降到最低程度……

第一章：动物的应激反应和疼痛

科学研究表明，温血动物（包括家畜）能感受到疼痛和恐惧……恐惧和疼痛也是引起应激反应的主要原因，而这种应激反应会影响这些动物的肉质。（当然，一切都归因于肉的质量。痛苦越小，肉质越好。）

动物会害怕移动的物体，还有黑暗，他们会拒绝进入黑暗之处……（我确定是这样，因为我的经验告诉我。）

他们害怕反射光，还有叮当作响的铁链、移动的人或物体、影子或者滴落的水。（影子或者滴落的水……这几乎就是诗了，不，这是洞穴。）

第七章：家畜的屠宰

屠宰动物的准备工作

运输途中受伤的动物和尚未断气的动物应立即屠宰（出于怜悯之心），如果做不到——则应在卸货后的两小时内屠宰。（因为肉的肉质会下降，依据痛苦＝肉质不佳的逻辑关系。）不能行走的动物当场屠宰，或者用小车或传送带运至专门地点紧急屠宰。当准备就绪时，必须在保证安静、平静及消除不必要的忙乱和噪音的情况下，将动物送至电击区……

击晕动物主要有三种技术手段——枪击、电击和气体致昏……

最常用的方法是用螺栓枪击晕动物。发射空弹，让空弹将短螺栓从枪管里推出。螺栓钻进颅骨里，通过损伤大脑或者增加颅内压引起脑震荡，从而造成脑损伤。螺栓枪可能是使用最广泛的击晕工具，因为它适用于牛、猪、绵羊、山羊以及马和骆驼，此外也可以在世界上任何地方使用……

公牛：将枪靠近前额，与连接头顶和两眼的直线的假想线距离一厘米，成直角。（这是一种怎样的死亡数学，谋杀几何……）

小牛犊：枪对准比成年牛略低的位置，因为小牛犊的上半部分大脑尚未发育完全。（人类什么都想到了。）

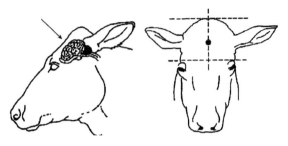

图 5　击晕的正确位置

（摘自《人道屠宰手册》，依据《欧洲保护屠宰动物公约》制定。）

这就叫作无辜的卫生文本，冰冷且无菌，就像屠宰场里的
瓷砖——工作过后被清洗得闪闪发光。

任何动物都不会这么做。

弥诺陶洛斯的梦

我梦见我是漂亮的。说漂亮不准确，是不引人注目。像别
人一样。这就是，你漂亮就是你和别人一样。我的头很轻。我
的眼睛长在脸的正面。我有鼻子，而不是鼻孔。我有人类的皮
肤，细腻的人类皮肤。我走在大街上，没人会注意到我。这就
是幸福——幸福就是任何人都不会注意你。梦是幸福的。

我走得很慢，起初我避开迎面走来的人，避让到人行道的

一侧，靠近房屋墙壁。但是奇迹发生了。没有人争先恐后逃离我，没有人因为看到怪物吓得尖叫，孩子们没有躲藏在母亲身后，老奶奶们没在胸前画十字，男人们没有拔出剑来。我走在街上。是大白天。自打我出生以来，我还从没见过这样的光线。一个女人不小心撞到了我。我害怕她会尖叫。她转过身来，看着我，离我非常近……她不认识我……她没有尖叫……她微笑着……她还向我道歉。至今为止，从没有人向我道过歉。

我看见人们坐在长椅上。我也坐了下来。独自一人。我观察着，大家做什么我就也做什么。

他们坐着看别人。

我也坐着看别人。

后来天慢慢黑了下来。我听到一个小男孩对他爸爸说，爸爸，我们回家吧，天黑了。到这里为止，"黑"和"家"这两个词是整个梦境中最先令人不安的东西。黑暗一直就是我的家，但现在我感觉自己无家可归。我第一次害怕自己迷路了。这很荒谬，因为我从来没有迷路过，毕竟我来自迷宫。我越是害怕，我就变得越小。一个高个子男人俯下身来，用他的大手抓住我（我注意到他没有拿剑），问我是不是迷路了，是否知道自己家的地址。我沉默不语。那妈妈在哪儿呢？这个男人问，你能告诉我妈妈去哪儿了吗？他不该问这个问题。我感觉到我的下巴在变长，我的颅骨变得又重又硬，而我并不想伤害他。值得庆幸的是这个梦要结束了，因为情况变得进退维谷。这是梦破碎的时刻。

我从自己习惯了的家里的黑暗中醒来。这是我最幸福的一个梦。和人待了一天，我没杀这些人，这些人没杀我，他们甚至压根没注意到我。我猜想人是不会做这样的梦的。在他们的梦里，他们在黑暗的迷宫里漫游，与弥诺陶洛斯交战。

不可逆转

我会时不时溜出庇护所，到"古罗马剧场"去。我只想看老的黑白电影。我看到公告里说正在举行吉加·维尔托夫[1]作品展，我不想错过。是1月一个寒冷的下午，天空浑浊，阴雨绵绵。结果是，距离电影预告放映时间就剩五分钟了，还没有其他人想看这部片子。他们不太可能只为我一个人放映。那时候，我注意到有两个流浪汉，他们在电影院前转悠，不时地跺跺脚，抽着烟。我问他们想不想进去看场电影暖和暖和。他们不太敢相信地看了我一眼，就和那些不习惯接受类似邀请的人一样。其中一个人问是什么电影。我回答说是一部老片子，他点点头同意了，掐灭了烟头，他们俩和我一起进去了。我买了三张

---

[1] 吉加·维尔托夫（Dziga Vertov, 1896—1954），苏联电影导演、编剧，电影理论家，主张电影艺术只存在于解说词和蒙太奇中，反对传统的叙事性电影。下文提到的电影出自其1924年拍摄的纪录片《电影之眼》，他的理论主张也因此被归为"电影之眼"派。

票。一位女领座员，带着纯正血统的雅利安人，轻蔑地看着我们，但是她不敢把人轰出去。当我们进去的时候，我瞥见他们俩如何偷偷整理好自己的外套，脱下他们的护耳帽。他们选了最后一排，放映厅里很暖和，我觉得他们俩好像在片头字幕出现后不一会儿就惬意地打上盹了。电影是无声的，放映厅里有位专门雇来的钢琴师，他将给这部电影配乐，就和 1920 年代一样。

这是一台充满激情的摄影机，仍然陶醉于它自己的各种可能性，爬上屋顶，改变拍摄角度，躺在火车轨道上。完全就是 1920 年代俄罗斯的疯人院，酒鬼，拓荒者，坐在长椅上的流浪汉。这里就是我要讲述的那些内容——关于屠宰场的报道。例行的奶牛屠宰，之后却是通过电影胶片的倒放让奶牛"复活"。打出来的字幕是："20 分钟前这些肉还是一头奶牛。"摄影机似乎在喊："拉撒路，出来！" [1] 切好的一份一份的肉又变成了奶牛，牛肉又变成了牛。肠子又滑回到肚子里，牛排又贴回到了臀部……"而现在我们把皮穿上。"屠夫的刀好像变成了粗粗的缝衣针，而他们自己——是裁缝，奶牛再次穿上刚刚剥下来的皮，又跑来跑去的了，倒放的过程非常可笑。甚至钢琴师的音乐都加快了节奏。

银幕上写着，"现在我们要让这头奶牛起死回生"。而这里就是你期待的高潮，奇迹，"欢乐颂"（钢琴师的手在琴键上疾

---

[1] 出自圣经《约翰福音》第 11 章第 43 节，拉撒路病危，没等到耶稣的救治就死了，但耶稣断定他将复活，四天后耶稣站在山洞外叫他出来，拉撒路果然复活。

走），震撼降临了。倒放的死亡前的震颤仍然是死亡前的震颤。死亡的那一刻，电击，身体的失调，恐惧，肾上腺素，奶牛的眼白，倒放只是加剧了死亡的颤抖，而不是像摄影师期待的那样，让它复活。尽管瞬间之后，这头奶牛又愚蠢地甩着尾巴离开了，但是你很清楚：这头牛已经死了，不可逆转。

离开放映厅的时候，我不得不把那两个惬意的流浪汉从梦里拽出来，他们错过了一头奶牛不可逆转的死亡。

每年有16亿头牛、羊、猪和225亿只禽类被人们杀死吃掉。我们是动物的地狱，是动物的世界末日。

一个食人族的素食主义者的故事

"从前有个食人族的人，是个素食主义者。"

"什么是素食主义者？"

"不吃肉的人，就像我们，你和我。"

"那食人族是人吗？"

"就算……是吧，像人，但是更可怕。"

"你别用这些蠢话吓唬孩子。"一个女人的声音，是从隔壁房间传来的。

"妈妈，我想听关于食人族的素食主义者的故事。我把门关上？"

"你把门关上，我们不要吓到妈妈。"

"可是人是肉做的，对吗？"

"是的，肉做的。"

"那可怜的食人族的素食主义者一定是饿死的。"

"不仅仅是饥饿，还有讥笑。"

"那是因为讥笑死的吗？"

"这是最大的原因。所有的食人族成员都取笑他，说他是吃水果的、吃草的。谁都不愿和他说话。因为，如果你不吃人，你就没什么可在食人族圈子里讲的。而他们彼此间讲述的那些有趣的故事……"

"可怕……"

"人类觉得可怕的就是食人族觉得有趣的。他们比赛讲故事，看谁能骗过谁，为此笑得满地打滚……而我们的食人族的素食主义者站在一边，没什么可讲的。哪怕是不经意地偶尔靠近真正的食人族一点，他们都会取笑他：快点呀，你讲讲你是怎样打败那三丛覆盆子的，又是怎样满身是血回到家的？诸如此类，或者是，你一次能割下多少颗圆白菜的头啊。我们可怜的素食主义者只能蜷着尾巴……"

"他们有尾巴吗……"

"是这么说的。后来一个女食人者偷偷爱上了我们的人……我们的这位素食主义者，她走到他身边对他说，他一生中至少

193

应该尝一次人肉，他可能会喜欢上，就会变好的。最好就是试试素食主义者……"

"桌子摆好了。"我妈妈说，她站在门口。

关于食肉

我父亲是素食主义者。他也是兽医。只是他不吃自己的患者。我还记得他每次点没肉的菜时，服务员们是怎样看着他的。就和那些食人族的人看他们当中的素食主义者一样。我还记得有一次，我们的一个邻居私下里问他为什么不吃肉，不会是被人蛊惑了吧，不会是加入了什么教派吧，读了什么东西了，怎么可以这样，每个人都吃肉，就他不合群，你懂的，脱离集体。来吧，像个男人样，来个三人份的配豆子和辣酱的烤肉丸子、烤腰子或者烤羊头。我，他说道，拿起羊头撕开，先把小小的舌头掏出来，嗯，然后用刀子把小小的颅骨切开，把脑浆弄到一把大勺里，还有眼睛……说到这里，我父亲立即起身，说他必须出去一下，而我跑到浴室里呕吐了起来。那只小羊羔，只吃草，你为什么不从它开始……那人追在他后面喊。

奇怪的是，社会主义和素食主义彼此不相容。就像酸奶和鱼一样。

我们知道，邻居经过的地方，之后警察就会来。我父亲准备好了，当他们把他叫到局子里时，他从人体解剖学的角度，仔仔细细地向他们解释了人为什么适合素食的——胃肠道特别长，是身高的六倍，这有别于肠道只有体长三倍的肉食动物，臼齿扁平，唾液呈碱性等等。他还引用普鲁塔克以及他的文章《关于食肉》，里面说（他写在一个记事本上）："如果你们非常确信动物就是为成为你们的食物而生的，那么请你们亲自去杀死你们想吃它们肉的动物。请你们徒手，用自己的牙齿，而不是用棍棒、菜刀或者斧头。"

他们放了他。

我父亲很自豪，他成功地用解剖学和普鲁塔克理论说服了他们。而他们可能已经认输了，认为他轻微疯癫，但在意识形态上是无害的。

反人类中心论笔记

第二次世界大战时期，在1940—1944年间，在针对欧洲博物馆的空袭中，17具恐龙骨架被摧毁。我可以清楚地想象出这重复谋杀的场景，粉碎的已死亡的骨头，倒塌的由肋骨和椎骨构成的埃菲尔铁塔。任何动物都不会这么做。你重新去杀死一个已经死去数百万年的生物，你重新唤醒它颅骨黑匣子里的史前恐惧。

事实上，有人统计过战争中被杀死的动物的尸体数量吗？

数以千百万计的麻雀、乌鸦、知更鸟、田鼠、被炸碎了的狐狸、被烧焦的灰山鹑、老鼠、被毁坏的鼹鼠的防空洞，被重装甲坦克碾碎的轻装甲乌龟——装甲是它们彼此之间最大的相似点……任何地方都没有人对这样的死亡做过清点。我们从没有对我们在战争和空袭中给动物造成的伤害好好算一笔账。我们的"疼痛同胞兄弟"，达尔文在他的笔记中是如此称呼的，它们会藏身何处，它们的"野蛮"大脑里发生了什么？

我喜欢自然史，但不喜欢自然博物馆。我看不出博物馆里有什么自然的东西。归根结底，它们更像是陵墓。要不然，我们如何称呼这个展示被掏空内脏的羚羊、藏牦牛、獾、岩羚羊和犀牛的地方呢？我在动物园里从未体验过纯粹的快乐。但是，每个人小时候都不得不去动物园，哪怕一次，因为父母亲确信你会非常渴望看到：大象是怎样无精打采地挥舞自己的长鼻子，而狼怎样在散发着腐尸臭味的笼子里焦急地走来走去。

我不会忘记大象那沉重的悲伤，都要把我压垮了（是我的一次惯常发作），还有挺直身子躺在肮脏水泥地上的黑色美洲豹的忧郁，老虎迎客和送客时毫不隐藏的厌烦。离开的时候，我依然记得，我充满了动物的悲伤。这种悲伤，我可以证明，远远浓于人类的悲伤，是野性的，没有经过语言的过滤，无法表达，难以言说，毕竟语言可以抚慰、平息悲伤，制伏它，给它放血，就像我爷爷给生病的动物放血一样。

第二天，他们再带我去自然博物馆的时候，我有一种挥之不去的感觉，就是整个动物园的动物一夜之间被屠杀了，被制成了标本并运到这里。从那之后，我再也没有去过类似的坟墓。

过失杀害

这么多年来，我因为没看见而踩踏过的蚂蚁得有好几窝了。我脚很大，45 码，更是加大了破坏力。我的负罪感也因此增加。

米丽娅姆，或者关于杀生权

我们在谈论，其实在谈论的人是我，谈论反哥白尼变革的必要性，这有多重要，那是生命攸关的重要，要把人类从宇宙的中心移出去，留给死亡和动物……

"我和一个佛教徒生活了三年。"米丽娅姆说，用她长长的手指掰开一只大贻贝。

我喜欢这样的开头，开门见山，野性，坚硬。

"很久以前的事。"抢在我问出问题之前，她补充道，"你知道和佛教徒生活在一起最无法忍受的是什么吗？"贻贝塞进了她的嘴里，健康洁白的牙齿，珍珠和沙粒混杂其间，瞬间，这台漂亮的绞肉机就把肉解决掉了。"发誓你不杀生。这是最残酷的事情……"下一只贻贝。

到了第二年年底，整个房子里都爬满了蟑螂。米丽娅姆看着这群乌合之众洋洋自得地爬来爬去，离她就几厘米远。她无权用手指头去碰它们。她恋爱了，忍耐有加。她就这样忍耐了整整一年。晚上，她钻进睡袋里，把头顶上的睡袋拉链拉上，只留下一条细细的缝隙透气。一天夜里，她醒了，看见两只蟑螂缠绕在她身旁睡得安详的佛教徒情人的络腮胡子里。这已然是让人忍无可忍了。第二天，佛教徒上班去了（我很奇怪佛教徒也要上班），她取出对付这种动物最强效的喷雾剂，亲手把整个寓所喷洒了一遍。这是真正的大屠杀。种族灭绝！米丽娅姆模仿着晚上回来暴怒的佛教徒的样子，他站在房间里，看着死去的蟑螂，僵硬的蟑螂腿指向天花板，他就这样站着，像是世界末日中最后的幸存者。

"你见过尖叫的佛教徒吗？"米丽娅姆问道，"值得一看。他尖叫着说我打破了整个生物链，世界不再是原来那个世界了，因果报应……他砰的一声关上门走了。事实上，他一直有情人。"

有好几分钟，只能听到贝壳裂开的声音和外面冰冷的雨滴声。我在想着最后那句话，心中对这个有情人的上班族佛教徒，对这个蟑螂的放牧人，涌起一股无名怒火。

"同样，杀生权也是不可侵犯的。"米丽娅姆慢慢说道。然后，小心翼翼地把最后一个贻贝壳放到她面前的峭壁重叠的贝壳山上。

平衡起见，我把米丽娅姆的故事也放进了绿色纸箱里。这样，每一种我们都有了。

越过熊耳朵草 [1]

人类应该缄默一段时间，在这一暂停时段里，也来听听其他讲述者的声音——鱼、蜻蜓、鼬鼠或者竹子、猫、兰花或者鹅卵石。比如，我们怎么知道蜜蜂就不写小说呢？我们读懂过哪怕一个蜂巢吗？或者，我们就从鱼开始吧。在鱼的沉默中，进化了的大部分生物面临终结，先于我们的成千上万年里，它们又积累了多么丰富的知识。这种沉默幽深而寒冷的仓库。语言未曾触碰到它们。因为语言就如同钻头，可以打通并抽干这些知识的矿层。

因此，唯一在讲述的生物，人类，保持沉默退后，把话让给有机体和无机体来说，它们沉默至今。事实上它们讲述过，但它们沉默、受到抑制的叙述已经变成了云母和地衣、水草、

[1] 多年生草本植物，原产巴尔干半岛、黑海沿岸至西亚。学名为绵毛水苏，也叫羊耳朵草。其全身都长满了绵密的白毛，在阳光照射下，叶片柔软，质感似天鹅绒，因而得名。

海藻、蜂蜜，撕裂的别人的身体和它们自己身体的撕裂。

这愿望如何达成，我还没主意。也许是我们先迈出第一步——让动物为动物来重述所有的世界经典。

比如，让我们通过鱼眼，那条马林鱼的眼睛，来讲述《老人与海》。这就是我所说的反人类中心主义。那条鱼与坚韧的老人及大海之间的战斗，其悲剧性一点也不少。归根结底，整个故事中为生命和死亡而战的就是英雄。老人讲述的是一个与衰老抗争的故事。鱼要讲述的是关于死亡的故事。鱼嘴里的故事是它鲜血淋漓，被啃光了肉，但反抗不止，直至死去。

一条马林鱼可以被消灭，却又是不可战胜的。

......

穆丽娅（她这样写自己的名字，有一个"穆"），是个钓鱼爱好者：

"早上起床后，我就想象如果我是一条鱼会想吃点什么，这样我能感觉到白天它会咬什么饵。问题是你要在一段时间里变成鱼。饥饿感来了。有时想吃虫子，有时想吃玉米，有时想吃苍蝇。当我知道鱼想吃什么、今天我想吃什么的时候，我在鱼钩上挂上饵甩出去，然后就不停收线了。这对刚刚还撇嘴看不起我的渔夫们来说，是恐怖的一幕。然后我又当着他们的面把鱼扔回水里去。这让他们更加愤怒。"

"可这也太恶心了，你真的一大早就想吃虫子吗？"

"当我是一条鱼的时候，虫子是不容错过的。"

……

"世界史可以用一只猫、一朵兰花或者一块鹅卵石的名义来写成。或者以熊耳朵的名义。"

"熊耳朵是什么？"

"一种草药。"

"可是熊耳朵草写的世界史里会有我们吗？"

"我不知道。那你认为人类写的世界史里会有熊耳朵草吗？"

一坨水牛粪，或者崇高无处不在

我依然记得我们一起逛过一个博物馆城，这座城市以复兴[1]时期的建筑、起义、大火、樱桃树干制成的土火炮而闻名，历史沿着街道滚落，而最令我父亲感到惊讶的是窗户上的天竺葵，他大声赞美种了这些花的人。突然，他在一条街上停了下来，围绕着地上的什么东西转悠了半天，激动不已。我走过去看他

---

[1] 指保加利亚18世纪至1878年摆脱奥斯曼统治期间的民族复兴运动，这段时间也是文化复兴时期。

发现什么了。一坨水牛粪。它立在那里，像一座微型大教堂，像教堂的圆顶和清真寺的拱顶，请所有的宗教宽恕我。一只苍蝇像天使一样在牛粪上面盘旋。现在已经很难看到水牛粪了，我父亲说道。没人养水牛了。他讲了很多，非常享受，你可以怎样用它来给南瓜施肥，怎样用它来抹墙，怎样用它来涂抹那种老式的编织而成的蜂箱，患耳疾时如何用它来做药，加热好后敷在耳朵上。在这一刻，我可以认同，我们正在游览的复兴时期的房屋，乃至吉萨金字塔，都远没有这坨水牛粪里的建筑学、物理学和形而上学重要。

即便你不是出生在凡尔赛、雅典、罗马或者巴黎，崇高也总会以某种形式出现在你面前。如果你没读过伪朗吉努斯[1]，没有听说过康德或者……如果你居住在无名城镇和乡村那永远无人知晓的旷野上，生活在空虚无聊的白天和黑夜里，你依然可以发现崇高，用你自己的语言。比如冬日清晨烟囱里冒出的烟，比如一片深蓝色的天空，比如让你想起另一个世界的云彩，比如一坨水牛粪。崇高无处不在。

---

[1] 朗吉努斯（Cassius Longinus，213—273），希腊修辞学家，有观点认为他是美学史经典论文《论崇高》的作者，但存在争议。该作品论述了"崇高"的概念和来源，对后世文艺理论和美学研究产生深远影响。

火车上的苏格拉底

如果万物永恒，那就没什么是有价值的。

——高斯廷

世界以这样一种方式呈现，看上去显而易见又无可辩驳。但是，如果有那么一瞬间，我们暂时把整个体系颠倒过来，决定要推崇那些不可持久、变化不定、极易腐朽但有生命的事物，而不是持久、恒定、永远、逝去的事物呢？

8月底，火车驶过焚烧麦茬的土地，这里还在沿用这种野蛮的焚烧方法。地已经收割过了，为了以后犁地更容易，有人划了根火柴。我想象着田地里小鸟烤焦的翅膀、尖叫着逃亡的老鼠、被烧死的蜥蜴和蛇。鹳鸟焦急地在燃烧着的田野上空盘旋——我们要尽快离开这里，尽快…… 一切都想逃走，世界正走向秋天。与此同时，我又回到了 T 城。

归根结底，如果我们坚持以人为衡量万物的尺度，那么人是比较接近不可持久之物的参数——变化不定，趋向死亡，有生命的，但不能永存，不断变弱。

我感觉自己灵感突现，我需要对手。我给自己臆造了一个论敌，机智而且口才极佳、言辞犀利，我慷慨地赋予他各种品质，我加入了我最爱的苏格拉底式的辩论之中。

"您说我们要用不可持久之物来代替持久之物。"对手开始了。

"我建议我们考虑这一方案。"

"是这样……只要您大声说出来，就会知道这听起来是多么荒诞——您要用短暂代替永恒。请您举例具体说明，您是喜欢这么说的吧。现在，您想象一下，一边是一座漂亮、坚固的房子，另一边是一个窝棚。您愿意把房子换成窝棚吗？一只手里拿着金子，另一只手里拿着一根麦秸。您会选择哪一个？麦秸被第一场雨打湿之后就会发霉，是吧？"

"您等一下，您等一下……您回答得很机智，而且您不择手段地利用了您可以窥视我心里疑问的权利。但是让我们也看看这一面吧。您想象有这样一个世界，在这个世界里，所有人就新的等级制度协商一致。这个世界里，不可持久和有生命的东西比永恒和死去的更珍贵。与我们今天共享的已经习惯的这个世界截然相反。那么，让我们想象一下如此会产生什么后果。战争和抢夺的许多原因立刻就会不复存在。诱惑抢夺的是那些永恒或者至少是持久的东西，比如金条，比如坚固的房屋、城市、宫殿、土地……这些值得抢夺。没有人会为一堆苹果而打仗，也没有人会因为一座城市里芳香盛开的樱桃花而去围攻它。当围攻持续的时候，樱桃花将会凋谢，而苹果也将会腐烂。"

"而且，黄金将失去其原有约定好的价值（因为它的价值是约定的结果），黄金将会滚落在地，没有人会想到要为它进行十字军东征。"

"既然我说到十字军东征，让我们也来看看这一面。每次十字军东征或者圣战，背后的宗教也会突然失去自己脚下的土地。在各个维度里，古老的神是永恒物之神。有短暂物之神吗？如果新星宿也有神，为什么没有呢，那将是这样的神——短暂物之神。脆弱易碎物之神。那与之相应的就是脆弱的易碎的神。敏感的神，能感觉的神，能有同感的神。我们还可以再想到些什么呢，死亡抬高了价格，让人们看到了真相。"

"可这一切不都是如此短暂和不持久吗……"

"您搞错了。我们来看辩论开始就一直攥在您左掌心的麦秸。这根麦秸曾经是麦子，麦子曾经是种子，种子又曾经是麦子，麦子曾经是……请您注意重点——会腐烂的东西可以再生。这是第一大优势。您右手拿着的金子是一次即永远，你种下它，即便每天浇水，两百年也不会再长出金子来。我把它称为悖论——会腐烂的东西正是因为它的死亡，才会比不易腐烂、不可再生的东西更持久。（我几乎忘记我自己臆造的对手的存在了。）朋友，您怎么看？"

"那传统置于何处呢，还有所有的艺术，你可怜的挣扎？（我们之间用"你"来交谈了，对手愤怒了。）那我问你，你正在写的这本书是属于不可持久这一边的，还是价值持久的，你自己的话能持续多久呢？"

"说出的话能持续多久？"我重复着他的问题，因为我不知道答案。"让我们假定能持续和你说出这些话时的气息一样长。你呼出这个词，它是如此轻盈，你扬起它的帆，把它送向他人的港口。它在抵达那里之前可能会死亡，也可能与他人话语的舰队相撞而中途沉没。这是不可持久，还是不可计量的持久，我不知道。"（我不会为自己此处的放任抒情而向他道歉。）

"我会为你那抒情诗般的解释放行。那么，如果你把宝押在可变的事物这一边，那么你本人的身份又在哪一边呢？"他仍然不服输，"祖先、传统和文化在哪一边？所有这一切都是恒定铸就的。这一切都是为了让你不要忘记你是谁，又来自哪里。"

"你的身份又给你带来了什么，混蛋（现在我们已经完全是用"你"说话了），血腥和战争，撕裂的屁股，人肉炸弹——带给你的就是这些。身份就一个——你是生物中的生物。你是不可持久的，你要珍惜他人，因为他也是不可持久的。"

"人类是万物的尺度，人类所创造的事物必须是持久的，要比人类更长久。"

（现在轮到我了，毕竟他是我臆造出来的，我有权把他推入陷阱。）

"没错，人类是万物的尺度。一切超过这一尺度的、更持久的、消亡后仍然存在的东西，其本质上都是非人的，是悲伤以及为规则而争执的根源。"

（你现在是在听我说话吗？他在听我说话，正因为如此我才臆造出他。）

"可是……"

"我们住在房子里，房子在我们死后还会继续存在。我们走进许多人都曾进去过的大教堂，如同面对末日审判，曾经排着长队的一代又一代的人已经不在我们中间。一切都在对你说：

你们离去了——我们留下。我们在你之前已经埋葬了许多，我们也会照顾你繁衍的这些后代。因为他们至少想出了一个有充分根据的理由，石头造的东西一定比肉造的更长久。我看不到这里面有什么特别的意义和公正性。无论我们的先人们对时间和永恒是什么样的感受，在原始时代的黑夜里，他们住在不结实的茅棚里，他们活得比自己住的茅棚时间长，比自己的灶台时间长，他们变换着生活地点，不管是白天还是黑夜，不管是点燃的还是熄灭的火堆，他们都在衡量自己的生命……这些人永远活着，即便他们30岁就已死去。"

不适合收藏的物品
（不经久的物品清单）

奶酪——变味发臭

苹果——起皱，腐烂

云彩——不停改变聚集形态

榅桲果酱——表皮发霉

情人——变老、起皱（见苹果）

孩子——长大

雪人——融化

蝌蚪和蚕——身体不恒定

如果我们画条线就会发现，原来任何有机体都不适合收藏。这是一个不断超过有效期的世界。一个不经久、逐渐起皱、腐烂、变质（也因此）美丽的世界。

停留之处

我想象着第一个发现这些笔记的人脸上的表情。他可能会认为这里住过一个怪物。我体内的弥洛陶洛斯真的因为惧怕黑暗在颤抖，但此外我看起来完全正常，我的外形是一个中年白人男子，一个女人正怀着我的孩子，我有时会去海边，独自一人，或者出国旅游。我一直保持着那种被称作正常生活的东西，是为了地上的世界。我真的是极其封闭和沉默，但就我所做的工作而言，这绝对是再正常不过了。我的书卖得比较好，这保证我有时间和空间做自己的事情，也为我提供了必要的宁静。我不接受采访。

我确实能够略显悠闲地参与到热闹的谈话之中，同时又身在别处，置身于另一个躯体或记忆之中。有时候表现得非常轻微，但一两个与我交往较密切的女人总是能识破我。我用作家的托词逃脱出来。你想缺席就缺席，他们总会理解你的，你想一个人独处，就不回应那些惯常的邀请。起初他们还会找你，然后很快就把你忘了。这里的人们很快就会忘记，我不知道我是否已经说过了。

喜讯和牡蛎

当我收到我妻子发来的怀孕的消息时，我在距离她大概3000公里远的地方。在法国一座古老的城堡里举行的一个折磨人的（也是乏味的）作家节开幕式上，我正准备第一次尝试吃生牡蛎（我，曾经可能是一只蛞蝓）。我从未品尝过牡蛎。就像我从未有过孩子一样。我们连续努力了好几年。所以这两件事于我都是第一次发生——喜讯和牡蛎。一位法国女记者手里拿着一只大牡蛎，用蹩脚的英语给我解释怎样挤出柠檬汁，以及如何把牡蛎肉吸出来。我一只手里也拿着一只牡蛎，看着那蠕动的小身体，另一只手紧握一块柠檬，就像握着一把激光枪，我试图唤醒我体内的杀手。我觉得柠檬会杀死牡蛎。牡蛎的身体脆弱，黏黏乎乎的，既像阴道，又像在羊水中游动的胎儿。就在这一刻，我口袋里的手机开始振动起来，短信提示音，这使得我犹豫不决的良知迟钝起来，果断通过一些看不见的神经突触传递了出来，肌肉纤维收缩，这种运动抵达到我右手三根手指上，手指挤压柠檬，然后牡蛎胚胎在具有麻痹作用的柠檬汁的作用下蜷缩起来。我闭上眼睛一口把牡蛎吞了下去。这一瞬间我爷爷从我身边走过，边走边吞下了他的活药，他还拍了拍我的肩。我掏出手机。短信上写着："我做了测试，显示是。"简短而准确，没有多余的情感。牡蛎似乎在我体内蠕动起来。我感觉不好，冲向了卫生间。我感觉自己像克洛诺斯，刚刚吞下了自己的又一个孩子。之后，我再也没尝过牡蛎。

弥诺陶洛斯们的结局

有人在我体内走来走去。有人在我肚子里迷了路。她说这番话是在一个冬日的午后，当时我们静静地坐在房间里，尝试听外面积雪的声音。听起来太优美，超越了时间。她躺在摇椅上，打开了《古希腊神话与传说》，她把书放在自己隆起的椭圆形肚子上，就像个屋顶。

离得如此之近，距离我们也就几厘米远，我在想着，就在这层皮肤墙的后面，不过还得经过数日、数周、数月，他才能到来。

我想记住所有这一切，椅子，被雪映照得明亮的窗户，冬日黄昏的古老这一短语的优美。没有比冬季更古老的季节了。我抓起一张纸，草草地写下了几句话，更多是为了记忆。尽管如此，还是有些像诗歌。诗歌里面是有逻辑的，一定意义上说，诗歌技巧是记忆法的一部分。《荷马史诗》中的六音步诗不也是一种记忆技巧，一种记忆工具吗？我尝试描述这个夜晚，尝试进入洞穴，树洞，或者这个肚子的房子里。于是我看见了，他们的位置变换了。在里面游荡着的不是弥洛陶洛斯，而是那个来杀他的凶手。更明白起见，让我们就称呼他忒修斯。缠在他身上的脐带就像是阿里阿德涅的线一样。那么弥洛陶洛斯在哪里呢？在焦急询问中答案已经明了。弥洛陶洛斯是我。让我们把这句话反过来说，好让我无法藏在他的结局里。我是弥洛陶洛斯。忒修斯——他，她，它（性别没有意义）——来杀死我，却是命中注定的无辜。我无处可藏，只能温顺地等待他的到来。那首诗叫作《弥洛陶洛斯们的结局》。我必须看看我把这首诗藏哪儿了。

她出生于一个冬日的凌晨。天还黑着。我走在回家途中，从医院出来要经过一条奇怪的隧道。我是这样一种感觉，这和我从子宫里走出来是一样的，我和这个孩子走的是同一条路。一个新生儿的父亲。我已经很久没有凌晨五点在这座城市里散步了，在太阳出来之前。霓虹灯正在熄灭，第一辆电车过去了，我看了一眼车号。7路车。我告诉自己，这意味着一切都会顺利。正好是 5：07。有个报摊开门了，今天的所有报纸我各要了一份。老板吃惊地睡眼惺忪地看着我。今天没发生任何特别的事情，他带着疑惑说道。

有的，有的，我回答道。我付了钱，拿起那堆报纸，幸福地回家了。

这一天有哪些头条新闻？这个世界的儿童房准备好迎接这个孩子了吗？

……

第一个冬季。
第一场雪。
第一阵风。
第一条狗。
第一片云彩。

因为一个孩子的眼睛。
因为每一个新生命的眼睛——老鼠、苍蝇或者小乌龟，世界每次都是重新创造出来的。

起初，孩子开始学说话，说着所有生物的语言，像鸽子一样咕咕叫，像海豚一样鸣叫，喵喵叫，吱吱叫，大声哭……语言最初的清汤。嘚叽嘻，安格呃，普内哑，唉唉咿，卟呐卟呐卟呐……上帝没有马上给予新生命语言。而这绝非偶然。现在孩子知道天堂里的秘密，但没有说出秘密的语言。当他们被赋予语言的时候，秘密已被遗忘。

她迈出了第一步，摇摇晃晃，就像一只帝企鹅。她好像踩在月亮上。她伸出手去，想抓住空气。她是如此专注，自己开怀大笑，又是如此脆弱。当你要扶一下她时，她摔倒了。

当我在写有关这个世界的悲伤的时候，葡萄牙语的"萨乌达德"，土耳其语的"呼愁"，写下"瑞士病"——思乡病……两岁半的她过来了，突然把我手里的笔拽走了。

现在你坐在这里，乖乖张开嘴巴，她对我说。然后她踮起脚尖往嘴巴里面看。哎哟哟，你里面特别黑，什么也看不见……

来吧，让我们来玩尘埃游戏吧。你是尘埃爸爸，我是尘埃宝宝。

VI

买故事的人

婴儿搬运工

事情是这样的,我没告诉你并不是我害怕。你在这儿怀孕了,大概七个月时,你要越过边境进入希腊。你要束腹,穿上宽松的衣服,因此最好选择更冷一点的天气。当他们检查你的护照时,你点燃一支烟,一方面是为了表现得很平静和老练,另一方面是不要露出蛛丝马迹。当然,带你过去的那个人一定已经花钱打点过了,但是你也要表现得恰如其分。你入境了。你在雅典郊外一个封闭的房间里待上两个月,房间没窗户,就像个小储藏室。你哪儿也不能去,免得惹麻烦。你成天就是躺着,看电视,吃东西是为了肚子里的孩子。伙食很好,因为商品必须得是健健康康的。你分娩在即,他们和买家取得了联系,说你是他们的亲戚,他们给你找来了医生,你是非法生孩子。你的人拿到了钱,一切就到此为止了。孩子出生后是不会给我看的,为了不让我伤心。如果我看上一眼,那完了,我会丢不下,我会把整个交易搞砸。我靠干这个养活我的其他孩子,家里还有四个孩子在等着我。我干这个只为了养活他们。一共卖了多少钱呢,每个大概五六千,其中有一个卖了八千,是个男孩,男孩卖得更贵,我拿百分之十。我已经卖了四个,也养活了四个，这就是账单。现在怀着的这个是最后一个，到此为止。嘿，他在踢腿呢，知道我们在说他，别踢了，孩子，你在那里生活要好上百倍。有时我梦到那些卖掉的孩子，我给他们每人点上一根蜡烛。

我是 10 月底在靠近希腊边境的一个地方买到这个故事的。当我给她钱时，那女人惊讶地看着我。她搞不清楚我到底因为什么付她钱。"可我也没什么可卖给你的，"她说，"我已经生不了孩子了。"我回答说我刚买了她的故事。我不确定她是否能明白。她接过钱，在手里翻来覆去，好像等着我把钱再要回去似的。然后她转过身，走了几步，蹲下来号啕大哭。我心想，直到现在她才开始卖自己的孩子。她讲着这些孩子的故事。没有故事，一切都只是生意。讲故事是审判日的一部分，因为这能让人们理解。而理解了有什么好处尚不清楚。我也把这则故事放进了纸箱里。

买故事的人

过去我能自己感知到，现在我不得不靠买。我也可以这样自我介绍：我是一个购买过去的人。一个故事的商人。其他人可能交易茶叶、芜菁、股票和债券、金表、土地……我大量收购过去的东西。你想叫我什么就叫什么吧，给我起个名字吧。

拥有土地的人被称为土地持有者，我是个时间持有者，别人时间的持有者，别人的故事和过去的持有者。我是个诚实的买家，我从不试图压低价格。我只买私人的过去，特定人的过去。有一次他们想向我兜售整个国家的过去，我拒绝了。我买各种各样的故事——关于遗弃，关于女人不忠，关于童年，关于旅行和迷路，关于悲伤和意外获救……我也买快乐的故事，但卖这种故事的人并不多。只要说出第一个词，我就能分辨出哪些是腐臭的商品，哪些是新鲜商品，从只不过是想赚快钱的骗子的故事中分辨出真实故事。大多数人贱价出售他们的故事，有些人甚至感到惊讶，我花钱买他们认为一文不值的东西。另一些人则很满意，终于有人来帮他们分担了，之前他们一直独自承担的担子。我有什么赚头呢？由于早期的疾病和购买来的这些故事，我现在可以穿梭于不同时代的通道。我可以拥有我买来故事的每一个人的童年，我可以拥有他们的妻子以及他们的悲伤。我可以把它们堆在那个地下室的诺亚纸箱里。

橄榄油商人
（关于 G 先生的全部真相）

1

我从未见过如此有绅士风度的人——请你们相信我，我见过太多人了——一个如此尊重女性的人，像 G 先生这般过分客气，客气得让人紧张，我从未遇到过这样的男人，可以平和地坐在一个一丝不挂的女人身边，而这个女人是他给自己准备的，软如黏土的女人，能感觉到她发烫的皮肤，他把她叫过来却连手指头都不碰她一下，没有放马向她扑去，正如我读过的很多书里描写的，没有让他的马纵情驰骋，没有抽出他的剑，没有射出拉紧的弓弦上的箭，我没遇到过，也不可能再次遇到这样的人，面对这样的机会，他还可以谈论，我们可以很容易地从罪恶的杯中啜饮，就如同喝点甘菊花汤剂或者热葡萄酒，还有我们如何想得到不属于我们的东西，比如长在路边的无花果。我的天哪，G 先生怎么能讲得这么好，睿智而奇特，独特而优美，我们的男人们不是这样说话的，他们直接把手伸到你的裙子下面，抓住你的胸把你挤压到墙上。我不知道这位圣人是否还活着，先生既然问起他，是否知道关于他更多的事情呢？

啊，先生也太客气了，这也值得付钱呀。

2

这就是强奸，我要直截了当地告诉你，这是没有身体交流的纯粹强奸，纯粹而简单，身体交流，这是我从已故的 R 法官那里知道的。他已是逝去之人，愿他安息，和他的合法妻子比起来，我和他度过了更多的夜晚，我们有身体交流，他是这么讲的，我完全赞同，都是一回事，听起来更花哨，与逝去的法官先生不同，和 G 先生我们没有身体交流，可尽管如此，我却从未有过如此被强奸的感觉，粗野且狂暴，我必须得忍受他所有关于不忠和罪恶的粗暴故事，这样的故事，我丈夫从未和我说过…… 你把女人叫到自己家里，脱光她的衣服，然后就是打量她，好像看着一只绵羊，你谴责她，似乎并不是你本人把她推向罪恶的深渊，最后你又把她赶走了，从没有哪个男人让我感到这么受伤害和被摧残，我站起来，径直找 R 法官去了，告诉他 G 先生试图强奸我，而且劝说……我给他安排得很好，我不知道我亲爱的法官会做什么，会怎么做，可就在第二天，一大早天还黑着，G 先生就从小城消失了，也没人再谈起他，大概是因为每家都有女人躺过他的铁架子沙发床……自那时起已过去这么多年了，先生，您是第一个问起他的人，您为什么要知道……我们已经说好价钱了吗，谢谢，谢谢。

3

　　他就是这样的人，圣 G 先生，先生，如果您想要一个诚实的答案，其实我并不知道他是不是有教会头衔，他专注于勾引女人，但并不是所有女人，而只是那些妻子，只是那些忠诚温顺的妻子…… 不管是开始还是后来出现在他床上的女人，他的手指连碰都没有碰她们一下，而是问她们为什么现在会来这里，想从他那里得到什么，是什么让她们丢下自己的丈夫和孩子，他说的是道德问题，啊哈，他是个非常注重道德的人，脱光了的女人躺在他的铁床上，而他对着她指指戳戳，说着，看着，问着……我已经上年纪了，我可以说出这一切，因此我要承认我也去过那里，请您任何时候都不要谴责那些妻子，先生，她们是不幸的产物，他们强迫你上床，然后你开始生孩子，一年半一个，似乎都超过了牛圈里的奶牛和猪圈里的猪，G先生和这里的男人不一样，他也不是这里的人，他身上没有洋葱味，他不骂牲畜和孩子，不往地上吐痰，他看书……所有的妻子都迷死他了，我可以发誓，他压根儿不用做什么就能让那些女人上他的床，那时候这得冒风险……轮到我躺在那间冷冰冰的房间里时，他说什么我都温顺地做什么，因为罪恶真的就在床上空盘旋，结束的时候，我直接问他为什么这么做，他不躺到女人的身边是不是也是一样的反自然和有罪，女人是你叫来的，她也来了，脱掉了自己身上所有衣服，也脱掉了丈夫、孩子和神圣之法……他吃了一惊，我竟然能够有勇气问他问题，他回答说他是个罪恶和不忠的自然体验者，他想把它分离出最纯粹的形式，把它提炼出来，当他看到我理解不了他深奥的话时，他说，我呈现给他的恰恰好：您，这位女士，他是这么说的，您就是我要从里面像榨出橄榄油那样榨出罪恶的油橄榄。

先生，已经过去40多年了，直到现在我都因为那些话汗毛直竖……当他说出这些话的时候，他的眼睛就像深绿色的油橄榄，我还要告诉您，我不能起诉他，圣G先生，一定是发生了什么可怕的事才会做出这样的事……他是个被遗弃的人……任何时候你都不要进到被人遗弃的房屋里，也不要到被遗弃的人那里去，那里只有猫头鹰和游蛇——他就是这样一个人，如果您想寻求一个诚实的答案。

噢，不，我已经不需要钱了。可您和他到底是什么关系呢？

……

　　我和 G 先生到底什么关系？ 1734 年我在这里干什么？我偷偷买故事，还说自己是做油橄榄生意的。我比 G 先生好在哪里？说的不会是同样的橄榄油吧？

　　一位老奶奶给我讲了一个故事，是老奶奶的奶奶从她奶奶那里听说的，是关于一个男人占有了这一带所有已婚妇女的故事。这个故事本身并没有引起我太大兴趣，如果不是因为她说出的那个名字——这个名字已经纠缠我相当长时间了。

　　高斯廷。这个人自如地跨越各个时代，就如同跨越一条浅浅的河流，无论身处哪个时代，他总能找到方法给我发来信号。我永远无法确定他是真的存在，还是我自己臆想出来的，或者我这个人是他臆想出来的。我承认他最后的举动超出了我的预期。几年来，网络上流传着一本署着我名字的书（德语译本），而我从未写过这本书：*Ding, Kunst, Kant und Zeitgenossen* (Wieser Verlag, 2005).[事物，艺术，康德和同时代人（维瑟出版社，2005 年）]。可以查到。

　　我在等他的下一部书，书名是《高斯廷》，书中主角将会用我的名字。

　　有一次我在谷歌上搜索他的名字。立即出现了一个叫安吉利娜·高斯廷的人，正好于 1900 年去世，享年 70 岁，被安葬在印第安纳州保利公墓。信息来源是教区的死亡记录簿。

在一个家族的族谱里也出现了一个叫露辛达·高斯廷的人，出生于 1853 年。在另一个地方出现了一个名字后面带问号的莫里·高斯廷。在俄勒冈州的某个地方我们找到了 B. 高斯廷。但在任何地方，这个名字的存在都只是作为姓，而不是名字，只有他的子女被记录在这些书里。一个共同的消失了的父亲。

回国后，因为这个故事（这是一次艰难的旅行，从一个声音穿越到另一个声音，故事是第三代人的，毕竟我越来越难以达到我昔日的移情能力了），我一头埋进了故事发生地有关的档案中，做了各种访谈，结果证实了这一点。在《关于出生、葬礼、婚礼、债务和其他不寻常事件全书》中出现了高斯廷这个名字。正是这个人于 1700 年来到这个小城，三年后他被除名，"无权再回到本城"。书的空白页边处有三个奇怪的小十字架，在那些地方，这个记号表示遭遇恶魔。

地下天使

一个生下来就带着天使翅膀的人的故事。在他出生的前一晚，一位使者出现在他母亲梦中，说：这位女士，你儿子是上帝赐予的礼物，他将是化身为人的天使。正如小城里传说的，长有天使翅膀的男孩将是个大力士。力气有多大，可以直白地理解为——你可以举起重物，你摔跤战无不胜，你可以与熊较量，或者你可以一次背上两大袋面粉。或者像著名的哈利·斯托埃夫那样，在集市上用牙齿咬起满满一桶葡萄酒。唯一条件是母亲不能告诉任何人。

现在我把这个男孩想象成一个典型的天使，他不同于周围的一切，就像地中海风吹来的一颗意大利五针松种子，或者是本地根本没有的外来怪异植物。高挑，瘦弱，在这里他们会说——瘦猴精，一个总会成为他人嘲笑对象的男孩。他母亲不应该说出来的，但她很害怕自己的儿子和别人不一样，所以开始到处说，他的翅膀就消失不见了。

小时候，我们总是藏起来暗中等待，就为了看他。他是个矿工。总是阴沉着脸，浑身脏兮兮的。我想象着他身后拖着巨大的低垂的被煤尘染黑了的天使翅膀。他走路有点驼背，从来不脱掉衬衫。是不是衬衫下面的翅膀还继续在生长？而他，每天早上都要把自己的翅膀剪掉。就像每天要刮胡子一样。或者像我奶奶剪掉鸡翅膀一样，这样它们就不能飞到篱笆墙外，就不会离开院子。他也不会离开院子的。他的母亲选择了要儿子而不是天使。

当我还是个孩子的时候，我就鄙视那个喋喋不休剥夺了自己儿子力量的母亲。但现在我理解她了。她不允许他们剥夺他做人类的权利。这和弥洛陶洛斯的母亲帕西法厄不同。矿工天使郁郁寡欢，沉默寡言，一句话也不说。他似乎杀死了自己身上的天使，最后也成功抹去了人该有的东西。

地下天使的儿子比我们高几个年级，他异乎寻常地高大，去了索非亚打篮球，之后去了美国。

地下天使的儿子

我父亲是个矿工。早上五点天还黑着他就要去矿上。晚上有卡车送他回来。无论是在那里面还是外面，他都是处于黑暗之中。他不记得今天是什么日子。只有一次，他没去上班，大白天躺在房间里，窗帘拉着，不让光透进来。

我记忆中是这样的，晚上他回到家，阴沉着脸，一言不发，桌子上放着一大盘沙拉和一瓶白兰地。他人似乎根本不在这里。我听说过那个关于翅膀的故事，也许就是这样，像天使一样沉默不语。他会打开电视机，但他并不看。他会吃掉沙拉，一瓶酒——剩下半瓶。他一言不发。躺下睡觉。第二天早上依然如此。

这是我一生中最快乐的一天，城里来了个教练，看我们谁能成为篮球运动员。他们选中了我，那时候我已经长开了，又高大又结实，手大如铲。我母亲号啕大哭，我父亲只是拍了拍我的肩膀。我觉得他想说点什么，吸了口气，但他已经很久没说话了，那机器很可能都已经生锈了，他轻咳了几声，嗓子里发出短促的吱吱声，然后他就睡觉去了。第二天，我提着个网兜去了城里的体育寄宿学校。我训练非常刻苦，因为我知道，如果我只能回家，等待我的将是什么。训练结束后我会留下来，各种器械，跳绳，跳高，各种练习……我没有一丁点篮球运动的天赋，唉，事实上我没有一丁点的天赋，只是猛击，猛击……和矿工一样。我入选了球队，因为我很刻苦，不惜力气。1989 年之后，当某个美国业余俱乐部的家伙来廉价收购东欧球员时，我毫不犹豫地离开了。我知道我不会成为篮球运动员，在那里也不会合格。我只不过需要尽可能地远离这里，远离我的父亲，远离他的酒瓶和愁眉苦脸。

如果我留下来，我也会像他一样。我离开了，打了一年多球，他们把我扫地出门了，也算是忍我够久了，我开始开那种长卡车，像火车似的，车顶上有大烟囱。苦力活很累，但收入还不错。从事这样的工作，你是找不到老婆的。早上五点我就出门。晚上就睡在停车场里的什么地方。从黑忙到黑。之后我坐下来，喝上四杯啤酒，吃上两个巨无霸，然后睡得像死人一样。每天如此。有一天夜里，我梦见了我父亲。他开着我的卡车。到了早上，他们打过电话来告诉我发生了什么事情。

X．K．，48 岁。他从达拉斯赶来给他父亲奔丧，并处理财产事宜。

司机马拉姆科最幸福的一天

黝黑的卷发，20多岁，穿着一件仿皮夹克，1980年代迈克尔·杰克逊的化身。当然，镜子旁是一张迈克尔本人的照片。这个故事从我一上出租车就开始了。好像他只是在等一个听众。兄弟（这是我在这个故事里的角色和名字），你知道我今天拉了个什么样的女人？我告诉你，一个40岁的女人。也许38、39岁，我不知道。是个美女。她坐我的出租车，我为自己就开着这么一辆老欧宝都感到不好意思了。

我们停在了红绿灯路口。我瞥了一眼他的车，磨破的车内饰，裂开的仪表盘，松果形状的空气清新剂散发出浓烈的香草味。

马拉姆科接着说，这个女人不是坐这种车子的人。她应该坐凯迪拉克，粉红色的。她的胸很大。她坐进我的车里就喊道：你想去哪里就开到哪里，她是这么说的。她刚和丈夫离婚了。她把事情从头到尾都告诉了我。他们是怎么结婚的，在一起生活了多少年，之后他就是个蛞蝓。蛞蝓。蛞蝓，她喊道，原来就是个蛞蝓。兄弟，我不知道这个蛞蝓是什么，但一定很恶劣。鼻涕虫，我说道。嗯？蛞蝓是光溜溜的蜗牛。真的吗，那他就是一条恶心的光溜溜的鼻涕虫，哼……他和好多女人鬼混过，但她发现了，他把事情搞得乱七八糟，也就是说完了，愚蠢。大悲剧，像土耳其肥皂剧里那样。而我只是点着头，兄弟，我开着车，而我不知道要开去哪里。我看得出她正处于精神崩溃之中，我就开车听着。她对我说得越多，看我就越多。也就是说她在给我信号，就在这一刻，她在给我信号。我领会到了。你停车，她喊道，现在，就这里。我们会再见面的，她说道，这点你可以相信。她开始在包里乱翻起来，狗娘养的鼻涕虫，把我的钱都搜罗走了。她骂脏话，但即便是骂脏话也适合她，就如同她的项链，她的胸针，什么都适合她。小伙子，你叫什么名字，她对着我喊道。马拉姆科，我喊道。马拉姆科，让我吻你一下吧，她喊道，然后弯下身子抓着我的头，喏，就在这儿（指给我看）脸颊上亲了我一下，我都没反应过来。

他照了照后视镜，想看看那一吻的痕迹是不是还在。绿灯亮了，他后面的司机开始按喇叭。她说，很快，我会给你打电话的，砰的一声关上门就不见了。什么女人，兄弟，这叫什么事啊。

停顿。可是她怎么才能找到我呢，我不知道。她没要我的电话号码，什么联系方式也没有。也许她能记得出租车号，可以打电话到总部去问。我们公司没其他人叫马拉姆科。

他沉默了。这个问题折磨着他。而我，作为一个兄弟，这里是我要介入的地方。

听着，马拉姆科，我用自己最深沉的声音开始说话了。一个女人，当她想找人的时候，她会把世界翻个遍。在这种情况下，只有陈词滥调才管用。我一定是引用的某部小说，什么糟糕的文学，他妈的。让它们也做点什么来安慰一下这个年轻英俊的吉卜赛人吧。

（事实是，我在想这个女人是怎样耍诡计免费搭车，转遍索非亚找她那个蛞蝓丈夫。可我是谁，我有什么资格毁了马拉姆科最快乐的一天呢。还有，我是这样想的，而他不是这么想的，这让我成了个十足的大灾星。恰然自乐的马拉姆科……）

嘿，我真是太幸运了，短暂停顿之后马拉姆科说道，他好像从镜子里读出了我的想法。这么漂亮的女人，而她喜欢的恰恰是我，马拉姆科。谁在乎她是 30 岁还是 35 岁，也可能更年轻呢。我谁都行，不挑三拣四。

我塞给了他我给过的最多小费。事实上这不是小费，我买下了这个故事。

现在我把这个故事添加在这里，放进这本书的胶囊里，谁知道呢，也许那位女士会读到这本书，或者其他什么人会告诉她马拉姆科在等她，她应该给他打个电话。好歹让文学也发挥点作用，他妈的。

卖故事的人

您到底是干什么的？作家？我经常会结识作家。我爷爷就是作家，这一定是因果报应。一个月前，我应邀参加一个婚礼。挨着我坐一桌的是谁呢？您会不会也认识呢？他们安排我坐在萨尔曼·鲁西迪本人旁边。是的，是的，是同一个人。他戴着小圆眼镜，留着小胡子……说实话，我自己是一直这么认为的，在电视上出现的人物，最有名的这些人，他们在现实生活中并不存在，他们一定是某种电脑动画，是全息图。难道您就一点都不怀疑麦当娜或布拉德·皮特的存在吗？不管怎样，我坐在他旁边，我们都伸出了自己的手，他说出了自己的名字，我张大了嘴巴。作家吗？好像这个名字后还隐藏着一大堆名人。他甚至有点慌乱，嘴里嘟囔着什么——可以这么说，是的。

您知道整个过程里我一直是什么感觉吗？就是炮灰。管他呢，我一直认为这家伙不敢露面。我承认我没有读过他的任何一本书，但我时不时地会看电视、看报纸，谢天谢地。他们烧了这家伙的书，他被判死刑，是宗教判决。而那些发布教令的人，你知道的，他们不是闹着玩的。所以我在婚礼上有一种奇怪的感觉，既骄傲又如坐针毡。我经常环顾四周，注意出席这场喜庆活动的客人，他们中会不会有人突然有所动作。我做好准备随时钻到桌子底下去。我比他更害怕，他肯定已经习以为常了。衬衫和领结里面会不会有什么东西？我的意思是一件最新一代的薄而优雅的防弹背心，用的是一种全新轻质材料制成的纤维。我想问他，但放弃了。我可以只是拍拍他的肩膀说再见，就可以弄明白。

事实上，这家伙表现得很得体。他一次也没问我对他最新的小说有什么看法。请原谅，您就是作家。据我对作家的了解（当然了，在座的诸位除外），他们从来不会遗漏掉这个问题。他们自己想象的是，这个世界离不开他们的书。我很担心，如果他问我，就会知道我没有读过他的任何作品。但这是位大作家，他并没有问。要么他肯定你读过，要么他根本不在乎。他平静地切着牛排，叉着小胡萝卜。我们聊了一些与喜事有关的共同话题，新郎新娘有多可爱，彼此多么般配，东拉西扯地……说着闲话，就是那些在婚礼上你可以和坐在你两边的邻座闲聊的话题。我想作家们谈论的应该都是些重要的事情，关于生命，关于死亡……什么都可以。我是新娘的朋友，他和新郎从小就认识。我们俩都是来为自己人做担保的。最后我给他讲了一个我自己的故事。我不知道是否真的给他留下了印象，或者他只是在装装样子。我不知道，戴眼镜的人把我弄糊涂了。现在开始，我要留心他会写些什么。您认为他会用上这个故事吗？

一定会的，我终于插进了话。作家从来都不是纯洁无瑕的。他们像喜鹊一样偷东西。不过，重要的是谁偷了你的东西。

噢，不，这个故事是我送给他的。

啊，那我们就等着吧。

如果你愿意，我也可以讲给你听。

我很好奇。

但你要知道这个故事已经卖出去了。

您不是说故事是送出去的吗？

是这样……送出去了，卖出去了。我们没有签合同。

如果你特别喜欢这个故事，你和他，最好商量好谁用。我把这个故事送人了……换了两大瓶"四玫瑰"[1]。

也就是说换了八朵玫瑰，我笑了起来……成交。（我就是这样和卖故事的人相识的。）当第一束玫瑰降落在桌上之后，故事开始了。

……和他的故事

当然了，说的是女人，讲故事的人慢悠悠地开始了。我很欣赏以"当然了，说的是手稿"这样的风格开篇，但有那么一刹那，我在想他会不会是在转卖别人的故事，把艾柯的故事混进鲁西迪的故事里，然后引起文学的混乱和纠纷。我先不管他，让故事继续。

如果我想活下去，就必须要逃离她。离开她，用最真实的方式离开这座城市。我在欧洲漫游了好几个月。为了忘记一段关系，有的人是尝试滥交，我是尝试漫无目的的旅游。我随意选择城市，通常是坐火车，我变换着车站和酒店，所有游客都是团体游或者两人结伴游，我是独自一人漫步在各个广场，这些广场，不知道从什么时候开始，看起来都是一模一样的了。我就像想找个角落丢弃自己不要的东西的人。就像某个人，要

---

[1] 美国波本威士忌品牌名。

寻找一个遥远而陌生的地方，好把自己悲伤的猫都扔到那里，这样那些猫就永远也找不到回家的路了。您知道摆脱猫有多难吗？它们拥有令人难以置信的归家本能和惊人的记忆力。有一次，我爷爷想把那些生在家里和院子里的猫统统处理掉，他把猫全部塞进麻袋里，把它们丢在了离城几公里的墓地附近。当他回到家里时，那些猫已先于他回到家了。这个关于猫的故事是额外的，我没有给鲁西迪讲过，卖故事的人说道，喝了一口第二瓶四玫瑰酒。

我很快就意识到了，欧洲离我太近，到处都是会让我想起她的女人。我需要更大空间，空旷而陌生的地方。我又搭上了飞往美洲的最早航班。我需要像哥伦布一样迷失方向，但要在早已绘制好地图的地界上。我们没有想过现在要迷路有多难。想要迷路就和以前想要不迷路一样困难。

一年零三个月后，当我回到家里的时候，我把世界地图铺在地板上，用记号笔把我去过的地方都连接起来。这是一次真正的环球旅行，我用手指比画着路线，念出那些小城镇和大都市的名字。忘记女人的绝佳咒语。

索非亚、贝尔格莱德、布达佩斯、弗罗茨瓦夫、柏林、汉堡、奥胡斯、不来梅，然后到鲁昂、第戎、图卢兹、巴塞罗那、马拉加、丹吉尔、里斯本，跨越大西洋上空到长岛、纽约、安大略省、北哈德逊湾，然后再往下到明尼阿波利斯、芝加哥、科罗拉多斯普林斯、普韦布洛、菲尼克斯、圣地亚哥……

我站起来，把地图挂在墙上，那一刻我才注意到……我的旅行路线完美地勾勒出了一个字母。是她名字里的。一个大大的清晰的 M，一个愚蠢男人的精美无比的花押字。那些猫已先于我回到家了。

这个故事还不赖，即使是换成了第三人称，而且已经卖过一次了（某些短语，比如"悲伤的猫"等等，绝对不是他自己说的）。玫瑰花束越来越多。他看起来很满意，同一件商品卖出去了两次。而我也对这笔交易感到满意，因为我用一个故事的价格买到了两个故事——一个是他给我讲的这个故事，另一个是这个故事发生之前的关于与鲁西迪见面的故事，我猜测这比第二个故事更像虚构。

两人打赌谁的妻子更忠诚

他们决定先检验其中的一个。男人宣称要离家几天。他和另一个男人躲在院子里候着。这位丈夫甚至还从什么地方弄来了一把枪。第一天晚上——什么也没发生。他的心稍稍安了一点。但就在第二天晚上，当黑暗逐渐变得伸手不见五指的时候，女人从家里走了出来，她打开了院门，一个男人像影子一样悄无声息地闪了进来。没有开灯。两个朋友摸到窗户边，微弱的月光只能映出两个身体的运动，但即使这样也足以看出发生了什么。女人如何缠绕着他，做了什么动作，丈夫简直惊呆了，他从没见过她这个样子，臭婊子。他的朋友也看得张大了嘴巴。

我们进去，丈夫悄声说，他们像小偷一样闪进了屋里。下一个场景就是电影、文学和现实生活中的那种经典场景，我不知道如何描述。丈夫打开房门，一步跨了进去，站在右边，双腿微微分开站着，这就是他在电影里看到过的，他用枪指着已经吓得僵硬的两具身体。距离他两米远站着他的朋友，他的姿势有点愚蠢可笑，因为这样的情形本身就很愚蠢可笑，这种情形下他的朋友不知道该往哪里看。他不方便看他朋友的妻子，因为她光着身子，片刻之前还在做爱，可他也不方便低下头，好像被当场抓住的是他自己，他也不敢看他被戴了绿帽的朋友，为了不让他感觉更难堪。一个词，难堪。被逮住的情人穿着红色黑条纹的短裤，手足无措，拿眼睛瞟这两个男人，似乎还不能完全肯定到底谁才是丈夫，是拿着手枪的人还是另一个。女人的身体成了一个复杂的混合体，有慢慢停息下来的兴奋，有对突然闯入者的愤怒，还有不断增加的恐惧。有时候秒的长度和容积是无法估量的。

被戴了绿帽的丈夫必须要做出决定。他掌控着这件事（包括枪）……一切如何发展都取决于他，但他仍然不知道该怎么做。他只知道他必须迅速做出决定，时不我待。他从来没有遇到过这样的情况，他只在电影和书里看到过。但现在这些都帮不了他。他振作起来。他用枪指着那个男人。就是这个样子，现在你蜷缩成一团了，卑鄙的家伙。都睡到他的床上了。甚至把表忘在他的床头柜上了。人们会杀死那些踏入私人领地的人，这样的警示牌随处可见，如果一个人进入原本就是最神圣不可侵犯的地方，不仅是你的家，还是你的卧室，不仅是你的卧室，还有和你同床共枕的女人，那会发生什么呢？从另一方面看，他又有什么错，他没有强行进入，某人允许他进来的，而且是把他叫过来的，给了他信号。这种情况下，是不是这个某人罪大恶极呢，罪大恶极——是这个女人。这是一个激进的决定，这个通奸者必须用死亡来赎罪。天哪，这是戏剧里的台词，这是古希腊戏剧吧，或者是什么二流的资产阶级戏剧。为了一件没什么大不了的事杀死自己的老婆，不，不是没什么大不了，可总归还是他老婆……而且杀了她又能怎样。做决定从来都不是他的强项。任何时候都不是。如果他得从商店里挑选一双拖鞋，那整个下午都要搭进去了。黑色还是棕色？他在脑子里把自己所有的裤子清点了一遍，把裤子分成两部分——配棕色的和配黑色的，然后转到了房间里的家具，因为拖鞋最好也能和家具搭配。完成所有这些，一个多小时已经过去了，他选定了棕色拖鞋。但是，最可怕的是，有两种棕色拖鞋——带花边的和没花边的。除了上面这些，还有深色和浅色的花边。这是关于买拖鞋，而这里要说的是关于杀人和伸张正义。通奸中谁的罪过更大？

　　他把目光从他们身上移开，仿佛第一次看到卧室墙上他们的婚纱照。在这张照片下面，他们怎么可能干这样的事呢。他突然想到，如果他朝照片开枪效果会非常好，他想象着玻璃碎片怎样在他们的脑袋上四处溅洒。多么好的隐喻。你，这个女人，射杀了我们的婚姻生活，我们的过去收获的就是脑袋上的一个窟窿。可是瞄准哪里呢，瞄准自己还是瞄准她，说的是照片，但其实都一样。如果他对着自己的照片开枪，这也是一种自杀。

最后一刻他转过身来，在所有人吃惊的目光中做了一件最令人意想不到的事，他扣动扳机枪杀了自己的朋友。没有外人的目击，没有犯罪。

山鲁佐德和弥诺陶洛斯

通常来说，故事都是处于弱势地位的人讲述的。这一点在山鲁佐德身上表现得最明显。一个注定会死亡的女人讲故事，一个接一个故事，这样可以活过一个又一个夜晚。故事的线索是唯一能指引她走出死亡迷宫的东西。在她讲述的故事中，为了买命，最常用来交换的钱币还是故事。我们只要回忆一下第一个故事就足够了——关于一个不幸的商人的故事，他不小心用橄榄核杀死了一个精灵的儿子，路过那里的三位老人通过给那位可怕的父亲讲故事，从他那里分别购买到了（这里说的就是直接买卖）商人生命的三分之一。啊，精灵，你是众精灵之王！如果我给你讲个我和这只羚羊的故事，如果你觉得我的故事很奇妙，你能把这个商人三分之一的血送给我吗？

　　如果你们的故事很好，而且真的给我留下了印象，精灵回答道，成交。然后交易就做成了。妖怪把商人的血送给了他们，而听了这个故事的山鲁亚尔，又给了讲故事的人山鲁佐德一个晚上。幸福的时光。"我以安拉之名起誓，我不会杀死她——让我把这个故事听完吧。"但故事是无穷无尽的。就如同没有尽头的迷宫。

　　显然，山鲁佐德的灵感就来自那里。你沿着一个故事的通道往前走，这个故事又把你引向另一个故事，另一个故事又把你引向第三个，如此类推……她把故事的迷宫搬进了山鲁亚尔的卧室里。然后——这里就是秘密——进到里面去，她也把自己的杀手带进来了，她把他带进来了，而他一点也没有怀疑。他们俩都在那里，但她抓着故事的主线，她那根细细的麻醉品引着山鲁亚尔穿过画廊和过道。如果这条线断了，这个屠杀妇女的凶手，因为他就是这样的人，将会醒悟过来，将会明白他置身何处，一切就前功尽弃了。

　　讲故事的人力量从何而来，哪怕是一个更弱之人的力量？是不是来自对所讲述的东西的控制？要掌握在自己手中，更确切地说，是掌握在自己的舌尖上，这里是一个生杀予夺的世界，只要愿意，死亡可以推迟到任何时候。一个世界，可以如此真实，也可以如此虚构，可以复制一个真实世界，让它成为现实世界的替身。如果身处其中一个世界，死亡之剑悬在你头上，你可以逃进另一个世界的救生通道里。

几乎没人记得或者特别注意到这一点——《一千零一夜》是出自哪里的。正是这里，弥洛陶洛斯神话也是出自这里。来自一次背叛。帕西法厄，弥诺斯的妻子，用一头公牛背叛了他，公牛身后是窥视着的波塞冬。就故事本身而言，所有1001个故事的展开都是源于沙宰曼不忠的妻子，他是波斯国撒马尔罕城的统治者，也是山鲁亚尔的弟弟。沙宰曼动身上路了，忘记了什么事又返回，就发现了自己妻子与一个奴隶抱在了一起。在一个例子中，情人是公牛，另一个例子中，是一个奴隶——总不是自由身。到这里，背叛的代价只是两个人的死亡。然后弟弟继续出发，去他原本要去的地方——去找他哥哥山鲁亚尔。而在那个地方，他嫂子的背叛真的就是群体性的了，涉及20个小妾和同样多的奴隶。山鲁亚尔决定为他兄弟，他自己，以及整个男性世界报仇。然后就开始了一系列对妇女的杀戮，一系列的故事也就开始了。

夜晚。从这里开始往后，一切都发生在晚上。在弥洛陶洛斯居住的迷宫里那永恒的夜晚，或者在山鲁亚尔王宫的一千零一夜里。夜晚是讲故事的时间。白天是另一个世界，对夜晚的世界一无所知。这两个世界不应该混杂在一起。

停留之处

有些书需要配备阿里阿德涅的线。通道不断地形成旋涡，纵横交错。有时候，我会看到我爷爷和我一起走进了弗里德里希大街上的 Esprit 商店，他怀疑地摸着棉质衬衫，嘴里嘟囔着他无论如何也不会买这么薄的东西，风透进去就像玩跳山羊游戏一样自如。还有一次，当我和女儿一起穿过博士花园时，一位先生，围巾裹得都要遮住眼睛了，衣领高高竖起，在我们从旁边走过时，朝我点了点头。如果不是阿雅拽着我的袖子，指着雪地上他那两只犄角的奇怪影子让我看，我可能不会注意到这一幕。弥诺陶洛斯从冬季花园的迷宫里出来散步了。

VII

世界的秋天

嚎　叫

埃莱娜，埃莱娜，荒野沙漠的孩子，阿穆尔……

隔壁板楼里传来酒醉后的歌声，飘荡在夜色之中。我们上学时在夏令营里就唱这首歌，但是直到今天我也不知道歌里唱的埃莱娜是谁，沙漠又是哪里的沙漠。这是我们每个人都需要赶的时髦，某种浪漫的舶来品，也是这片沙漠中唯一的绿洲，在这里沙子都变成了混凝土。同一首歌，30 年后的现在，凌晨三点钟，又漂浮在夜空里，伴随着隔壁聚会酒醉后的热切渴望。这是飘浮在宇宙中的那首保加利亚歌曲的替代曲目。青春逝去了，社会主义逝去了，然而往昔欲望的魔鬼留了下来，沉浸于那些从未发生之事的酒精中。昔日的孩子们已经变老了，都有了啤酒肚，他们每个人都娶到了一个埃莱娜，但是有什么地方不对劲，不像它原本应该有的那样…… 迷茫通过木马进入了身体中那个蹒跚的特洛伊城。这就是夜空中嚎叫声的来由…… 我憎恨他们，也对他们所有无法忍受的悲伤和迷茫感同身受。有时我感觉自己也想加入他们的嚎叫之中。如果我有一小群可信任的朋友，我肯定会和他们一起嚎叫，在城市永恒不变的钢筋水泥的旷野中快乐而又悲伤地嚎叫。在城市荒芜的沙漠之中唱着阿穆尔……但我没有这样一群朋友。所以我轻声嚎叫，特别特别地轻，这似乎带有非常微妙的讽刺，因为轻得连我自己都很难听得到。

世界上最悲伤的地方

致夜里发出莫名其妙噪声的天使，
他守卫着那些在浴室里哭泣的人，
那些在厨房里切伤了自己的人，
还有那些凌晨三点在阳台上抽烟的人。

令人厌恶的孤独。在过去的几年里我就是这样的感觉，这是最准确的定义。不久前，我在一个电话亭上看到用黑色马克笔写的这样一句话："我爱人们，这也让我孤独得令人厌恶。"我把这句话加到了那些油然而生的句子中，这些句子是在类似……发作时萦绕在我脑海里的，令人厌恶的孤独感。

8月里一个毫无乐趣的傍晚，我在小区附近散步。弥漫着腐烂物的味道。熟透掉落的李子的气味，带着果渣的气息，让人迷醉。它们是成不了白兰地的。散落的西瓜皮，已经被黄蜂大军呷干了汁水，之后又被一队蚂蚁啃食殆尽。我吸气，不，猛吸，带着人类的不屈不挠，我决定到小区那家肮脏的小酒馆里大醉一番。

我看着那些阳台玻璃窗户上已经锈蚀斑驳的铁架。这是穷人的小聪明，你封上自己唯一的阳台，给阳台装上玻璃和窗帘，把阳台变成水族馆，多出一两平米，在这个板楼里又增加一间房，你可以把烤箱、旧电炉、辣椒烤架都搬到那里去，在长方形的塑料盆里种上茴香、欧芹、洋葱，甚至西红柿，把这间房变成厨房，外加冬季小菜园，合二为一。在这个展示你贫苦生活的空间里，黄昏时分你在那里烤辣椒，或者，深夜里，当你处于难以名状的悲伤中时，穿着背心在那里抽抽烟。

我穿过一所学校的操场，操场上的篮球架已经弯了，篮筐也没了，地上长满杂草。杂草甚至穿过沥青基面的裂缝长出来，几个孩子在那儿忘我地踢球。嘿，小毛孩，你真是他妈的，那群孩子中有一个对着一个10岁不到的小孩喊着，然后"他妈的"对他说让他喘口气，比赛又继续进行。喊叫声变调得太厉害，听起来越发不像对白，而是那种扯着、绷着嗓子发出的恐怖的咆哮，我赶紧离开了那里。路上有踩扁了的矿泉水瓶子，还有报纸碎片，上面还能够读出"索佐波尔[1]已经成为第二个耶路撒冷。昨天在那里发现了施洗者圣约翰的有灵圣骨，是右手指的三节指骨，还有基督堂兄的一个脚后跟和一枚臼齿……"。这个

---

[1] 索佐波尔（Sozopol），位于保加利亚黑海海岸南部的布尔加斯省以南 35 公里处，是一座古老的海滨小镇，拥有相当数量的古希腊遗迹。

偏远之地神秘的媚俗作品。

这里已经变成了一个贫民区。或者说一直都是这样的。一切都没有改变——除了四处蔓延的锈迹；破败的预制板楼，都30多年了，已经没法再修复。以前，每个人都重复说着：对我们来说已经太晚了，但至少孩子们能过上另一种生活。这是社会主义后期的口头禅。现在我意识到轮到我自己说同样的话了。

箱子里必须要每样东西都装点。主要是那些被私下议论、被埋葬和被隐藏起来的东西。还有那些没有成型、不可持久、消亡了、像秋天的落叶一样枯萎了的东西，散发出炎热午后的臭鱼一样的气味，像牛奶一样变酸，像被撒了尿的天竺葵一样枯萎，像梨子一样腐烂……

我路过一座变电站。这里需要写上几笔、拍下照片、做成文件。锈迹斑斑的"小心，高压危险！"警示牌，牌子四周张贴着死者的照片。就好像讣告上的这些人非法闯入变电站乱掘乱翻什么东西（为了活命？），然后电夺去了他们的生命。各种讣告和广告。经由这些贴在即将脱落的灰浆泥上的广告，可以重构近20年来所有未被记载的历史。有出售的，有求购的。我掏出记事本开始抄写。

一家公司招聘优秀女舞蹈演员赴国外演出。招募年轻女性为意大利家庭提供家政服务。公寓招租，要求女大学生两人，不吸烟。三周时间学会英语。破除妖法，施法提升你的恋爱缘与事业运。轻松治疗痔疮和脱发。寻狗启事。收购头发。

你说话呀，王八蛋，有人拍了拍我的肩膀。这是 20 年前的口头禅，手势也是。把它归到消失的词汇及手势的目录中，我迅速记了下来。我转过身来，一张似乎有点熟悉的脸，很可能是某个老同学：噢噢噢，大哥…… 我被自己的回答惊着了。我从来没用过这个称呼，但是当下的情景却让我不由自主地就用上了。接下来的对话就进入"两个老熟人，但彼此都在心里问自己这人是谁"的模式。说话艺术中的迂回策略。一场共同的空洞无物的对话盛宴。巧妙地避开具体事实和名字的雷区。你想不起来他的名字，不知道他是干什么工作的，甚至不知道他是不是认错了人，你把自己记忆的口袋翻了个底朝天，却徒劳无功。就在那时候，这个无所不在的问题来救你了："你怎么样？"然后一切都各就各位顺理成章了：关于时间无情流逝的废话，孩子们长大了，我们老了，你一点没变，你和以前一模一样（他到底是谁，真见鬼了），她也是一样，啊，哎呀，我赶时间要走了，好吧，我们改天再聚……

我也记下了这次的相遇（一切都很重要）。你和一个连他的名字都想不起来的人道别，一个你将会以 X 大哥为名记下来的人，那个永远未知的偶遇者 X。这一天里，无论你如何绞尽脑汁，都想不起他的真名，但也正因为如此离奇，他会很长时间一直活生生地在你脑子里。我们无法摆脱那些我们已经忘记了的人。

再见，X 大哥，再见，所有我忘记了的人，还有所有忘记了我的人。愿你们的记忆永存。

一个恐惧症患者的描述
（侧边通道）

我的一个朋友极其恐惧洋娃娃的眼睛。她一看到洋娃娃的玻璃眼就会被吓得不省人事。以前的人偶看起来确实很吓人。这种恐惧可以描述出来，也有自己的名字，称作人偶恐惧症。

我的恐惧甚至更可怕，因为威胁无处不在。我在任何恐惧症的名称清单里都没有看到过它，因此我把相应的描述放在这里。这也算是我在学术上为这无尽头的恐惧清单所做的一点微不足道的贡献吧。

我恐惧一个问题。这个噩梦般的问题可以径直从角落后面跳出来，可以藏在隔壁老太太掉光了牙的嘴里，或者从卖报人的嘴里嘟哝出来。这也是所有电话铃声响起后都会有的问题。是的，它最常潜伏在电话听筒里：你怎么样？

我不再出门，不再接电话，我去不同的商店买东西，就为了避免遇到那些日常生活中的熟人。为这，我绞尽脑汁创造防卫性的回答。我需要一面新的阿喀琉斯之盾来对付这些废话。如何才能找到一个答案，不会增加平庸，也不会陷入陈词滥调。一个你无须使用现成短语的回答，一个你不用说谎，又不会暴露你不愿意说的内容的回答。一个不需要陷入漫长又毫无意义的谈话的回答。什么样的虚伪礼仪传统导致了这个问题，这个虚伪的问题又是如何流传几百年的？"你怎么样？"这是个问题。这是个问题。(崇高的"生存还是毁灭"已经被这个毫无意义的问题代替,你看这就是退化的证据。)

你怎么样?

你怎么样?

你怎么样?

如何回答这种问题呢?

你看,英国人就很狡猾,他们把问题变成了问候。他们拔掉了它的尖牙,去除了它打听的刺:你好[1]。

"你怎么样?"就像是礼貌地放到你脚底的香蕉皮,就像是那块引诱你陷入陈词滥调陷阱的一小块奶酪。

你怎么样——日常的微弱的慢性毒药。这个问题没有公开的答案。没有。我知道一些可能的回答,但是它们令我作呕,你们明白吗,令我作呕……我不想变得那么好预测,回答诸如"谢谢,我很好",或者"一般般吧,既然我们还都撑得住",或者"啊哈,还不错",或者……

我不知道我怎么样。我无法给出一个肯定的答案。为了给你一个适当的回答,我得花上好几个晚上,好几个月,好几年,我得把一座文学的巴别塔读个遍,然后写,写……回答是整部小说。

我怎么样?

我不。结束。

---

[1] 原文为英语:How do you do.

就让这成为小说的第一行字吧。从这里往下开始真正的回答。

问题"你怎么样？"的可用回答汇总

一般般。

最常见的回答。"一般般"就是情况没那么好，但也没那么坏。在这里，从不说你好，以免给自己惹上大麻烦。

还活着呢。做好准备了。

就是你要知道，我不好，但我现在也不会坐下来抱怨，因为只有娘娘腔才抱怨。这是个男子汉的回答。

既然已经很糟糕了，那就随它去吧。

这是用来在饭桌上说的，大家聚在一起干杯的时候，吃着沙拉，品着白兰地……我总在问自己如果回答"我们是最好的"会是什么样子。也未必有什么不一样，我不要太苛刻了。

啊哈我们很好，我们会挺过去的。

这是社会主义时期开玩笑的回答，显然是有人把这一问题的无聊和制度对立起来了，直言不讳地抱怨只会让你倒霉。

你们怎么样，你们怎么样——总书记开玩笑地问。

我们很好，我们很好——工人们也开玩笑地回答。

有点小病，也说不定明天就没了。
"你怎么样？"这个问题里的全然假惺惺的关心落空了。

好得不能再好了。
类似回答很少见，对这个问题实质心存不满之人的独创。

不是很好。
经典回答，来自《小熊维尼》里的屹耳。但这句话现在也已过时不适用了。

过一天是一天吧。
什么也没发生，我也什么都不期待，我拽着，我推着。至于推着和拽着的是人还是什么东西根本不知道，大概就是生活吧。日子很难推得动，就像一头在桥上犯倔死活不愿动弹的驴，就像一头午后趴下打盹的大水牛，根本挪不动它。

我永远忘不了小时候的一幕情景，坐在自家门前的老人们，或者是黄昏时分聚在小广场商店前的人们，抽着便宜的烟，用小树枝在他们面前的泥土上挖来挖去，他们就是不为人知、大字不识的日子哲学家。在这些地方，生命是短暂的，但是日子是永恒的。

比上不足，比下有余。

上述回答的一种圆滑说法，但是这个回答也一样没有什么意义。

我变迟钝了。

我外甥和他那些在死气沉沉的城市里就读的高中同学率直而无情的回答。

你怎么样

就在某个地方，一个天才的想法突然出现在你的脑海里，你就是自然而然想出来的，词语自己来到你的脑子里，你很难一下子记住，你马上开始找笔和纸，你总是随身带着三支笔，你翻遍了，却一支也没找着……你尝试记住那些句子，你用上自己屡试不爽的记忆法，提取每个词最前面的字母或音节，组成新的关键词。你着急赶回家，扔下手头的一切，不断在脑子里重复这些关键词。到了自家门口却被邻居叫住了，他提出了那个可怕的问题："你怎么样？"而且要和你说点什么，你张嘴想说你有事特别急，就在这一刻，那些关键词像飞虫一样飞出了你的嘴巴，消失得无影无踪，似乎从未存在过。

这就是怎么样

近些年，我感觉自己在这个地方越来越像个外来客。我开始只在晚上出门。仿佛这座城市只有在夜晚才能找回它自己曾经的风格，曾经的传说。也许在夜深之后，会出现那些1910、1920、1930、1940年代生活在这里的人们的身影。他们会在老地方游荡，像飞进新建的玻璃办公大楼房间里的麻雀一样，四处乱撞，在"七圣贤"教堂前的公园里寻求一份宁静，漫步在"圣星期天"教堂附近，在皇城花园里悠闲散步，或者匆匆走过皇城大道，与其他影子擦身而过。作为这些影子里的一个，我想漫步在古老的索非亚城。刚开始我似乎成功了。我停在亚沃罗夫[1]故居附近，有时候我听到了从暗黑的窗户后面传出的夫妻吵架声。有一次，窗户亮了。

最近这些影子也开始离开这座城市了。这是一座被遗弃的城市，一座没有了传说的城市。白天涌入这里的人越多，它看起来就越像个弃城。而这已经无法挽回。

一天晚上，当我在这个暗黑、破败、被遗弃的城市里游荡时，正好撞上了一场群架。我第一次这么近距离地出现在现场。架打得很残酷，野蛮而缺乏格调。群殴，就是这个词，互相对

---

[1] 佩约·亚沃罗夫（Peyo Yavorov，1878—1914），保加利亚象征主义诗人，被认为是20世纪初保加利亚最著名的诗人。他的故居博物馆位于首都索非亚。

着脸击打，大概是七八个 20 来岁的小伙子。我这才意识到我关于格斗的所有经验都是来自电影和文学作品。而事实是，这个场景太不一样了。与阿喀琉斯和普里阿摩斯的战争完全没有相似之处。也一点都不像洛奇·巴尔博厄 [1]，不像成龙，不像《愤怒的公牛》里的德尼罗……就是件丢人现眼的事。然后他们中有一个人抽出了刀。我必须得介入了，可我不知道怎么办。我走出来大喊了什么。有人冲我怒吼，让我别管闲事，他们继续打作一团。是的，我很害怕，他们人很多，年轻，又强壮，还凶猛。警察在哪儿睡觉呢？那一瞬间我突然想到了什么。我从人行道上捡了块破砖头，扔向了街边离得最近的一家商店的橱窗。是家手机店。警铃大作。打斗突然间中断了。他们难以置信地看着我，显然他们没料到我这种书呆子会敢来干涉。我能读懂他们内心所想的，似乎他们流血的脑袋瓜就是这打碎的玻璃。突然，他们都准备扑向我。但是，他们也马上清醒了，意识到我刚才做了什么。警铃大作，一分钟内就会有身强力壮的私人保安出现，和警察不一样，他们可不会吐两口唾沫就了事的。他们还没有完全失去理性，所以两伙人飞快地从现场一哄而散。但是那个掏刀子的人逃跑的时候，还不忘顺路过来戳我，我成功地抬手挡住了，刀子在胳膊肘上扎了一下。伤得不严重。6 月里暖暖的夜晚，我静静地流着血，坐在满是血泊的人行道

---

[1] 自 1976 年开始上映的系列电影"洛奇"的主角，他是一名拳击手，由美国演员西尔维斯特·史泰龙饰演。

上，等着安保人员到来。

然后，我得赔窗玻璃钱。

我要尽快离开这里。我是其他人。我是其他地方的其他人。

空白处

如果你们把正在看的欧洲报纸翻到最后几页，就在那儿，在天气预报地图上，有一块空白处——就在伊斯坦布尔、维也纳和布达佩斯之间。

2010年12月出版的《经济学人》（我把那一期剪下来了）把这个地方称作世界上最悲伤的地方，好像幸福真的有地理分布图似的。

我为一家报社写了这篇稿子。一篇在网上论坛里引起轩然大波的无辜的文章，发表之后，我人生中第一次收到了很多威胁。（谁都不乐意被告知他不存在……）但是我没有接受教训。我又发了几篇文章，比之前的更讽刺，说明1968年在这些地方根本没有发生过什么事。说明我们如何不存在，如何没有存在感，以至于我们得做点什么不同寻常之事，好让别人注意到我们，我们可以在伦敦的一座桥上用有毒的雨伞刺杀某个人。[1]我们搅合到与土耳其恐怖分子的不明勾当中，不管能否被证实，事后都会被称为"有保加利亚参与其中"。我们去盗取查理·卓别林的尸体，我们要用他的尸体作为人质。[2]互联网论坛里充斥着威胁，最温和的威胁是要让我"像条被打死的狗一样肚破肠流"。我仍然没有过多在意，统统当作匿名疯子的胡言乱语。有一天晚上，电话响了，对话简短，但提到的已不仅仅是我一个人了，他们知道怎么行动。这是最后一根压垮我的稻草，我决定抛弃一切，带着女儿离开。

其他地方，其他地方……

来自 19 世纪的建议

您的胆汁淤积，您看什么都觉得悲伤，您沉浸在忧郁之中，我的医生朋友告诉我。

忧郁，那不是多少个世纪前才有的东西吗？难道还没有预

---

[1] 指发生在 1979 年的雨伞毒杀案。1979 年 9 月 7 日，流亡英国的保加利亚作家格奥尔基·马尔科夫，在伦敦街头被神秘刺客用伪装成雨伞的枪械击中。被子弹中的毒素折磨三天后，时年 50 岁的马尔科夫不治身亡。此案至今仍未破获。

[2] 指发生在 1978 年的卓别林遗体被盗案。卓别林于 1977 年 12 月 24 日去世，遗体安葬在瑞士的一处公墓，1978 年 3 月 2 日，两名分别来自保加利亚和波兰的男子盗走了他的遗体，并以此为要挟，向卓别林家人索要赎金。

防它的疫苗，难道医学还解决不了这个问题，我问道。从来没像今天这样，有这么多的抑郁症，医生从喉咙里发出一声干笑说道。只不过不公布罢了。它没有市场，没人贩卖抑郁症。您想象一下，一辆缓慢而忧郁的 S 级奔驰车广告的画面。但是我们还是别偏离了话题，我还是要给您点建议，不过您又会说这是 19 世纪的方法：您就去旅行，让您全身的血液沸腾起来，让您的眼睛也看看其他景观，您向南走……

医生，您的话听起来很像契诃夫啊。

唉，契诃夫知道该怎么做，再怎么说，他可不单纯是个作家，他还当过医生，医生笑道。

当然，他是对的。我脑子一片空白，不知何去何从。这位医生读书很多，我确定他还在偷偷写小说，和他的契诃夫老师一样。我喜欢他，因为他从不趁机让我读他的小说。

我要去旅行，我要去旅行……

关于开始和结尾：柏林

1989 年前，80% 的保加利亚人没出过国。

……

出国就像是去太空，在那里，人衰老得慢，我认识的一个女人说道，当时我正在做出发的准备。当你回来的时候，我们就都变成老太太了，而你还是 40 岁。这太糟糕了，我当时心想着，你还年轻，而你喜欢的女人们却老了。

开始是什么？不是母鸡，也不是母鸡的蛋，也不是无边无际的黑暗……现在，我身处空荡而杂乱的房间里，我要找什么可以写字的东西。这就是那本该死的笔记本。无论从哪方面看，此刻都是庄严的，在一个陌生的新城市里开始新生活。哪些才是最恰当的词语呢，要怎样下笔描述这样的时刻呢？我得赶紧写下来，不然又会忘记了。

面包，苹果，牙刷，蜂蜜，鼠标，开瓶器……

开始是清单。

在柏林的公寓里，在那高高的带有压迫感的天花板下，我度过了第一夜。我躺着，回忆起自己生命中所有的天花板和房间。

舍内贝格[1]的圣马蒂亚斯公墓，靠近土耳其市场。一边是商贩的叫卖声，另一边，就在几米开外，是林荫道和长眠于地下的逝者的绝对安静。

我的父亲，我曾经带他过来住了几个月，他无论如何也习惯不了这么大的公寓，他想睡在厨房里，公寓里最小的一个房

---

[1] 德国市镇，隶属柏林。

间。他也无法习惯柏林的大。唯一一处他想让我带他去的地方，就是土耳其市场和市场旁边的公墓。

在那里，我父亲总可以和别人交流上几个"保加利亚语"单词，比如朋友、你好、太棒了……然后买到"保加利亚"的白干酪和圆面包。之后，他会在对面公墓里的长椅上坐下，这里的死人再也不说德语了，父亲可以和他们聊聊天，给麻雀们喂食面包渣。我早上把他送到那里，晚上再把他接回来。

每天下午我会在格鲁内瓦尔德大街骑车闲逛。沿街耸立着巨大而厚重的房子。这里是另一个时代，另一个德国。一块历经多次灾难的巨石。

柏林不是用来散心的。1918 年 2 月，格奥·米列夫 [1] 来到这里，是为了理理自己的思绪，他待了整整一年。1928 年，奥登因为失望来到柏林。艾略特在他的第一本书被拒后，来到这里疗伤。逃离革命的俄罗斯移民定居在这里，在夏洛滕堡区。当年迈的作家安格莉卡·施罗伯斯多夫被问到，这些年她为什么离开自己在以色列舒适的家，到柏林来生活时，她的回答是冷冰冰的：谁说我是来这里生活的？为了说得更明白，她又补充道：在柏林会死得更舒适。

---

[1] 格奥·米列夫（Geo Milev，1895—1925），保加利亚表现主义诗人、文学评论家，20 世纪初保加利亚文学生活的中心人物。曾在德国莱比锡求学，后于 1918 年 2 月 5 日至 1919 年 3 月 1 日期间在柏林生活。他曾加入共产党，后在一场政府反共运动中被杀害。

有一天，我们参观奥林匹克体育馆时，两个身着纳粹制服的德国军官突然来到我们面前。把我们吓了一大跳，随后我们看到了他们身后的摄影机。他们在拍电影。一个助理示意我们悄悄离开，但是阿雅扯着嗓子尖叫，声音响彻体育馆。他们停止了拍摄。整个摄制组都陷入沉默。就几分钟的时间，第二次世界大战被迫陷入平静。

因为这些事恰巧是同时发生的，我想象着当年在匈牙利的那场战斗中，也是在这两分钟时间里，一个女人利用军事行动中一次无法解释的停顿，跑到大街上把一个伤兵拖进了她的家里。

最后还剩下什么——那是柏林的一个冬日，在夏洛滕堡区边缘一间几乎空荡荡的天花板极高的房间里，一种空旷、宏伟和极简主义的感觉。阿沃·帕特[1]曾在这里住过一年，现在我听着他的《致阿丽娜》，每一个音符都分离了出去，在空荡的房间里翩翩起舞，在它消失之前，你伸手可及。就在这间房子里，阿雅将学会走路，说出第一个词：Nein[2]。

还有些什么呢。柏林的天空，库尔菲斯滕达姆酒店尽头最悲伤的甜食店，店里的婚礼蛋糕无人问津，萨维尼广场的秋天，落叶不停掉落在比萨店房顶上，格鲁内瓦尔德的湖泊，国会大

---

[1] 阿沃·帕特（Arvo Pärt，1935— ），爱沙尼亚作曲家，古典音乐领域"神圣简约主义"流派的代表作曲家之一。
[2] 德语，意为"不"。

厦被落日映得火红的玻璃穹顶，11月早到的黄昏，在维尔默斯多夫空袭中幸存下来却又因为和平而疲惫不堪的寡妇，哈伦塞晚秋的番红花，地铁站卖郁金香的中国女人，圣诞之夜，这一晚我们遵循某种习俗不收拾饭桌，以便去世的家人回来还可以享用。令人担忧的是他们能不能找到来这里的路，欣慰的是尽管是另一个地方，但仍是同一片天空。

为了让我们的生活能进行得顺利，我尝试了各种可能性，但是我的忧郁不仅没有消除，反而加重了。我变得更加愁眉苦脸，更加孤僻封闭。每到这个时候，我都想把自己解决掉——主要是顾虑我的女儿。我开始接受所有的文学活动邀请，哪怕是二流的庆祝活动，逗留于其他国家和城市…… 在我动身前，她把她最喜欢的恐龙玩具送给了我。我一直带在身边。

我想象着将来某个时候，当她给她的孩子们讲故事的时候，她会以这句话开始："我的父亲和恐龙在同一时间消失了……"这句话是个不错的开头，也更像是结尾。

世界的秋天

现在我就在这里呢。追随着整个欧洲的秋天。最开始，柏林的一颗栗子落在离我一米开外的地方，随后华沙的几片秋叶缓慢飘落，足够在整个欧洲燃起一场大火了，我看着秋天在诺曼底登陆，我走在锡比乌看似燃烧过的（或生锈的）栗树下，伫立在弗罗茨瓦夫的一株燃烧着的黑莓丛前，走在根特凌厉的风中，透过格拉茨一间阁楼的窗户看着11月绵绵不断的雨。

下午三点看起来空空荡荡的城市

格拉茨

都灵

德累斯顿

班贝克

托波洛夫格勒

埃迪尔内

曼图亚

赫尔辛基

卡堡

鲁昂

1944年诺曼底卡昂城空袭中，被炸歪的教堂里的受难耶稣雕像。只剩下戴着荆冠的脑袋，被烧焦的木制躯干，被炮弹炸飞了的手臂。没了腿。

库达姆大街残存一半的教堂里，右手被打碎的大理石耶稣像。

欧洲的残疾耶稣们。

诺曼底的这些小城，在自身的历史和城堡与大教堂的躯壳里已疲惫不堪。十几个世纪前庄严雄伟，今天——落后土气。这就是引发你的历史忧郁感的因由。这些小城唯一可做的就是坚守自己的荣誉和过去。法莱斯是个8000人口的小城，却有着巨大的城堡和城墙。被一些人称为"征服者威廉"，而被另一些人称为"混蛋威廉"的那个人的故乡。七点后的小城冷清荒凉，我差点都想形容为被毁灭了一般。空气中散发着干草和药草的味道。没有哪面城墙可以阻挡无情的时间骑兵。

鲁昂。最初的味道。百合花的味道……城市里女修道院附近浓烈而虔诚的香味。我立刻就想起了我奶奶的房子，在去厕所的路上，还有院子角落里的白百合。曾经看到的一切都可以投射在童年那个失落国度里的某个地方。理想城市就在那里，那座天堂般的城市，它已经在我们身上发生过，在之后的所有漫游中，我们只会注意到它的相似之处——哪里更相似，哪里则不然。我添加到清单里的第二种味道是尿液的味道，还是在这里，在大教堂周围。睡在教堂四周的流浪者们已经开始收拾他们的纸板床了。

我独自一人漫步在周六和周日的世界里，这个总是在周末才以家庭为重的世界。所有人都笑着，都在笑着，这太不可思议了。带着那种轻松的笑声，源于生活的愉悦。没来由的笑声。

这不是喉咙里挤出来的笑声，除去了讽刺挖苦或者歇斯底里的痕迹。而轻松的笑声就是你的日子很美好，你在这个世界的草坪上打滚，和其他无忧无虑打滚的人们聚在一起。

我在一期《南德意志报》上看到了已经老迈的霍克海默的照片，是遥远的1952年他在法兰克福某个庆典上的照片。圆圆的脸，咧着嘴，略显尴尬，拿着一根嘉年华棒，棒的一端挂着一个纸球。年迈的哲学家似乎对庆祝活动有些许负罪感，他沉浸在节日活动里，又有某种担心，似乎他的朋友阿多诺随时会出现，会严肃地带着责怪看着他。嘿，我压根儿没体会到什么愉悦，照片中咧嘴笑着的霍克海默似乎在为自己辩解。请把这当成是减轻罪过的一种情形吧。

欧洲的地方博物馆的最佳之处在于，它们向我们展示的不是那些顶级作品，虽然它们都会藏有一两幅雷诺阿、莫奈的作品，当然了，还有支撑了整个博物馆行业的毕加索的作品，不，它们向我们展示了没有天才的生活的密实。优秀的二流画家的艺术作品，说实话，他们的作品现在更加吸引我。在17世纪和18世纪，这样的艺术家比比皆是，但是他们没有太多机会。

我在范·蒂尔博赫[1]的《乡村宴会》前站了很久，内心极其

---

[1] 希利斯·范·蒂尔博赫（Gillis van Tilborch，1625—1678），比利时画家，擅长肖像、集体肖像、酒馆场景、乡村宴会等多种题材的作品。

伤感。参加盛宴的农民，在依据不同身份布局的庆祝宴会上，被放置在了角落里。这种自下上涌的悲伤……深切，满腹悲伤。胃放空了，但是快乐却没有到来，或者快乐已经离开。来自17世纪的悲伤。

鲁昂艺术博物馆里的指示牌

浪漫主义→

印象派→

自然主义→

立体主义→

厕所→

我在环游世界各地的博物馆时，看到的似乎同一群步履蹒跚的老大爷和满头银发、体态虚弱的老妇人，他们对自己与世界艺术的姗姗来迟的相遇充满好奇。起初我还觉得这样的迟到是多么可悲。后来我慢慢开始理解了，在僵硬和脆弱近在咫尺之时，这种相遇恰逢其时。从古老大师们的永恒到另一种永恒——多么平稳的过渡。

我站在比萨的一个广场上，看着由此经过的一张张行人的脸。我永远也不会觉得腻。在经历了那些地下室、公寓底层和孤独午后的脸荒日子后，我发现人类的脸就是我们造物主最大的成就。

人们变得更漂亮了。不，这不是我在老去的征兆。或者不仅如此。人们真的变得更漂亮了。当然了，女人也在其中。主要是女人。

罗马——一座被遗弃的城市。星期天。

我会把这些也添加到城市的最初气味清单中：午后被烈日灼烤得融化的柏油路的气味（童年的味道），浓浓的玫瑰花香，还有一丝腐烂气息。如果大自然中有什么东西到了媚俗的地步（因为文化发挥的作用实在是太大了），那非玫瑰莫属。城市里到处是玫瑰。是不是因为要掩盖几个世纪以来累积的太多死亡？所有墓地都散发着玫瑰花香。

这一天的日落把我带到了一座小山上，在马耳他骑士团建造的一座修道院的花园里，园子里有草地上正在腐烂的橙子和啄着果肉的乌鸦。瞬间的顿悟稍纵即逝，这使得其重要性提升了上百倍。几分钟时间，罗马帝国的日落和罗马帝国上空的日落就成了一回事。你可以听到夜行的野蛮人发动黄蜂牌和比亚乔牌摩托车的轰鸣声。

你与一些城市擦肩而过，就像你与一些女人擦肩而过一样。你与她们的相遇，要么是太早，要么就是太迟。为了你们的相遇，一切都准备就绪，可是你却因为突发奇想突然拐向了另一条街道。

仍然还是星期天，全世界的星期天，早晨，在欧洲的某个地方……

钟声把我叫醒，迷迷糊糊中我努力猜想自己身在何处。我记得世界上所有以这种方式开始的早晨，一串大小城市的名字萦绕心头——格拉茨、布拉格、雷根斯堡、维也纳、萨格勒布……

每个地方都会有个小广场、一个大教堂和教堂后面就隔着一声钟声远的酒店。我环视了一下房间。是在卢布尔雅那，"联盟"酒店那厚重的绿皮文件夹证实了这一点，上面印有金色烫字"1907"——这是酒店开张的年份。钟声还在鸣响，一种轻松而明快的强制方式，催促我赶快换衣服下楼到街上去。钟声和身体之间可能有着它们自己非常古老的交流模式，有关幸福与不幸、婚礼与死亡、火灾与暴乱、大洪水与庆祝游行，几个世纪以来，这一切都是通过钟声来通知的。你听到钟声，就会跑到街上。我混进人群中，试图融入其中，抹去我自己的身份。现在，我告诉自己，我只是在这里，在这座城市里，在这个广场上，和这些人在一起，就在这个星期六或者星期日。我想融入周遭所有一切之中，成为其中一部分，恭顺地进入大教堂，在入口处画十字，有时我用东正教的方式，有时也用天主教的方式，我不知道哪一种更规范，主啊，请原谅我，我拿起圣歌本，翻开一页，我看不懂上面的文字，我听着唱诗班的歌声、管风琴的回响，上帝的声音就是这样子的吧，密实，温暖，同时又肃穆。我感觉自己被保护着，感觉很安心，我是这一切中的一部分。只是有一丝罪恶感，觉得自己尝试了一天，也根本不是一整天，而只是一个早晨，那并不属于我的生活。

在那个阴沉的下午，穿过科隆大教堂前广场的那个女人，如此不敬上帝地，不可一世地在电话里对着某个人大声叫喊……

纽卡斯尔附近的北方天使雕塑机翼一样的翅膀。[1]

……

我为什么没有记录下更多的名字。所有我去过的地方的名字。城市和街道的名字，食物和香辛料的名字，女人的名字和男人的名字，树木的名字——关于里斯本的浅紫色蓝花楹的记忆，机场和火车站的名字……

我站在自己的记事本前，像个已经老去的亚当，他曾经给予了很多名字，而现在只是在这些名字的后面挥手告别，看着它们的尾巴怎样消失在了远方。

---

[1] 位于英国纽卡斯尔的一座巨型天使雕塑，高 20 米，翼展各有 50 米长，由英国雕塑家安东尼·戈姆利（Antony Gormley）在 1998 年完成。

关于酒店的记忆

我会对酒店这种没有记忆的地方产生一种特别的记忆。一间理想的酒店房间不应该让人想到任何之前的客人的存在。客人退房后的清洁首先就是要抹去记忆。床要忘记前面的身体，新床单要铺上，拉平整，浴室要打扫得闪闪发亮。如果留有先前入住者的任何痕迹——床单上的一根毛发，枕套上浅浅的口红印，那一切就完了。只有遗忘才是无菌的。

在纽卡斯尔的皇家车站酒店里，挂着厚重长毛绒窗帘的长方形房间就像火车里的单间包房。窗户也是垂直往下打开的，和在火车上一样。似乎酒店随时都会鸣笛出发。英国人的生活苦修主义。几个世纪前发明抽水马桶并不容易，出于对传统的忠贞不渝，英国人却对这种冷热水龙头嗤之以鼻。当我尝试调节冷热水徒劳无果时，我不禁想到了这些。

比萨的皇家酒店，房间里的镜子厚重而模糊不清，高高的天花板，两张巨大的雕花床。我迟迟不能决定选择其中的哪一张床，而且我有种说不清的感觉，我看见了过去两百年来在这里的这张床上躺过的身体，薄而透明，就像是在底片上。

赫尔辛基市中心火车站后面的酒店。很高，窗户只能打开几厘米，这样就不可能探出身从窗户跳下去。有种幽闭恐惧症的感觉，一种基本权利被剥夺了的感觉。

早餐你吃上了三文鱼，还有芦笋汤，之后是香蕉和橙子，这些都是你之前梦寐以求的，从哪里又来的忧郁呢。你还缺什么呢？

什么也不缺。只是那样的一种饥饿。

巴黎最便宜的酒店——11区的金合欢酒店⋯⋯我听着楼上房间里的床在恰到好处且强壮有力的抑扬格中嘎吱了一整夜。我想了想写下了这句话：旅馆越便宜，操得越疯狂。

一家位于布拉格老城奥斯特罗夫尼街32号的15世纪的旅馆。中世纪对人的身体来说多么不舒服啊⋯⋯

锡比乌的大酒店，浅蓝色的房间，玻璃浴室，糟糕的早餐。

鲁昂的文森酒店，就在市中心，对着大街的一个房间，厚重的波尔多红布墙纸令人无法忍受。宣传册中——"包法利夫人"精英夜总会的秘密宣传单。我将和福楼拜的小说《布瓦尔和佩库歇》共度这个夜晚。
诺曼底的无星级酒店，特别是其中最没星级的——卫生间小得像衣柜的贝尔尼埃酒店。

里斯本上城的膳食公寓，仅仅是提供一张床和早餐，夜晚的海风吹拂着木制百叶窗。对面的肉店，晾衣绳上的衣服，墙立面斑驳的赭石。一家小文具店，练习本，纸，报纸，还有雪茄，门上的佩索阿像已经晒得褪了色。突现的关于 T 城的记忆，它正好在大陆的另一端。

弗罗茨瓦夫天主教酒店里的圣经。在"真福八端"旁边，在"神贫的人是有福的……哀恸的人是有福的……"[1]旁边，什么都是可能的，就是不幸福极乐，一只女人的诱惑人的手在旁边空白处写着："我不想搅乱你的生活，只是如果你感到无聊空虚，请给阿格涅什卡打电话，号码是 37475……"（我不会告诉你们这个电话号码的。）这样她在幸福极乐之上又加上了一种幸福。绝妙的是这个"我不想搅乱你的生活，只是……"。

那天晚上我没有打电话，但是我仔细地记下了那个电话号码和完整的留言。现在阿格涅什卡在做什么呢，已经过去这么多年了。她还能不能够兜售出去什么迟到的幸福，或者，我应该涂掉这个（紧急）电话号码。

---

[1] 出自思高本圣经《玛窦福音》第 5 章。

清单和遗忘

如何称呼这种不断列清单、用清单思考、用清单讲故事的痴迷行为呢？这是一种什么样的错乱？

我忙于记下所有东西，都汇总到我的记事本里，就像那些人忙于在暴风雨来临前把羊群赶入圈。我对名字和面孔的记忆消失得越来越快了。这一定就是原因。我父亲病到最后就是这样的。一个人拿着一块大橡皮擦走过来，然后自后向前擦掉一切。你首先想不起来的是昨天发生的事情，而那些隔得最远的事情最后才会离你而去。从这个意义上说，你总是在自己的童年死去。

我父亲外出后在大街上迷了路，就像一个身处陌生城市的孩子。幸运的是城市并不大，人们都认识他，会把他送回家。大家经常在火车站找到他。他在等火车。有一次我回家小住，我跟在他的后面观察他。每当有火车进站，他就会站起来，走向打开的车门，然后又会放慢脚步，停下来，无助地四处张望，像一个突然忘记了或是对自己旅行的意义又犹豫不定了的人，然后，还是以这样不确定的步伐，回到他一开始待的地方。每每有火车进站，他都会重复一遍。

我的噩梦是，有一天我也会以同样的方式站在某个机场，飞机会起起落落，而我却想不起来自己要去哪里。更糟糕的是我会忘记了自己要回去的地方。谁也不认识我，没人送我回家。

迷宫和选择

迷宫是某人石化了的犹疑不定。

迷宫里最压迫人的是你需要不断做出选择。并不是缺少出口，而是"出口"太多而让人不知所措。当然了，城市就是最显而易见的迷宫。巴特曾指出巴黎就是个范例——"奥斯曼建造的中心与周边各区构成的迷宫"。[1]

我在这座城市曾经幸福地迷失过，但在这里我只附上一个不知所措的下午。当时我站在两条街之间，不知道应该走哪一条。这两条街都可以把我带到我要找的地方去。可是，这两条街本身都没什么特别的地方。问题和往常一样，无论我选择哪一条，我都会失去另一条。只有量子物理实验证明，粒子波可以做到同时穿越两个缝隙，我才会心满意足。时间在一分一秒地流逝，而我就是站着，重心来回从一只脚移到另一只脚。我看起来一定是特别像迷路了，因为一位年迈的女士停了下来问我是否需要帮助。

---

[1] 指 19 世纪法国塞纳区行政长官乔治-欧仁·奥斯曼（Georges-Eugène Haussmann，1809—1891）受命于拿破仑三世，领导巴黎城市改建工作，以古典式对称中轴线道路和广场为中心，使首都大部地区由陋屋窄巷变为宽街直路，卫生状况改善，建立起许多公园、广场、教堂、公共建筑及住宅区，巴黎从中世纪城市变为现代化都市。

我都做了什么呢？我走在右边的那条街上，但我心心念念的是另一条街。而且每走一步，我都会告诉自己做了错误选择。走了还不到三分之一路程，我坚决果断地停了下来（噢，犹豫不决中的决绝姿势），我抄近道拐向另一条街。当然了，刚走几步我又犹豫起来，没走几米远还在犹豫，我几乎是小跑着抄下一条近路又回到最开始选的第一条街。然后我又犹豫起来——返回另一条街，然后又回到第一条街。直至现在我也不知道，在这种之字形行进中我是得到了两条街，还是失去了两条街。最终，我精疲力竭，就像一个迷宫里的马拉松选手，心跳得都要崩裂了，瘫坐在一张长椅上。

采甘菊的人

我从不独自旅行。只是和我在一起的人一般肉眼看不见罢了。我就像个人贩子一样，带着整整一个纵队的人越过边境线。他们中有一些人已经不再是活生生的了。而另一些人则相反，过分活跃和好奇，什么都要摸，什么都要问，他们迷路了，从人群里走散。机场的探测器也捕捉不到他们。

在这片大陆上最意想不到和最不合时宜的地方，甚至就在机场这个与世隔绝的国度，也会出现一些意想不到的面孔。我在慕尼黑机场喝着茶，突然之间，就挤满了叮叮咣咣的吉卜赛人，闹哄哄的，五彩斑斓。警察没注意到他们，他们的银手镯、沉甸甸的烤盘和铜锅也没有触动探测器。这就是她，我奶奶的朋友，吉卜赛老奶奶鲁萨丽雅，戴着印有郁金香的头巾，拿着个巨大的木耙子，她是来采甘菊的。我正在喝的就是甘菊茶，这是关键点。慕尼黑机场这儿没有种甘菊，我想告诉她，但是鲁萨丽雅没看我。那时候我意识到了，对她来说我也是不存在的，就如同警察不存在，探测器不存在，甚至整个航站楼都不存在一样……航站楼尚未建成。这里还是一片一望无际的甘菊田。

　　我小时候特别害怕这些闹哄哄的吉卜赛人。大人们会用他们来吓唬我们，说他们会把不听话的孩子装到他们的大褡裢里带走。我是个听话的孩子，可谁知道他们会不会搞错呢。但是我不怕老鲁萨丽雅。她会走进我们家，坐下来和我奶奶聊上一下午。我就站在她们旁边听她们说话。鲁萨丽雅喜欢我奶奶，因为我奶奶是唯一一个会让她进到家里并平等和她对话的人。我奶奶也喜欢鲁萨丽雅，因为她走过很多地方，而我奶奶尊重每一个见过世面的人。每年夏天，鲁萨丽雅都会讲述有关这个世界的故事，我奶奶一边听着一边纺纱，故事也融进了我奶奶的纺纱杆纺出来的丝线之中。你干吗请她们进家里呢，之后住在隔壁的女人总会对我奶奶说，吉卜赛人是不能相信的，她在骗你的时候，她的同伙会到处溜达，偷偷溜进来，要么偷走你的鸡，要么摘走你园子里的西红柿。那就让她们摘吧，我奶奶大声说道，她们也有心肠，而且我们今年西红柿结得太多了。

广播里传来通知，我的航班晚点了，这声音将我的思绪拉回到了慕尼黑机场。拿着采甘菊的大木头耙的鲁萨丽雅，和他们那群穿得花花绿绿的吉卜赛人已经踪影全无。我的茶也喝完了。

只要我活着，鲁萨丽雅就会去慕尼黑机场采甘菊，她的族人跟在她的后面，身上挂的锅盘叮当作响，也就会有无数个下午，我奶奶纺着纱，听着这个世界的故事。

关于芬兰诗人一家在拉赫蒂[1]午餐的描写

这应该是维米尔的画。

一位英俊年迈的芬兰诗人，拉长了的脸，有些人老了以后脸就会变成这样，神采不再的极蓝色的眼睛（一只眼睛有点抽搐），艰难地移动着自己的双手，脸上带着不变的笑容（或许这其实也是抽搐），柔和却有点发僵，似乎是在为自己的衰老致歉。坐在他身边的年迈女士一定是他的妻子——戴着一顶帽檐上点缀有草莓的大帽子，脸上胭脂抹得有点多，就像许多老妇人习惯的那样……她悄悄注视着她丈夫的一举一动，随时准备冲上来帮忙。现在看来，他自己应付得还不错，尽管右手在抖，

---

[1] 芬兰城市名。

汤匙里一半的汤总是洒回到盘子里。

坐在她旁边的是他们的儿子，也是一位诗人，是这么给我们介绍的，他40岁上下，瘦高个，戴眼镜，有点龅牙，没有他父亲那般英俊和文雅。有时候父母比自己的孩子更漂亮会让人奇怪，人总以为是相反的结果。与这一家子人完全不同的是，儿媳妇很圆润，黑头发，很可能是外国人。还有两个可爱的小女孩，一个四岁，另一个六岁，穿着蓝色小西服，努力压抑着自己的天性，遵守餐桌礼仪。

谈话进行得不容易，但这是一幅此时无声胜有声的画面。你观察着，他优雅地战胜年龄增长的那种生命力令你着迷。拥有了爱，爱孕育出孩子，孩子们再孕育出他们自己的孩子。一定也遭遇过人生骤变，但是现在他们坐在一起享用周日午餐，坐在世界各地作家聚集一堂的荣誉餐席上，那些作家很可能连这位芬兰大诗人的一句诗都没读过，而且肯定记不住他那不可能让人记住的名字。但哪怕就是一顿午餐，你能得到那些第一次见到你的人的尊敬，你能和你的亲人们分享这一切。夫复何求呢。

在这里，芬兰诗人的一个行为使得在场的人不再关注他。勺子从他颤抖的手里滑脱，先打到盘子边缘上发出当的一声，带出来的一点芦笋汤洒在了他的白衬衫上，还有几滴汤汁溅到了他吃了一惊的妻子的脸颊上，随后勺子咣当一声掉在了石头地板上。

主人弯下腰去捡勺子，好像这是最重要的事情，这时候他的头撞在了桌子边沿上，那个四岁的小姑娘再也忍不住了，笑得前仰后合，她的母亲使劲嘘她，但是这反而让事情变得更糟，毫无来由地，小女孩的笑声变成了尖叫，老诗人的儿子先是无助地把头转向了他的母亲，随后又转向了孩子们的母亲，但是从这两人那里都没得到指示。妻子试图用纸巾去擦拭诗人衬衫上的污渍。而诗人呢？他保持着那种天真而又带有歉意的微笑，就像一个犯了大错的孩子一样。

如果某位看不见的维米尔画下了这个场面，然后在下一个世纪展出，那你们注意看右下角那个黑乎乎的斑点，那里是勺子掉下来的地方。如果你们持续盯着斑点看，就像在罗夏墨迹测验里那样，你们会看到年老的小魔鬼和他幸灾乐祸的笑容。

悲伤让骨头变脆

我去芬兰主要是因为我的父亲。我利用了一次受邀参加文学节的机会。我自童年时代起便和这个国家关系紧密，尽管我从未去过那里。我父亲去芬兰是因为极偶然的机会，那是他的第一次，也是他唯一的一次出国旅行。芬兰，可以这么说吧，一直生活在我们家的客厅里——六个结实的浅绿色的芬兰玻璃杯，我们招待客人时才会拿出来用。芬兰杯子摆到桌子上总会打开我父亲的话匣子。对我们来说，这就像是童话故事，北欧的萨迦，同时也是一部惊险小说。他会讲当时如何只给他们每人五美元，他们又是如何每人都非法带过去了一瓶白兰地或者伏特加，以及再后来，他们是如何带着恐惧与羞愧，用酒换到了我们现在用的芬兰杯子和这个摆在桌子上的芬兰烟灰缸，还有一块给我母亲做裙子的布料。讲到这里的时候，我母亲就会从衣柜里拿出那件连衣裙，颜色鲜艳的花裙子，印着硕大的凋谢的玫瑰图案，大家都啧啧称奇。芬兰是我童年时代最接近"神秘国度"的国家，被称为外国。我父亲的国家。父亲们的国家。

我对芬兰的造访恰好发生在30年后，我按部就班也已经做了父亲。也是在那一周，我父亲的多半是错不了的检查结果出来了。起初我不打算成行，后来我想到也许此时的出行安排并非偶然，这就是冥冥之中的安排，说不定这次旅行将开启康复的疗程。

我带着超重的悲伤登上了飞机。那是在6月中旬，没有尽头的白夜。我逗留于某种特别奇怪的忧郁之中。这不是我曾经想象中的那个国家。我觉得它也随着我的童年老去了。我走在赫尔辛基的大街上，又感觉自己似乎并不完全是在这里。我的女儿刚刚出生，而我的父亲刚刚得知了可怕的诊断结果。当他走在这些街道上时，他是25岁，而我现在已经39岁了。我永远也无法抵达他的眼睛曾经看到的那个世界，我已经去过太多国家了，感官已经习惯，眼睛只是在记录，似曾相识感在累积。

一天晚上，我的身体撑不住了。

你在一个自己臆想了一辈子的国家摔骨折，是有很多征兆的。

午夜过后，正午时分……无论是亮还是黑反正都是一样的。在半明半暗的房间里，我尝试弄清楚现在是一天中的什么时候，我身处哪里。这两点我都搞不清楚。我感觉自己轻飘飘的，漂浮在离床一米左右的上方，哪里都不疼，这里会不会就是天堂，或者……这些或者是护士，或者是天使。她们说着一种听不懂的语言——天堂的语言还是芬兰的语言？我感觉不到自己的身体，如果不是有点不安，这还是很妙的。我忍着痛把头转向了左边，我看到了输液瓶，液体正流入我的手臂。明白了，天堂里可没有这套方法。我最后的记忆是我骑着自己租来的自行车，想着什么事情，然后我眼前闪现出一道特别刺眼的亮光，原来我走到了对面车道，我急转弯想回到我自己的车道，然后是刹车声，然后……这个房间。

我的意识慢慢恢复了。值班护士每隔一段时间拿着注射器进来，只说一个英语单词——止痛药！她会在门口停一下，宣布"止痛药"，似乎某位非常重要的先生要进来似的，她把针头里的空气推出去，然后把注射器扎进我那已经不在了的身体的某个部位。我试图用我磕磕巴巴的英语向她说明我哪里都不疼。但是她摇摇头，含混不清地说了句我根本听不懂的话。

悲伤让骨头变脆……

他们推我进手术室的时候，我有一种仿佛电影放映机的感觉。我躺在一个移动担架上，我头顶上长长的氖灯定格为空胶片上的一个个镜头。我在想，如果担架以每秒24画格的速度行进，这就是在放映一部现在我看不见的电影。走廊上空荡荡的，有一点点回音。我们经过的楼层有一家小咖啡厅。一位穿着病号袍的母亲和三个小女孩，显然，孩子们是父亲带来探视母亲的，他们在吃蛋糕，喝果汁。我能回忆起每一个慢动作。我看起来一定很吓人，腿被吊了起来，绷带微微渗出血，还打着吊瓶。我经过那里时，三个小女孩停止了聊天，我听到了叉子掉到盘子里的声音，她们转过头来天真地看着我。我试着向她们微笑，三个穿着粉红色衬衫的小女孩，吸管，果汁，她们混杂着好奇心和一丝恐惧的些许同情……她们的母亲说了什么，于是她们三个，虽然不情愿，但还是礼貌地转过头去，不再看那路过的担架，担架上抬着一个被绷带缠着的什么东西。在麻药让我失去意识的那一刻，我的脑子里就保持着这样一个画面。人在迈步之前永远无法知道最后出现在他面前的会是什么。

我好不容易睁开眼睛，看见了里特娃模模糊糊的轮廓，她看到我醒了立即欢快了起来。她已经在我身边守候很久了。曾几何时，在遥远的1968年，她在保加利亚待过七天。我生命中最美好的七天，她说。那时我20岁——年轻，激进，热恋。从那之后，这三件事再也没有同时发生在我身上，里特娃说。我

283

们俩一定是给一旁的医生们展示了一个奇怪的画面。一个 60 岁的女人和一个 40 岁动弹不得的男人。我们之间唯一共有的是一个年份——1968 年。她一生中最快乐的那一年，也是我出生的年份。这两件事之间有看不见的联系。除了它们的发生地点。

现在最让我骚动不安的是一个可怕的猜测。我想看一眼，头却抬不起来。因此，我试着挪动我的腿。一动也动不了。腰部以下什么感觉也没有。我突然就想象那个部位的床单上空无一物。我感觉自己又回到了那种浓稠的奶油一般的白色之中，刚才我就是在那里飘浮着的。一阵刀割般的剧痛让我再次漂浮起来。我睁大眼睛。里特娃就在我脑袋边，我告诉她我疼，她按铃呼叫负责止痛的护士。慢慢地我搞明白了，这种无法忍受的痛来自我的腿，也就是说腿还在那儿，还在该在的位置上，我甚至还能挪动一下那个位置。它还在，而且很疼，谢天谢地。

一两周之后，我成了一个幸存者，打上了石膏，躺在家里，亲身感受着时间的流逝。判决是这个夏天我都得躺着，而我并不能确定自己是犯了什么罪获刑的。但那些被判刑的人都是这么说的。

左脚踝三处骨折，手术，两块钢板，七根钢钉，还是左边，两根肋骨断裂。我只能长时间盯着上面的天花板看，对于躺着的我来说，这是唯一的一片天空。我又想起了我曾寄居其中的所有房子的天花板。柏林那高高的天花板和儿时的低矮的天花板。天花板上的苍蝇组成的星座图。裹着报纸的电灯泡，那是当时仅有的灯罩。

我回忆起无数个下午，是那个童年时代对我们的慷慨赠予，那时候我也是这样睁着眼睛躺着，盯着上面看，那时候，天花板上不易看见的裂缝和凹凸不平的地方会变成奇怪的山脉和海洋，我就在上面飘向了远方。几年以后，那些山脉和海洋又会魔法般地变为女人的腰、大腿、胸部和曲线。表面越是坑洼不平，越是不完美，藏着的船只和女人就越多。

我的旅行就这样自然而然地结束了。我带着骨折又回到了世界上最悲伤的地方，筋疲力尽。几年来，我穿梭在一个又一个酒店、机场和火车站，留下了两三本草草记满的记事本。现在，当我心不在焉地翻看以消磨时间的时候，我明白了——忧郁慢慢淹没了这个世界……时间里什么东西卡住了，秋天不想移开，四季皆秋。世界的秋天……旅行也无法治愈悲伤。需要寻找别的东西。

The saddest place is the world.[1]

---

[1] 英语，意为：这个世界是最悲伤之地。

VIII

悲伤的粒子物理学

笔记存储在卡片上——是电子计算机诞生之初的旧穿孔卡片，早已不再使用。

犹豫不定的量子

基本粒子物理学中最不可思议的事情之一，就是观察行为对粒子运动来说实在是太重要了。依据 1920 年代提出的哥本哈根诠释，只有我们观察量子，量子才成为粒子。而在其他时间，它们是隐藏在我们的眼睛之外的，只是一种分散的可能不被注意的波的一部分，我们不知道在波中到底会发生什么。在那里一切都是可能的，不可预见且千变万化。但是它们如果觉察到我们在看着它们，马上就会表现得和我们的预期一样，有序且符合逻辑。

这个世界也是如此，我们从旧教科书上了解到它是这个样子，只是因为它被观察了。或者就像伊德里斯、惠特罗和迪克在 20 世纪中叶提出的那样，"宇宙要存在，这一时期就必须出现宇宙观察者"。[1] 我被观察，故我在。

好吧，如果没人观察我，我还存在吗？我一个人生活，没人来，没人打电话。从另一方面看，一直有个巨大的看不见的

---

[1] 分别指苏联天文学家格里戈里·莫伊塞耶维奇·伊德里斯（Grigory Moiseevich Idlis，1928—2010），英国数学家、宇宙学家杰拉尔德·惠特罗（Gerald Whitrow，1912—2000）与美国物理学家罗伯特·亨利·迪克（Robert Henry Dicke，1916—1997），三人在 1950—1960 年间各自发表了对可观测宇宙的大小进行人类学解释的相关论文，这些论文被认为是后来的"人择宇宙学原理"（简称人择原理）的雏形。

观察者，一只我们不应该忘记的眼睛。老家伙[1]，爱因斯坦是这么称呼的。也许量子物理或者形而上学告诉我们的正是这些。如果我们存在，那一定是他在观察我们。存在着某个东西或者某个人，一直目不转睛地看着我们。当那个东西或者人停止观察我们，背过脸去不再看我们时，死亡就来临了。

斯坦福的一位教授说，我们背后的世界是某种不确定的量子汤——一旦你转过身去，它就会凝固成现实形态。我喜欢这个定义，我从不特别快地猛一转身。我想起了幼儿园时的阿姨，她威胁我说，如果我不把汤喝光，就把汤倒到我的后背上。那时候我就会弄清楚什么是量子现实了。

我用第一人称写，是为了确定我还活着。

我用第三人称写，是为了确定我不止是我自己的一个投影，我是三维的，我有身体。有时我推推杯子，满意地看着杯子掉下去摔碎在地。也就是说我还存在，还能造成一些后果。

如果谁也不观察我，那我就必须要自己观察自己，为的是我不会变成量子汤。

为了这个世界的存在，必须有人不断思考和观察这个世界。或者就是有人要思考和观察那个在思考和观察这个世界的人…… 真是疯了。我能受得了 24 小时值班吗？

---

[1] 指上帝。

基本粒子物理恢复了这种偶然性和不确定性。那就是我喜欢它的原因。爱因斯坦本人正是对此感到震惊，并在他的信里抱怨道："这一理论告诉了我们很多，但这还很难让我们接近老家伙的秘密。至于我嘛，我确信他不会掷骰子玩的。"至于我嘛，我相信老家伙——就和下午在这里玩十五子棋游戏的小老头们一样——还是喜欢掷骰子的。

一则备注。量子物理——也许是为了不完全变成形而上学——避免深陷谁会成为观察者这一问题之中。这里除了上帝的眼睛，我们能把其他东西也纳入进来吗？人类的眼睛也能算作可维持这个世界的特别之物吗？蜗牛、猫或者紫罗兰的眼睛也能算进来吗？

唉，我们还是不要忘了量子物理是在微观层面解释事物的。但是我们怎么能知道上帝本身是不是基本粒子呢？很可能他是个质子，电子，甚至玻色子。上帝就是玻色子。听着不错。听着是，上帝就是不识字，阿雅说的。

但是，更可能是个光子——和所有量子一样，具有二象性，而静止质量为绝对的零。因此能以光速运行。当我们说上帝是光时，我们压根儿没料到我们已经多么深入地进入了量子物理学。也或者是个中微子，可能比光更快，还能进行意想不到的变化。老福音派信徒物理学家们描述的上帝的变形是中微子的变形。但我还是想说，上帝是一只蚂蚁，一只乌龟，或者一棵银杏树。

未被描述的东西，就像是从未存在过一样——因为它们属于同一级序列——具有所有可能性，有无数个存在或者被描述的版本。

唉，故事是线性的，你每次都必须要克服偏离，你要堵上侧边的通道。经典叙述就是消除来自四面八方的可能性。在你固化这个叙述之前，世界是充满了多种并行的版本和通道的。所有可能的结果游离于犹豫不定和不确定之中。充满了不明确性和不确定性的量子物理也证明了这一点。

我尝试为其他可能发生的版本留下空间，留出故事的空隙，还有通道、声音和房间，留出开放的故事，以及我们不会触及的秘密……而故事中无法摆脱的罪恶还在那里，但愿不确定性与我们同在。

源于阅读的量子物理问题

有人研究过文学的量子物理吗？如果那里没有观察者，就会有多种可能的组合，与小说中的粒子一起旋转的狂欢是什么样子的呢？谁都不看的小说，它里面会发生什么事呢？这些就是值得思考的问题。

实 验

那个广为人知的电子波动和电子双缝干涉实验让我们有理由来思考，有可能在同一时刻身处两个不同的地方。但是，正如我体内的高斯廷注意到的，说的不是重 80 公斤、高一米九的电子。（那样的话，我爷爷就能同时留在两个村子里了——匈牙利的村子和保加利亚的村子，同时抚养他的两个儿子，同时过着两种生活……）

幸运的是我研究的东西是没有重量的。过去的事，悲伤，文学——我只对这三头没有重量的鲸鱼感兴趣。但是它们都不属于量子物理和自然科学的范畴。如果亚里士多德知道物理学和形而上学的那种正式划分会彻底人为割裂宇宙里的知识，他肯定会烧掉自己的著作。或者，他至少会打乱其中的各个部分。

我早已用我的笔名之一出版了一部小说，这是一部以来自米利都的留基伯和来自阿布德拉的德谟克利特的原子论为基础的小说。归根结底，他们早在公元前五世纪就发现了量子。需要很长时间才能忘记这一切。我喜欢这些前苏格拉底学派，这些最早的量子物理学家，他们冷静而大胆地描绘出了一个只是由原子和虚无构成的世界。无尽的虚无和无数的原子漂浮在这个世界里。我想将原子论模式移植到文学里，我想弄明白单个古典文学原子的碰撞能不能产生小说的新素材。**由漂浮在虚空中的各种原理构成的原子论小说……**

实验是非常严肃的，但这更可能被当作后现代主义的笑话，从隐喻而不是物理学的角度被理解。物理学家们不读小说。这让我感到非常失望，也让我疏远了出版行业十来年。

这就是我现在感兴趣的。回顾过去，调动所有感官，不放过每一个细节，能达到一个变化临界点吗？触动某个机关，整个宇宙机器就倒转起来。宇宙本已处于危险的边缘，唯一的拯救之道就是退回去。时间一分一秒地过去，这一小时里将会发生前一小时里发生的事。今天的全部被昨天代替，昨天的全部被前天代替，如此慢慢倒回去，嘎吱作响着，我们远离边缘而去。我不知道我们是否还能干涉即将到来的过去的日子。我们将不得不重温之前的失败和沮丧，但其中亦有些许的快乐瞬间。无法避免……

……死亡的新的不公。这些在时间逆转时已经活了 80 岁的人，他们能够倒退再活 80 岁。活得没那么久的人，只活了 30 岁，40 岁或者 50 岁，也只得满足于再活这么长时间。但是我们要注意到，他们可以重回自己的青春和童年时代。在生命尽头，他们总是会更幸福、更快乐、更年轻、更受宠爱。该回去的那一天来临的时候，他们幸福地迈着蹒跚的婴儿步，摇摇晃晃走着，已忘记了语言，嘴里叽里咕噜叫，咯咯笑着。如此，生于1968年1月1日的我，就能还在1968年1月1日死去。我称之为完全的宇宙和谐。你在活了两辈子之后，还能在自己出生的那个时间点死去。从一端到另一端，再倒过来。

G. G.

1968 年 1 月 1 日——1968 年 1 月 1 日

幸福生活了 150 年

（每个人都可以在这里换上自己的名字和日期）

可以肯定的是，地球上的生命诞生于 30 亿年前。如此说来，我们能够保证生命至少可以再存续 30 亿年。如果有人建议更长时间，那就请畅所欲言吧。

另一种引力压迫着我们，一种必须要克服的经典物理学里没有描述过的引力，时间引力。爱因斯坦在 1915 年描述的引力延迟解决不了我的问题。1976 年 NASA 证实，在太空的微重力状态下，时间确实会流逝得慢一丁点，后来就有了在太空中人不会衰老的传说。永葆青春的神话又再次苏醒了过来。一打正在老去的百万富太肯定会眨着眼睛仰望天空，就如同仰望一家永恒的疗养院，开始计算起来，她们带着心爱的猎狐狸去那里一趟要花多少钱，因为……

……你是年轻了，而你的狗却饿得皮包骨头，那意义何在。这个传说也传到了我们这里，我还有模糊记忆，但以我当时八岁的年纪，很难特别注意到这个传说。2010 年，有人用原子干涉仪测量出了这种实际时间差。是的，铯原子钟慢了（他们用的这种钟），但是误差极其细微——几十亿年会延迟百分之一秒。那些在 1976 年幻想着永葆青春的人，一定没等到这么一个令人大失所望的结果。

我的目的并不是让时间每过几十亿年慢百分之几秒，我无法拥有几十亿年。而且我也不想去太空，我对那里也并不心驰神往（我坐公交车都晕）。我只想在短暂得憋屈的一生中，能再找回往昔的一个片段，一升逝去的时间。

新实验

我练习集中而密切的"观察"。没多久我就发现，我想要详细重建（复制）的时间段越短，成功的概率就越大。我放弃了选择我整个童年的想法。我任选其中的一年试了试。我回忆起这一年的所有细节，从个人及历史的角度对这一年进行重建，不放过任何细节。

我选择了我出生的那一年，因为新生儿的世界有限且纯净，从这个意义上说，也更容易重建，一旁的噪声也更少。这就是崭新的 1968 年。鉴于一个幸福的巧合，我出生在新年伊始，因而这两个故事，我的渺小而被尿浸湿的故事和它的宏大（也是被尿浸湿）的故事，可以平行推进。湿尿布，1 月的寒冷，我母亲温暖的皮肤，拉丁区早春的来临，午夜的绞痛，布拉格的夏天，索非亚的青年节，捷克的兄弟部队，第一颗牙……每一件事都很重要。几个月后，我精疲力竭躺在地板上，被世界的熵击垮。我发现这是一件力所不能及且无法掌控的事情——就和你要用火柴棍造房子是一回事——这是和现实中一样长且包含所有维度的一年，如实还原一年里所有的气味、声音、猫、雨以及报纸上的大事件。我保留了这次失败实验的草稿。

我必须缩小实验范围。我选定了另一年的其中一个月，1986 年 8 月，我 18 岁，那是我最后一个自由月，军营已在月末等着了。在这一个月里，你和一切告别，要离别两年，实际上是永远地离别，但那时候你并不知道。你留起头发，让它自由生长，尝试和那个女孩进行到底。深夜，等父母熟睡，你和一个朋友偷溜出去，到城里空旷的大街上闲逛，你们走到河边，看着预制板楼里那些关了灯的窗户，那些破公寓，你们想学霍尔登·考尔菲尔德[1]那样大喊"好好睡吧，白痴"，或者书里那一处的其他什么话……

……但最终你没有那样做。那个月底，你去了离家最远的理发店，让他们给你剃个光头，你看着自己的头发掉落到地板上，强忍着没有大哭出来。你离开理发店时，业已跨入另一个年纪了，垂头丧气，惊慌失措，赶紧扣上事先准备好的帽子，抄最近的路回家。几天后，你必须遵照分配计划，出现在一个陌生的城市——光溜溜的脑袋，提着一个包，包里是新兵要用的东西，是你参照物品清单准备的。这个清单我保存在一个纸箱里。

这就是我要全面重建的一个月，需要重建其中的每一个时刻和每一种感受，包括所有最细微的振荡。这并不那么简单。是的，这个月里有恐惧，恐惧有成千上万种，与其中一些相比，这种恐惧看起来胆大无比。是的，有悲伤，但是这种悲伤的原子是自由自在杂乱无章运动着的（悲伤的聚集态是气态），我最多也只能是跟在悲伤的弧线后面，四周弥漫着薄薄的烟雾。我点燃了我的第一支烟，现在我意识到了，我要赋予这种悲伤一个身体，一个微蓝色、淡灰色直至消失不见的身体。我清楚记得所有事情，但我没能回到过去的身体中。这是我之前能做到

---

[1] 美国作家 J. D. 塞林格的小说《麦田里的守望者》主角名。

的——我就像进自家门一样，轻松进入各种各样的身体和故事里——现在却无法达成了。

****

清　单

新兵入营前可根据个人意愿携带的物品

长袖衫	—— 2 件
平角短裤	—— 2 条
三角短裤	—— 2 条
英雄牌法兰绒内衣（汗衫）	—— 2 件
本色粗棉布裹脚布（袜子）	—— 2 块
洗脸毛巾	—— 1 条
手绢	—— 1 块
白平纹布衣领	—— 5 个
洗漱用品	—— 2 套
抹油和抛光的皮鞋刷子	—— 2 个
白线轴	—— 1 个
黑线轴	—— 1 个
缝衣针	—— 5 根
曲别针	—— 5 根
粗布（尼龙）口袋 30 厘米 ×20 厘米	—— 3 个
一天的食物和水	

＊＊＊＊＊＊＊＊＊＊＊＊＊＊＊＊＊＊＊＊＊＊＊＊＊＊＊＊＊＊＊＊＊＊＊＊＊＊

顿　悟

就在我最不抱希望的时候，事情发生了。

那是深冬里的一个下午，雪在融化。我已经一连好几天没再走出地下室了。我走得更慢了，看着一座座房子，星期天空荡荡的街道，1月……我第一次如此清晰地（一如1月空气的清晰）意识到了，最后能留下来的，并不是那些特殊时刻，也不是什么大事件，而正是那些从未发生的事。时间已从追求特殊性中解脱出来。回忆那些什么也没发生的下午。别无他物，只有充实的生命。淡淡的木柴烟尘的味道，水滴，孤独感，寂静，脚踩过积雪的咯吱咯吱声，缓慢又不可逆转的暮色降临时的些许担忧。

我已经知道了。我不想再重新经历我生命中任何所谓的大事件——无论是出生这第一件大事，还是我要面临的最后一件事，都一样令人不舒服。就像所有的抵达和离开都会令人不舒服。我也不想再经历第一天上学，第一次笨拙地与女孩发生关系，进入军营，第一次找工作，那种虚荣浮华的婚宴，不想……这些都不能带给我快乐。我用所有这一切，以及一大堆与之相关的照片，来换取那个下午，我坐在房前温暖的台阶上，刚刚午睡醒来，我听着苍蝇的嗡嗡声，我又梦到了那个从来不回头的女孩。我爷爷在花园里拨弄着水管，空气中弥漫着夏末时节鲜花的浓烈香味。什么都还未成定论，什么事都还没发生在我身上。摆在我面前的是世界上所有的时间。

无足轻重和微不足道之处——那里是生命的藏身之地，生命在那里筑巢。奇怪的是，最终能留下来的东西会闪闪发光，成为黑暗前的最后微光。不是最重要的事情，也不是……甚至是那些没办法记录或者讲述的事情。记忆的天空打开了，就在一个遥远的城市里冬日黄昏即将降临的那一刻，当时我18岁，奇迹般的机缘巧合下，我独自一人待了一小会儿，我在军营里的大练兵场上割草。顺便给那些还没当过兵的人提个醒：那里是不留一分钟空闲时间的，就是这么规定的。一个闲着的士兵就是一个活魔鬼，他们是这么说的。我一整天都在用指甲钳修剪操练场上的杂草——接到的命令。我把石头堆从这儿搬到那儿。这是上午。下午我又把那些石头搬回来放在原处。一开始你理解不了，你会想这个世界疯了，即使在卡夫卡的作品里也没有这样的事情。但是校官们是不读卡夫卡的，更别提那些士官了。你是直接从文学来到这里的，你把偷偷带来的普鲁斯特放进了防毒面具包里。嘿，普鲁斯特，跑步过来！趴下！20个俯卧撑！

那一刻，我独自一人留在巨大的练兵场上，置身于空旷的苍穹之下，在满是冬日初意的寒风之中，呼吸着附近村落悄悄飘来的木柴和煤炭燃烧过后的烟尘，黄昏降临之时，预感如期而至，第一次独自一人，第一次身处异乡，一丝冷冰冰的恐惧，冷冰冰的云彩。正是这种绝望与预感的交集（军旅生活才刚刚开始），与茫茫无边的天际混合在了一起，陌生而美丽，美丽得异乎寻常，让这一刻成为永恒。我知道这是无法言说的。

当然了，在这漫长无尽头的时间商队里，我可以再列举出那么几头金骆驼，也就三四头，不会再多了，但是我只会尝试描述其中的一只。夏季已接近尾声，我站在房子前，在地势平坦的地方，落日余晖一望无际，我六岁了，奶牛正走在回家的路上，你先是听到缓慢的铃铛声，放牧人的催促声，奶牛的哞哞声，告诉小牛犊要回家了，小牛犊回应的吼叫声……这是哭泣，那时我就知道了。每周末妈妈从城里回来看我时，我都会立马释放出这样的哭泣。在这种哭泣中，宽慰和责备从未如此接近。就像小牛犊的哭声和被遗弃了一天或者几周的孩子的哭泣一样接近。我有多么想你们，我就有多么生气。我永远也不会原谅你们，母牛们和母亲们……

这一刻即使到现在，记忆仍然是如此清晰，就在那一瞬间，密集的声音、母牛和气味，突然都消失不见了，一条线从地平线的尽头划过，时间也在这一刻隐身而退，而在落日的尽头，出现了一个我之前从未见过的白房间，高高的天花板，一盏大吊灯，还有一架钢琴。一个和我年纪相仿的女孩背对着我坐在钢琴前。浅色的头发扎成了一个马尾，她正准备弹奏，轻轻抬起了手臂，我看到了她的肘尖……就这么多。

在我人生的第六个夏末，我待在一块温暖的石头上面的那一分钟，是我最幸福、最完整和最平静的时刻。随着一年又一年时间的流逝，我开始数着冬天过日子，就和我父亲和爷爷一样，他们知道冬天人就该回家了，夏天活儿实在是太多了，要忙死人。那时候我就暗下决心要找到这个女孩。在我走过的那些岁月里，我走到哪儿找到哪儿，寻遍了所有地方。转过头来的女孩都不是她。随着时间的流逝，我感觉自己要放弃了。我习以为常了。衰老就是习以为常。

悲伤的迁移

有些人是由疼痛引发移情症的，而我更多情况下是由悲伤引发的。

悲伤的物理学——最初是经典物理学——是我近些年的研究对象。悲伤，就像气体和蒸汽一样，自身没有体积和形状，而是依存于其所在的容器或者空间的形状和体积。是否属于惰性气体的某一分支？多半不是，不管怎样，这个名字很吸引我们。惰性气体是均质且纯净的单原子气体，此外，也无色无味。不，悲伤不是氦、氖、氩、氙、氡……它既有颜色，也有气味。是某种变色龙气体，能够改变世界上所有的颜色和气味，而且不同的颜色和气味也能够轻易地激活它。

更重要的是，如果我们关注它与气体的相似之处，它的引力场小得可以忽略不计。由此可以看出，无形的锋面、气旋与反气旋在我们周围盘旋。它们的迁移，从一处移动到另一处，是显而易见的事实。令人吃惊的是我们对这一事实的盲视。有时候，一种莫名的悲伤向我猛扑过来，而这种悲伤似乎并不属于我。让我们打个比方吧，是来自北非的悲伤。来自沙漠的非本地的、陌生的、被太阳晒褪了色的、满是沙粒的黄色的悲伤，就像去年下的那场黄雨，在窗户上留下了浑浊的斑点。我能画出一幅悲伤的迁移地图。一些地方在某一个世纪是悲伤的，另一些地方在另一个世纪是悲伤的。

如果说我在这些实验中取得了一点成就的话，那就是我能在极其短暂的时段里，从过去的某个午后吸引过来一片四处飘荡的悲伤的云彩，无论是我自己的还是别人的午后，我跟着它走，沉浸在它的尼古丁中。就像一个吸烟者，即使多年不抽烟，也总能认出烟雾的痕迹。

衰老的量子

我不谈论衰老。我谈论衰老最初的征兆。要谈论的不是夜晚，而是黄昏。关于黄昏那无法抵抗的突然袭击和第一座陷落的堡垒。

有一次，是阿雅三岁的时候，她哭着从幼儿园回来，因为有个小男孩告诉她，爸爸是会变老的。爸爸会变老的，她抽噎着说道。她瞥了我一眼，带着满心的期待盼着我会否定这种说法，而我却一时语塞，我在需要撒谎的时候，脑子就更加迟钝，她再次大哭了起来，愈发绝望无助。

衰老是有语法的。

童年和青年充满了动词。你一刻都闲不住。你的一切都在成长，如火如荼，发展壮大。然后，动词逐渐被中年的名词取替。孩子，车子，工作，家庭——都是名词的实质性内涵。

衰老是个形容词。我们进入老年的形容词——迟缓，无垠，朦胧，冷峻，或者像玻璃一样透明。

也有数学中单纯的集合论。

我们的年龄正在改变这个世界的比例。我们中更年轻的人越来越多，而更年长的人在急剧减少。

面对衰老需要勇气。也可以不是勇气，而是顺从。

11 岁的时候，我开始用秘密记事本记录衰老和死亡的最初征兆。死亡和儿童都是被忽视的话题，就和那时一样，我从未与这个话题如此接近。伴随着岁月流逝，我们有些疏远和冷漠了，尽管我还是一直在注视着它，当然了，它对我——亦是如此。这里就是那些记录下的东西，源于不同年份，也没有顺序，游荡在这个纸箱子里。

心脏检查。无论早晚，每个人都会躺在这里，护士平静地说着，一边在我的全身挂上夹子和电线。我第一次听到用这种方法放大的杂音，令人厌恶。这才发现，如果依据心脏的呱呱声来判定，心脏就是一只青蛙。我的死亡会像鹳一样降临，离开时我写下了这句话。

（41 岁）

I grow old. . . I grow old. . .

I shall wear the bottoms of my trousers rolled.[1]

我喜欢艾略特的这些诗句，而我也害怕它们。衰老轻轻吹着口哨，事实上已经无所掩盖。如此顺从受辱的衰老，如此没

[1] "我老啦……我老啦……/ 我要穿裤腿卷上翻边的裤子。"——出自英国诗人 T.S. 艾略特的诗作《J. 阿尔弗雷德·普罗弗洛克的情歌》，此处引用汤永宽译本，《荒原》，上海译文出版社，2012 年。

有勇气，卷起的裤腿，掩盖的是已松弛的白皙的皮肤以及曲张的蓝色静脉。只是露出了脚踝。

我的左脚踝看上去挺吓人，碎裂的骨头和伤口缝线，随着岁月的流逝，疤痕只会加深。

（53岁）

今天站在镜子前，我发现我的左半边脸比右半边老得快。我已经好几天没刮胡子了（已经没人让我觉得需要刮胡子了，一如我父亲说过的），看上去很明显，我左半边胡子几乎全白了，而右半边只有零星的几根白胡子。此外，我的左眼角外侧有点下垂，眼睑肌肉的支撑力也没那么强了，当我凝视什么东西的时候，我注意到有几次明显可见的不由自主的抽搐。我就想知道我的身体其他部位会不会也出现这样的差别。我仔细查看自己的身体，似乎左边和右边没有什么明显区别。唉，只是要忽略掉骨折的左脚踝，相较之下肿胀是特别明显的，还有我摔断了的左手腕也是一样的情形。还有一只耳朵，听力更弱了，愈发听不清楚，恰恰也是左耳。

我甚至连衰老都不是均衡一致的。

（49岁）

有人说，伴随着衰老的进程，我们的死亡会越发频繁地与我们交流。我们会失去世界的声音，这样我们就能不受干扰，更加清晰地听见其他声音和话语。当下而言，我还是只能够听到一些杂音。

（38岁）

你看看怎么描述一下你耳朵里听到的杂音，我的医生朋友问我。

我不知道……很难……

快点吧，你不是作家吗？

可我是作家中最不确定的那一个（尽管这也是不确定的）……

那是不是像大海的声音？医生试着提示我。

可以这么说，但有时候那声音又像风浪大作，听起来像拍岸的浪涛声，有时更像10月末树林中的风声，我的意思是，树叶特别干燥，然后有些已经凋落，这会影响声音的频率。当声音频率高的时候，听起来就像隔了两层楼的滚筒洗衣机的声音，一声微弱的嚎叫……有时候是哞呜呜，但还是只小牛犊，嗓子都嘶哑了……

当我列举出这些声音的时候，这位医生朋友的表情变得更加疑惑，而不是豁然开朗。我还能做什么呢，这已经再简单明了不过了。有一次，一个护士让我描述我尿液的颜色，她的问话差点儿让我和她吵起来。是像啤酒的颜色吗？她问我。随便吧，啤酒有那么多种，有淡啤酒，有黑啤酒，有红啤酒，白啤酒，生啤酒，无酒精啤酒……你不能那样混为一谈……

我受不了一概而论的人。

（29岁）

我这儿疼，左边下面的什么东西，也许是阑尾。

如果可以，请不要自我诊断。阑尾在右边。左边那个地方没有什么东西能让你感觉疼。

怎么会什么都没有呢？

就是这样。那儿什么也没有。

而我正好就是这个什么也没有在疼。

（64 岁）

希望在于，当你朝着童年时期开始回溯自己的一生时，某种机制会被触发，会误导方向……

一个滑稽的做法。有个家伙决定用回归催眠疗法戒烟。他开始回溯，回到他开始吸烟前的时间，唤醒自己拥有干净的肺的记忆。催眠疗法太成功了，回溯得——太过靠前了，以至于他不是简单地不再抽烟了，还开始尿床了，而且连打嘟噜的颤音字母都发不出来了。

（43 岁）

清少纳言的《枕草子》一书中有两个清单——引起悲伤的东西和驱除悲伤的东西。在 11 世纪初的日本平安时代，驱除悲伤的东西是古老的故事和三四岁孩童可爱的嘟哝。我把这句话抄了好几遍：古老的故事和三四岁孩童可爱的嘟哝，古老的故事和可爱的嘟哝……

（990 岁）

我清楚地记得我们那时候是怎么阅读的。少年时期那种完全心醉神迷的阅读——那不是阅读，而是一路飞奔，驰骋于书中。我们找寻行动的快马、尖锐的话语、充满力量的短句。我们讨厌慢节奏的叙述，讨厌对自然的描写，谁需要它们……现在我感觉自己需要停下来，就像个老人一样，曾经他能一口气就冲上斜坡，从来用不了三步，现在则气喘吁吁。隐藏在迟缓中的乐趣。我喜欢长时间驻足于这样的文字上面："这是 5 月里一个愉快的早晨，鸟儿在高声歌唱，露水在太阳柔和的光芒下闪耀……"

（69 岁）

我们一生中日日夜夜的唠叨似乎只有一个目的，而我们从未直接言明。我们要欺骗死亡，让它走错道，在最后一刻我们做个假动作。但是死亡是不会被言语打动的。它十之八九是个聋子（和我一样）。死亡的至高公正性即源于此。

（85 岁）

岁月是奔流不止的河流
她带走童年，冲走青春……
岁月是一路南飞的鸟儿
但它们将一去永不复返。

（9 岁）

我们尚未长大就已老去……

（35 岁）

他开始旅行，实际上是为了躲避衰老，可颇具讽刺意味的
是，恰恰是在异乡旅行时，他的身上出现了所有衰老迹象。

35 岁的某个早晨，在希腊一家酒店里，他从浴室里那面大
镜子里看见了自己的身体。他以前从未如此近距离地观察过自
己。他的身体完好、健康、毫无异样。除了摔断了的胳膊，胳
膊上的白石膏已经开始破裂。就是在这个早晨，他第一次发现
了自己衰老的征兆。很细微，但还是显而易见。几年前就开始
了，只是他之前从未仔细端详过自己。他对自己说将会记住这
一天的。他会记住塞萨洛尼基的这家酒店。他白皙柔软的身体
开始变得松弛了，皮肤开始变薄了，变得透明了，都能看到细
细的蓝色小血管。这就是衰老，他自言自语道，就和他一两年
前自言自语的语气一模一样：这就是爱情。有时候衰老就是这
么发生的，就在某个早晨的几分钟时间里，在国外一家酒店里。
自那以后，他会继续在酒店的镜子前仔细端详自己的身体，衰
老恰恰会在那里窥视他。

（34 岁）

我爷爷可没时间去注意自己正在老去。他要干的活太多了……

（27 岁）

我参加了一位作家的葬礼。逝者在世时患有过敏性鼻炎。现在他就躺在那儿，全身堆满鲜花，似乎随时会打起喷嚏来。一枝兰花都伸到他的鼻尖上了。但是很明显，他的鼻炎已经痊愈了。我注意到了，我想其他人应该也注意到了，陌生的手拿菊花的蓝发老妇人们，她们待在大厅一角，真正的忐忑不安。他以前的情人们。逝者有这么个弱点。这15分钟就是她们的荣耀。隐藏了一辈子，秘密爱情的老兵们。与他的正妻和正式情人不同，她们来自匿名军团。最终，死亡让所有人都变得平等。

（50岁）

小红帽与衰老

这个故事也可以这么展开。

小女孩跑到奶奶身边开始问问题：

奶奶，为什么你的耳朵这么大（而且下垂了）？奶奶默不作声。

奶奶，为什么你的眼睛这么大（而且褪色了）？奶奶什么也没说。

奶奶，为什么你的嘴巴这么大（而且皱巴巴的）？奶奶开始轻声抽泣。

唉，小红帽太残忍了。因为这次是她，奶奶摘下眼镜，拭去两行泪水，勉强给出了一个答案，一个可以结束以上所有问题的答案：因为老了，小红帽。

她笑了起来，嘴巴里牙都掉光了，样子吓人。

（60岁）

莱比锡火车站附近的老旅馆挤满了来参加书展的中学生。电梯嘎吱一声停在了我所在的楼层，门开了，电梯里面光线明亮（我这层楼道的灯坏了）。一群高中女生，说说笑笑，模样美丽，没有读过《洛丽塔》的洛丽塔们。

"您是要上去吗？"她们笑着问道。

"下去。"我轻声回答。听起来啼笑皆非，又引来齐刷刷的一阵哄笑。在电梯门即将关上，把我和这一群小可爱永远分开之前，有漫长的整整四秒钟时间。在这四秒钟时间里，我与她们共处一层。这是一个尴尬而美丽的停顿，因为某种厚待而降临在我身上，这一停顿我吝啬地藏在了记事本里。

（51岁）

生命的这一可重复性……这种黏糊糊的、令人精疲力竭的、残忍的、令人厌恶的，但又不可避免的，有时甚至美好的生命的可重复性。

（65，103，039岁）

当我在这个城市爬山，陶醉于这里的色彩和芳香气息时，我感觉到自己在慢慢失去力量，身体发软，看得出大腿上的肌肉在抽搐（是不是隔着裤子都能看出来？）。

我不想承认自己被打败了，只是停下来近距离欣赏一株火红的黑莓。就在那一刻，我看到一位老人，说是老人，实际上年纪似乎和我一般大，抱着一个身着夏季纯色连衣裙的年轻女子。他穿着一件漂亮的浅蓝色毛衣，难掩老态，但毕竟是秋天了，他从任何方面来说都是正当秋季时节。她还年轻，而且处于盛夏之年。他们的约会是两个季节的约会。她——慷慨地伸出一只盛夏之手，他——迟疑地站在秋季的边缘。平衡不容易，也许只能维持很短时间，一两个月吧。如果是在几年前，我会嘲笑这个男人，但是现在他得到了我的充分理解，还有几丝嫉妒。

我看着这一对，将尽的日头殷勤地为我提供了夕阳这个俗套的比喻。我毫不掩饰地看着眼前的场景，然后转过身去，慢慢走下了山坡，忘记了自己刚才还计划在山顶喝杯咖啡。

下山途中，我想到了一座座依山而建的欧洲小城，像一只只小鸡围绕着这样的山丘城堡。格拉茨、卢布尔雅那、萨格勒布、塞萨洛尼基、罗马七丘的那些山丘，我总是把它们与那只母狼的乳头 [1] 弄混，她也是一样仰面躺着，山丘就如同狼的奶头。我看到自己在这些山丘上奔跑着，总是在日落时分，而且是不同年纪的自己。

---

[1] 传说古罗马城的建立者是一对兄弟，他们在婴儿时期曾受到一只母狼的哺育。

我记得自己有一次在里斯本着急忙慌地赶去捕捉落日，沿着圣若热城堡的陡峭小道一路小跑，耗尽了最后一丝力气总算爬上去了，就在那一刻"夜幕突临"，就和那位诗人描写的一样。我眼前一黑，晕了过去，当我睁开眼睛的时候，三位年长的女士和一位满脸严肃的修女正俯着身子看我。我昏迷的时间并不长，因为海面上依然闪烁着最后的余晖。我又躺了一小会儿，双眼迷离，像一个夕阳下的马拉松赛手，刚要传递消息就倒下了……但没有消息。我在老去。

（58岁）

　　动物吃掉了时间。它们就如同舔舐喂给它们的盐块一样舔舐着时间，就像驴啃草一样，就像黄蜂吸食时间的果实……20世纪的驴，18世纪的驴，还有13世纪的驴，没有任何本质区别。对人来说，会不会也是同样情形呢？不是。我能辨认出1985年的脸，并将其与1970年代和1990年代的脸区分开来，就更不用说之前几个世纪的了。

（793岁）

　　阿雅，三岁半了，用笔画了一张我的肖像。她把画递给我，又看了看我，想起了什么又快速地把纸拿了回去。我忘记画你额头上的那些线了，她说道。
　　我们就是这样变老的。

（42岁）

端粒在变短，细胞无时无刻不在死亡……事实是科学仍然在寻找衰老的机理……最重要的细胞，脑细胞，永远都无法再生……我就是一座行走的墓地。也许这就是为什么我如此投入地参观每一个城市的墓地……你把自己每一秒的死亡与这个世界的死亡结合在了一起，由此产生了一种和谐。

（66岁）

奶奶，我不会死的，是不是？

（3岁）

过去机器

上次回到 T 城时，我注意到了一些怪异之处。城市广场上又修复了 1980 年代的雕像。我可以发誓一周前还没有它。这座雕像我记得很清楚。一个身着花岗岩长衣的男子，也可能是一件长袍，一件风衣，或者一件皇袍。雕像的脸是你所能见到的最无法确定的一张脸。在所有重大的历史纪念日，它都能莫名奇妙地具有对应英雄的特点。2 月 19 日他变身为瓦西尔·列大斯基，6 月 2 日变成赫里斯托·波特夫。它也可以变身为保加利亚国王，最多的时候是西美昂一世，有时也是来自阿索斯山的僧侣，有时又是游击队指挥官。最常肩负的任务是成为格奥尔基·季米特洛夫，或者其他的（当地的）共产主义者。一座通用雕像。身着风衣，有额发，额头宽阔——那时候对所有英雄的最低要求。现在雕像清理干净了，我甚至看到基座上有一个刚刚放置上去的花圈，是用康乃馨编成的，上面还系着两条红丝带。我还注意到报纸是晚一天才到的，女售货员们变得像过去那样忧郁，互联网没了，商店里只卖两种香肠和混合肉泥肠。

凡此种种，再加上我对过去基本粒子的徒劳无果的实验，让我陷入疑惑之中，我试图削弱这种疑惑，把它变成一个什么虚构的故事。

他带着模模糊糊的感觉睁开了眼睛，觉得这是进入了另一个梦境。会不会是自己的移情症又被唤醒了，已经有 20 年没给过自己信号了。可以听到外面传来学生管乐团的演奏，听起来和从前一样，他可以发誓，甚至连演奏的乐器都和他学生时代记得的一样。他本人过去是吹小号的，在最后一排，站在拿着钹的纳斯科旁边，甜点大胖子纳斯科，这是他外号的全称。大胖子先生总是会慢一瞬间，慢百分之一拍，台上这些人的耳朵几乎是捕捉不到的，但是这让音乐课老师布勒内科夫同志坐立不安，我们乐团的每一个人都注意到了这一令人担忧的停顿，音乐声中的一丝缝隙。最后钹还是会跟上节拍的，这一刻，大家不由得放松下来的那一声叹息，给进行曲又增添了一个额外的音符。但这已经是很多很多年以前的事情了……

现在音乐声又在下面轰鸣起来，枪炮齐鸣。最后，他看起来终于做成了他尝试了多年没能成功的事情——带回来过去的某一个时段，只是一个片段，进去就再也不离开那里。身体无法从记忆里抽出，就永远停留在自己的童年里。一定程度上，这是幸运的。

也可以是半疯半傻，一切都在他的脑子里。他站了起来，慢慢走到窗户边。站了一小会儿，随后扯动那破窗帘，再猛地将其拉开。下面真的有行进的学生队伍，穿着和 50 年前一模一样的校服，周围站着身着西装和灰色风衣的男男女女。乐团大步行进，阳光倾泻在铜管乐器上，闪闪发光，这些乐器预先都用擦拭布擦得锃亮。已经很久没想起过"擦拭布"这个词了。再前行一点——主席台。他穿上衣服快速冲下楼。所有人都是真实的，三维的，活着的，男人们都是剪的小平头，女人们则是冷烫的卷发，散发着浓烈的廉价古龙水、青苹果和"理想牌"肥皂的味道。

他们一定是在拍电影，他怎么能上当呢？现在，这里的什么地方会有整套摄影机器。一辆辆卡车，里面装着发电机、摄影机、滑轨……他仔细地四处张望。什么也看不出来，隐藏得也太好了。但是，说不定什么地方会出现一个拿着扩音器的大胡子导演，大声喊"卡"，让所有人都回去重拍一次。然而，游行仍在继续，音乐还在演奏，乐团已经前进了很长一段距离了。主席台上身着深色西装的人们不厌其烦地向热情的方阵挥手致意。20几个系着蓝领巾的孩子在教师的引导下，脱离了游行队伍，手中拿着康乃馨花束涌向主席台。深色西装们接过康乃馨，抚摸孩子们的头，然后继续挥手致意。他心里想着，到处都是康乃馨，就和从前一样。这种花任何场合都适用——党的重大（政治）集会、游行，婚礼和葬礼。还可以用于最后一种场合——葬礼，必须要注意，数量只能是偶数。布景设计师很卖力，做得很好。很明显他们经费充足，又一部愚蠢的联合制作。他没忍住，转过身去面向一位穿着西服的老人，似乎穿着1970年代缝制的西服，翻领上别着一枚徽章。

"对不起，他们在拍摄什么呢？"

"拍摄什么？谁在拍摄？"这人紧张地看着他。

"可是……一定是在拍什么电影。不然为什么有这个……游行？"

"今天是 9 月 9 日。这你都不知道。"

确实是这个日期，可这是至少 20 年前的国庆节了。他不好意思地道了歉，从人群中走了出来。现在他也注意到了，自己的衣服与其他人的太不一样了。在发暗的棕色长风衣和西装、织法一样的针织背心以及中老年妇女头巾的大背景下，他似乎来自另一个世界，他看上去就像来自另一个，也是敌对的——他是这么认为的——世界。他那红色短夹克尤为突出，在四周一片笔直的裤线之中，他的牛仔裤和运动鞋也太不正式了，显得很怪异。他拐到右边，想在路一侧空荡荡的小道上走一走。9 月里的阳光温暖而明媚。从什么地方飘来了烤辣椒的淡淡香味。有些人家的窗户上挂着国旗。在一个角落里，一个看不出年龄、干瘦黝黑的人在用小漏斗卖葵花籽，就和从前一样。漏斗是天才的发明，他父亲喜欢这么说，圆锥形物体给人一种有高度和有体积的感觉，而里面装的东西数量要少一些，用来做生意真是再理想不过了。他给自己买了一漏斗葵花子。小漏斗是用一张旧报纸做的。他想着这也和从前的这一天是一样的。从前，什么东西都可以用旧报纸来做——从油漆工的帽子到灯罩。总之，一切的一切都可以用手边的材料来制作。制作漏斗的报纸上还能读出几处文字、数字和百分比，毫无疑问这是过去的报纸，用的是过去的油墨和字体。如果这是电影里的场景，那他们可真是连每一个细节都想到了。只有他和整个布景完全不符。

沉浸在这样的思考之中，他没注意到有两个穿制服的人已经跟着他有几分钟了，没有掩饰的意思。当他们突然跳到他眼前时，他真是被吓了一大跳。随后他注意到他们穿的制服和警察的并不是那么像。滑稽的上衣，还有大盖帽和腰带扣，是的，这是过去的民警服。这让他稍稍松了口气，什么都可以在一部电影里发生，而且得和电影里一样发生，不会导致什么特别后果。您的护照呢？我没带在身上。放在旅馆里了。您来这里多久了？两天。我们不得不拘留您。您没有在隶属内务部的本地行政机构办理必要的登记手续，在国庆节穿着带有挑衅意味的服装到处闲逛，不参加到庆祝活动中去。他任由他们把他塞进拉达车里，上帝啊，他们从哪里挖到这种老古董的，他们带着他开车走了。车里肯定不会有摄影机了吧，他想着在车里总算可以摊牌了吧。他笑着眨了眨眼睛，问坐在司机旁的警官："电影什么时候上映？"两个民警面面相觑，然后警官转过身来，一拳正好打在了被拘者的眉心处。

他们把他带进了一栋竣工不久的建筑里，这座建筑再现了1980年代末的社会主义建筑样式，磨凿粗糙的大理石、木材和磨砂玻璃。一缕血从他裂开的眉间往下流。一个身穿西装的人走开了，马上吩咐人对他实施救助，不知道从哪里出现了一名护士，给他贴上了创口贴，他们还找来了冰块进行了冰敷，又领着他进了一间办公室，里面摆放着一张皮沙发。

"请原谅，他们做得过头了，我明确告诉过他们不要动你一根头发。有时候他们就是畜生，就和从前的一样。别说你不记得我了。"对面的那个男人以老练的手势，从自己办公桌里拿出一瓶名牌威士忌和两个杯子。

这张脸似曾相识，柔和，幼稚，仿佛现在就要号哭似的。

"蜜汁糕，是你吗？"

"是我，快腿鹿。"

我的（我并不知道这就是我，管他呢）同学蜜汁糕，以前是混帮派的，我们永远的嘲弄对象，我们甚至还给他起了个印第安名字。他以前总带着钦卡奇可的弓和装着箭的箭袋。

"也就是说你买下了整个 T 城，你就是这个……"

"你什么时候来的，什么时候听到的这些流言蜚语？是的，我身兼数职——市长、市委书记、警察局长。"

"那你为什么要逮捕我呢？"

"哦，我有充分的理由。但是最重要的是我想见见你，你来到这儿却不联系我……因为过去的美好时光。你租了间屋子写作，简直太巧了，我们家过去住的和你现在住的是同一间房子。我很高兴你还珍视过去的那些年。"

"城里那些闹剧是怎么回事，你拍电影吗？你不会还成导演了吧。"

"不是，比这严肃。我启动了一个项目。简单说，我要让时间倒回去 30 年。这里的一切都没有改变。我正在打造一个最大的博物馆。一座纪念过去的社会主义博物馆，和你想做的一样。全城，每一天，24 小时，全方位博物馆。事实上博物馆这个词并不准确，这里一切都是实时直播的。每个人都继续做着那时候的自己，为此我还付他们钱。所有开销都是我付。我给他们的不多，但是我对他们的要求也不多。只是要他们和从前一样。他们也就不会再伤心了。我们切断了互联网、电视，我们只卖那时候的报纸，实际上我们以倒序重新印刷了以前的报纸，我们处罚开政治玩笑的人，恢复人民警察、党的会议、游行。我邀请当过告密者的家伙回来继续做他们的工作。我还雇佣了两三个过去抱怨政府的人，让他们继续这么干。这些安排能营造气氛。

"总之，你什么事都不用干，闲逛一整天，最后领工资。就像以前那样。但是我对破坏规矩的人毫不留情，我手下的民警就和从前的一样。顺便说一句，你自己已经亲身体验过了。大家都满意。你要知道，周围城市的失业率很高的。有钱的客人来这里，可以为自己订一次游行或是党的会议。每个人都想回到从前。我建造了一台完美的时间机器。我这里还有外国客人。来吧，干杯，欢迎光临！"

"干杯。而这威士忌？"

"来自硬通货连锁商店。我和你说了，一切都计划得细致入微。"

"你为什么要干这个呀。如果是为了赚钱，那还有更合规的路子。"

"钱我有的是，尽管我不拒绝更多的钱。不是因为这……我和你直说了吧，"他满上了我们的杯子，"我不想生活在这个时代。除了狗屎还是狗屎……"

"以前的日子也有这些的啊。"

"也许吧，但对我来说，那时候的闻起来更好。这个世界已经停滞不前得很厉害了，你不可能没有注意到这一点。我想邀请你加入。我想让你创作……日子，日常生活。我知道这是个特技活。节日容易弄，我自己就能应付。但是这些家伙需要日常生活的脚本。有些客人已经开始对此感兴趣了。"他走向书架，抽出几本我写的书。

"我每本都买了。一定程度上是你给了我这个灵感，我很感激你。"

"啊，不，"我试图抗议，"我可从来没给过你这种让我眉间挂彩的灵感。"

"盘点社会主义是个绝妙主意，包括那时候的故事。我把这些当作手册用，我们恢复了许许多多的东西。人们喝着阿尔泰汽水和苹果酒，我们还用过去的维罗牌洗洁精瓶子。城里的几个车间已经在生产了。"

"这真是一场噩梦，我现在得清醒过来……"我有种担忧，我控制不了故事的走向，甚至连我自己的台词都拿不准了。

"不，这只不过是你想出来的一个故事而已，但实际上你也身在其中。我们打小就认识了，你总是要被拽出来，很容易地你就会陷进什么里面去。"

"我不是已经被捕了吗？"

"你要这么想，你是应邀参加你自己的项目。我们不要忘了，这个主意是你的，我只是负责运营。"

他拿起杯子喝了一口，而我一口都没碰。

"我们还有一些更重要的计划。医生一会儿就过来，你认识他，我已经给了他黄房子，我们会严格管理。在那里做实验。回归疗法……细胞记忆的再生…… 一座过去疗养院，轻微的电击刺激…… 他会给你解释得更清楚的。我们迫切需要过去的创作者。"

有那么一瞬间，我在想蜜汁糕体内是住进了某个反高斯廷的人。我所想的一切到他那儿都被恶意颠倒了。我不是第一次突然想停止，想放弃，把时间往前转到现实时代中。退回到过去也不总是纯洁无邪的。过去也可能是个危险之地。

"相当危险，"反高斯廷大声补充道，"黄房子离这里不远，而且如果我们现在打开窗户，会听见非常熟悉的……"

我没听清楚他说的是"声音"还是"号叫"，因为我站起来，飞身越过玻璃窗一头栽了下去。做噩梦的时候这么做永远都有效。

弥诺陶洛斯的日记

我完全没概念，自从我来到这里，已经过去多长时间了。我也不记得我是自己进来的还是被别人关进来的。黑暗太浓稠了，连时间都迷了路。只有在黑暗之中时间才不存在。我不知道我多大了。我被遗忘了。我想拍门，直到他们听到并打开门为止。只有一个无法解决的问题，所有的恐惧也是源于此。没有门。

这就是我的发现。明显不过的是，你几乎不可能看见它。所有生物的脱氧核糖核酸都有迷宫一样的双螺旋结构。一个在螺旋中展开的垂直迷宫。一切生命形式的基因指令都被记录在迷宫里。这意味着它是保存及传递信息的完美形式。因此 DNA 在这么漫长的时间里依然是秘密。我们是由多个迷宫构成的。

脱
　　氧
核
　　糖
核
　　酸

脱氧核糖核酸。脱氧……氧气漂浮在这个单词的原始汤里。这个词我写了又写，写了又写，直到我自己迷失在了这个名字的迷宫里。

只是那儿有个什么错误，漏洞，弄混了的地方。这就自动把我变成了弥诺陶洛斯。我走遍了自己的脱氧核糖核酸迷宫的每一个角落，试图寻找这个错误。我被关在其中一个迷宫之中，另一个迷宫被关在我的身体里。弥诺陶洛斯身体里的迷宫。

类似迷宫的东西

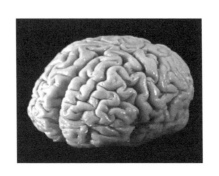

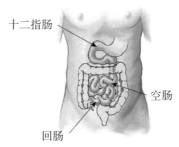

十二指肠

空肠

回肠

人类的大脑。一切哺乳动物的大脑褶皱。人体的神经系统
或者其分支的独立神经、神经纤维、轴突等。曲折蜿蜒的小肠
和内脏器官。

DNA

巴尼察饼，奶酪馅饼，萨拉利亚甜卷，所有东方的甜点。
蜜蜂的飞行轨迹，用于彼此交流的语言，交织在一起的图形。
蜜蜂的语言是一座迷宫。

森林。

一年生及多年生植物的根系。

具有膜质与骨质迷宫的内耳构造。

你首次造访的一座没有河流的城市。没有河流这一点很重
要。否则阿里阿德涅的线团很容易就指明方向了。

你与你隐藏的情人散步的秘密路线。

你一边通着无聊的电话一边在纸上的随手涂鸦。

年轻女人的耻骨。此处迷宫位于洞穴之前。

一个线团。

读者的眼睛勾勒出的迷宫。

如果你长时间且近距离地注视一朵玫瑰花，你会看见玫瑰
花里的迷宫。还有牛头甲虫的触角。

幸好有这样的黑暗，这间地下室，我能待在这里，回溯时
间，我奔跑在各个时间通道上，我大声喊叫，我哼哼叫着。黑
暗帮助我更好地适应这里。当该来的人到来的时候，我已准备
就绪。过渡会非常平稳，从一种黑暗转到另一种黑暗。

我记得，或者是我想象我记得一些奇奇怪怪的事情。我记
得那些午后被太阳烤得炙热的小城，空无一人的街道，到了晚
上又会人来人往。我记得，这也是我最初的记忆，我的母亲怎
样躲在窗帘后面，朝我挥手，我笑着，因为我知道这个游戏，
我朝窗帘走过去，我刚学会走路不久，但是她已经不在那里了。
有时在我面前会出现天花板很高的房间，背对着我的女孩，消

失在田野里的马车，陌生城市里受伤的男人，一本书，我在里面读着我自己的故事，充满错误的故事。

我记得我的一次快乐经历。持续了六分钟左右。发生在伦敦西部的肯辛顿花园，是一大早。我找不到缘由，就是没来由地感到快乐，这正证明了其真实性。其他的都是条件反射，就像是巴甫洛夫的狗。刺激源到了，快乐就开始分泌，就像胃液一样。

我走在一条林荫道上，呼吸着空气，我感觉自己还是孩童之躯。这是关键。以孩童之躯。

我已经84天没上街了。我只在夜深人静时溜出去，从邮箱里取一下报纸，我是通过这些报纸计算日子的。我不想遇到任何人。我不再刮胡子，我的下巴变得僵硬，这可能是因为我不与任何人说话了。嘴巴也可能发育不良吗？

我已经停止进食一段时间了。罐头和食物也已经所剩无几。我想减轻体重也是时间回溯的一部分。可没有80公斤重的孩子。在这种消瘦状态下我感觉倒更好。我更像那个幼年的弥诺陶洛斯。我不知道我是不是男孩，瘦得病态的人没有性别和年龄。

当忒修斯走出洞穴时，他的左手牵着个孩子。神话抹去了那个孩子的存在。神话不喜欢孩子。你们可以想象一下那会有多糟糕。英雄忒修斯手持短剑，击败了大盗佩里弗特斯、恶匪辛尼斯、克罗米翁的大野猪费亚、大盗刻耳库翁、残忍的普罗克路斯忒斯、马拉松公牛等，最后看到一个被吓坏了的孩子。忒修斯把他的短剑扔在了地上，领着孩子走出了迷宫。

晚上他给阿里阿德涅讲述了这一切。你知道吗，那里没有什么怪物，只有一个长着牛头的小男孩。而这个男孩身上有些地方像我。

（我和忒修斯我们俩真的很像，而且他很英俊。他是不是感觉到了在我们俩身后窥视着的同一个神圣的父亲——神和牛的合二为一。我兄弟诞生自神，而我诞生自牛。）

阿里阿德涅没在意他说的话，只是拥抱亲吻了他，催促他尽快离开那里。

事实是，当我在寻找故事中有关弥诺陶洛斯的漏洞时，我就更加频繁地梦到自己死在一个地下室里，被一把双刃短剑刺死。那只手和剑从另一个时空的黑暗之中伸过来，它们经历了漫长路途，那长着人脸的杀手由于长途跋涉已精疲力竭，他的手臂虚弱无力，还得我帮他完成对我自己的行刑。我要用剑在我自己的身上开个门。我终生都在试图让弥诺陶洛斯从我体内出来。

但是如果杀手（将要置我于死地的那位）在黑暗之中没发现我，与我擦肩而过呢？如果我躲起来，就像当年那个夏夜，我们玩捉迷藏，而他们却把我忘了……我就在那儿藏了很久很久，死亡依然忙着它自己的事，许多年，一个世纪。又比如，外面已经来了其他人，已经过去了好几代人，物是人非，我无法与任何人分享任何一个记忆中的苹果。如果这就是代价……我听到自己在喊叫，哭号，和这地下通道里的牛一样哞哞叫着，因为我已经不知道哪种语言是我的。我在这儿，你们不要和我擦肩而过，我在这儿。哞哞哞……

IX

结　局

讲述者和杀他的人

弥诺陶洛斯是不是没想起来用山鲁佐德的方法呢？我看见他和忒修斯在一起，他们俩一起走在迷宫无尽头的通道上，弥诺陶洛斯滔滔不绝地讲着故事。可是一个终生被关在黑暗地下室的人能讲什么呢？讲述他的梦，在梦里他长着人脸；讲述他母亲的脸，那张脸从未转过来；讲述他在一个旧防空洞里的记忆，他在那里住过，埋头于一堆纸箱和报纸中，是在某种终结来临的前夕，而这个终结并未发生；讲述他被带去逛集市；讲述斗牛场和屠宰场的杀戮；讲述城市里的迷宫，在那里"像云彩一样孤独游荡"；讲述所有他迷失其中的书……忒修斯和他一起走着，他手中的线团在散开，阿里阿德涅的线与故事里的线交织在了一起……有一些他听不明白，而另一些对他来说又是那么不可思议，以至于他自己的英雄之举和冒险奇遇相较之下都黯然失色。其中一个故事里，某个雅典英雄在迷宫的通道里游荡，要杀一个怪物，弥诺陶洛斯停了下来对忒修斯说：你的线团用完了。但是忒修斯太沉迷于故事里的线了，以至于他根本没明白他说的是什么线团。你来到这里是为了杀我的，弥诺陶洛斯提醒他。现在我们刚好来到了故事里的这个通道。如果我们继续走下去，你就回不去了，因为你的线到这里就到头了。但是我不想杀你，忒修斯回答道。有人把我塞进了这个故事里。在你给我讲故事之前，我去过的地方比所有雅典英雄们去过的地方加起来还要多。我希望你把故事继续讲下去。

故事里我死了，弥诺陶洛斯回答道，但无论你是真的杀死我，还是在你将听到的故事里杀死我，其实都一样。

我看见他们一起走过各个城市和地下室里的那些通道，用他们自己的故事编织出一座座平行的迷宫，他们自己也缠绕其中。已经没有任何东西可以分开他们，讲述者和杀他的人。

警方报告

（……）

发现了一把双刃短剑，很可能是件价值不菲的古董。要请一位鉴定专家来确定其制作年代、价值和出处。剑上没有血迹。

地下室里的现场物品描述。内容逻辑关系难以确定的纸箱子。其中七个——装满了剪报，主要是从报纸和杂志上剪下来的。一个旧酥糖盒。找到八本厚薄、装订不一的记事本，几乎全部写满了。四大箱各种语言的书。一个防毒面具。一台电脑和一只恐龙，可以扣留用作调查。（恐龙是橡胶的，小孩玩具。）所有适于表面采集的痕迹均予以采集。需要指定一位文学专家来鉴定这些记事本里的内容。最主要的是要注意从里面可以挖掘出什么罪证和线索。

我就是那个被任命的专家。关于这件事我所知道的情况是，邻居们好几次报警，听到从公寓楼地下室偶尔传出奇怪噪声和号叫声（另一些人认为是哞哞叫）。后来有一周什么声音也听不到了，管理员下到地下室，发现其中一间地下室（以前防空洞的一部分）的厚重大门大开着。地上有一把剑。

他们问我是否能够接受在地下室里面工作，因为要把所有东西都搬出来实在太费劲了，另外警方也没有空地方放那些东西。我同意了。我感到异常兴奋，我与这位作家关系复杂，但我并不认识他。我阅读他写的东西时，总有自己被抢劫了的感觉。

我在3月17日上午10点走进了地下室。最初有一种奇怪的感觉，好像那里还有个人在盯着我看。我没有感觉到害怕，那双眼睛是善意的，如果可以这么表述的话。我再次探察了所有的角落和壁龛，尽管警察在我之前已经都查过了。一无所获。只有一只蛞蝓在白铁皮的酥糖盒子上慢慢爬行。我开始阅读。我停下来，返回去，经过一个我觉得熟悉的通道，我迷路了，继续走。在第一个月里，我只出去了一次。之后再也没出去过。

最后留下了什么

我又回到了那块温暖的石头上，六岁，我朝幻象中的那个坐在钢琴前抬起了双臂的女孩走过去，我打开了房门，倚在门框上，我的裤子很短，左腿摔伤留下的疤痕非常丑陋难看，一束光透过厚重的窗帘将整个房间一分为二，我们俩各占一半。接下来奇迹发生了，画面动了起来，那个女孩慢慢转过身来……

就在这一瞬间，弥诺陶洛斯在斗牛场的人群中找到了自己的母亲，我三岁的爷爷看到自己的母亲转身朝磨坊跑去。

豪尔卡尼的一个女人收到一封信，

一个男人从海报里走了下来，走到电影院前的朱丽叶身边，他们俩手挽着手漫步在 T 城的主街上，

高斯廷安装了世界上最大的放映机，整个北半球下起了一场雨，一场不会打湿任何东西的夜雨，

我的父母亲在明亮的顶层公寓阳台上向外看着……

那个女孩和我已经在同一侧光线里了，我看见她一侧脸的边缘了，她转过身来……

嗨，爸爸。

尾　声

我死于（动身去匈牙利了）1995 年 1 月底，性别男，82 岁。我不知道具体日子。最好是死在冬季，没有太多活的时候，不会造成太多麻烦。

我死了，作为一只果蝇，死于天刚擦黑的时候。那天（我的寿命）里的日落是美丽的。

我死于 2058 年 12 月 7 日，性别男。这一年的事情我都不记得了。因此我一天又一天地都在回忆我出生的那一年，1968 年。

我一直在死去。而天也一直都黑着。如果死亡即黑暗和其他人的缺席……

我还没有死去。即将来到这世上。我负三个月大。我不知道子宫里的这种负时间如何计算。这里黑暗且舒适，我被系在一个会动的东西上。三个月后我就要到那边去。这种死亡有人称作出生。

我死于 2026 年 2 月 1 日，性别男。我父亲说人最好是死在冬季，我听他的话了。我一辈子都是个兽医。我去过一次芬兰……

　　我记得我死了，作为一只蛞蝓、一株蔷薇、一只灰山鹑、一棵银杏树、6 月里的一片云彩（这段记忆很短暂）、哈伦塞附近一朵浅紫色的秋番红花、一株早早开花了被 4 月里一场晚雪冻僵了的樱桃树，作为冻僵上当了的樱桃树的雪……

　　我们即我。

开　始

我父亲和恐龙消失于同一个时代……

致　谢

　　本书历经多地写成。开始于万湖附近的柏林文学讨论会，在那里我享受着全身心的宁静和这个世界的落日；续作于奥地利多瑙河畔的克雷姆斯（Literaturhaus NÖ），下奥地利州的瓦豪河谷；成书于亚得里亚海的斯普利特，应 KURS 电台之邀参与电影《分裂》访谈，参观戴克里先宫的城堡迷宫。感谢以上诸多地方宜人的地理环境和东道主们。

　　感谢阿妮·布洛娃、纳德日达·拉杜洛娃、博伊科·彭切夫、米戈列兰娜·尼科尔奇娜、博让娜·阿波斯托洛娃和西尔维娅·乔列娃给予的宝贵建议。

　　感谢伊万·泰奥菲洛夫对我的鼓励和分享，对语言的神奇力量的共同信念。

　　感谢比利亚娜在书稿付梓前的细读和编辑，还有四岁的拉雅，感谢她的耐心和协助，每当她感觉到我的写作进行不下去的时候，总是为我提供猫和恐龙的故事。

　　感谢所有为我提供小说创作所需的孤独的朋友。

文
景

Horizon

社 科 新 知　文 艺 新 潮

悲伤的物理学

［保加利亚］格奥尔基·戈斯波丁诺夫　著
陈　瑛译

出 品 人：姚映然
责任编辑：陈欢欢
营销编辑：杨　朗
封扉设计：陆智昌
美术编辑：安克晨

出　　品：北京世纪文景文化传播有限责任公司
　　　　　（北京朝阳区东土城路8号林达大厦A座4A　100013）
出版发行：上海人民出版社
印　　刷：山东临沂新华印刷物流集团有限责任公司
制　　版：北京楠竹文化发展有限公司

开 本：850mm×1168mm　1/32
印 张：11.125　　字 数：221,000　　插页：2
2024年10月第1版　　2025年5月第3次印刷
定 价：79.00元
ISBN：978-7-208-18987-4/Ⅰ·2158

图书在版编目（CIP）数据

悲伤的物理学 /（保）格奥尔基·戈斯波丁诺夫
(Georgi Gospodinov) 著；陈瑛译. -- 上海：上海人
民出版社, 2024. -- ISBN 978-7-208-18987-4
Ⅰ.Ⅰ544.84
中国国家版本馆CIP数据核字第2024TA6071号

本书如有印装错误，请致电本社更换　010-52187586

社科新知　文艺新潮　｜　与文景相遇